人間狩り

犬塚理人

角川文庫
22410

目次

プロローグ

美月《みつき》は赤いランドセルを自分の部屋に置くと、急いで家を出た。玄関ドアの鍵《かぎ》をかけることは忘れなかった。家を留守にするときはもちろん、一人で留守番をするときも絶対に鍵をしておくようにと、いつもパパに言われていたからだ。

足を速めて、陽炎《かげろう》がゆらゆらと揺れている道を進んでいく。まだ陽は高かったが、約束の時間に遅れるのではないかと思うと、気が焦った。

あの男の子と初めて会ったのは、三日前のことだった。学校の帰り道に声をかけられて、ガラス瓶に入れられた蝶《ちょう》を見せられた。今まで見たことのない蝶が美しい翅《はね》をはためかせていた。思わず見とれた。

欲しいとねだったが、男の子は首を横に振った。面白くなかった。パパは美月がねだれば何でも欲しいものを買ってくれるのに、この男の子は意地悪だと思った。

だけど美月がへそを曲げたのがわかったのか、男の子は似たような蝶がいるところなら連れていってあげてもいいと言った。本当はガラス瓶の中の蝶が欲しかったが、それで我慢することにした。

男の子と三日後の午後四時に〈幽霊城〉で会うことを約束して、別れた。その約束の日が今日だった。蝶を手に入れるには、四時までに〈幽霊城〉にたどり着かなければいけない。

大きな道路を渡り、同じような家が並んだ通りを抜け、ほとんど水のない川にかかった橋を渡った。ところどころに草が生えた大きな空き地を抜けると、目の前に〈幽霊城〉が見えてきた。

〈幽霊城〉というのは小学校に通う子供たちの間でつけられた名前だ。この建物は、昔は病院だったらしい。今ではその壁は灰色に汚れ、窓ガラスのほとんどが割れていた。

建物に近づいたが、男の子の姿はどこにも見えなかった。不安に襲われる。約束の時間に遅れてしまったのだろうか。

そのとき背後で砂利を踏む音が聞こえた。振り返ると、いつの間にか男の子が立っていた。この前と同じように黒っぽい恰好《かっこう》をしているが、今日は背中に大きなリュックを背負っている。

「遅刻だぞ」

「ごめん……なさい。学校が終わるのがいつもより遅かったから」

「時間を守れないやつは嫌いだ」

思わず美月は泣きそうになった。男の子を怒らせてしまった。もう蝶は手に入らないのかと悲しくなった。

だが男の子は足音を立てずに美月に近づくと、顔を覗《のぞ》きこんできた。不機嫌そうだった顔が優しげに変わっている。男の子は少しかすれた声で言った。

「きみは……きれいな目をしてるね」

美月は少し嬉《うれ》しくなった。ママや友達からは、茶色がかった目が外国人みたいだといつも褒められていた。今ではその言葉も聞きあきたが、この男の子に言われると、なぜか悪い気はしなかった。

「さあ、行こう」男の子がほっそりとした手を差し出す。

「蝶はどこにいるの？」

「この中さ」

男の子は目の前の建物を指さしてみせた。

「えっ」思わず戸惑う。〈幽霊城〉にはその名前の通り、幽霊が住んでいるとみんなが噂していたことを思い出したのだ。そんな怖いところに入りたくない。

その気持ちに気づいたのか、男の子が優しげな声を出す。

「怖がることなんてないよ。この中には美しい蝶がいっぱい飛び回っているんだ。入らないと損するよ」

男の子の唇の両端が持ち上がり、笑みが浮かんだ。

「ホントにこの中に蝶がいるの？」

「ああ、好きなだけ獲《と》っていいんだよ」

そう言うと、男の子は美月の手をやさしく握った。その手はねっとりと汗ばんでいて気持ち悪かった。

「さあ、行こう」先ほどと同じ言葉を男の子は繰り返した。

今度は、美月は逆らわなかった。男の子に手を引かれるようにして、建物の入り口へと歩を進める。そのとき男の子のリュックからカメラのレンズが覗いているのに気がついた。

いったい何に使うのだろう――。

一瞬、不思議に思ったが、蝶を写真に撮るのだろうとすぐにわかった。

美月は男の子に導かれるようにして、建物の中へと姿を消した。

第一章　神を演じる者たち

1

きっちりと二十グラムのコーヒー豆を量って、電動ミルにセットする。時間があれば、手《て》挽《び》きのミルでゴリゴリとやりたいところだが、さすがに出社前にそんな余裕はない。三十秒と経たないうちに、電動ミルは豆を挽き終え、室内にかぐわしいコーヒーの香りがたちこめた。

白石英季《しらいしひでき》は口もとに笑みを浮かべた。さすがに百グラム三千円もするパナマ産の希少なコーヒー豆だけあって、そのあたりのスーパーで売っているものとは香りからして違う。

一流の人間になるには一流のものを知らなければいけない――。

それが白石のモットーだった。安物のコーヒーばかり飲んでいては、本物のコーヒーの味は永遠に知ることができないだろう。

白石は細かく挽いたコーヒー粉をドリッパーに移して、表面を平らにならした。すでにケトルには、沸騰させた後、八十七度まで冷ましておいた湯が入っている。銀色に光るケトルを傾け、ドリッパーのコーヒー粉の中心めがけて円を描くようにして、お湯を注いでいく。ぷくぷくと面白いように茶色い粉が膨らみはじめた。新鮮な豆である証拠だ。

サーバーにきっちり二百cc注ぐと、お気に入りのマグカップに淹《い》れたてのコーヒーを移した。

白石はマグカップを手に取り、キッチンのシンクにもたれた。

コーヒーをひと口、口に含む。鼻孔の奥に華やかな香りが抜けていく。続いてフルーティーな酸味が舌の上に広がった。コーヒーというものは、豆の量や湯の温度、抽出速度のわずかな違いで美味《おい》しくもまずくもなる。今日のコーヒーは我ながら、うまく淹れることができた。こういう日は、何もかもがうまくいく気がする。

ささやかな幸せを噛《か》みしめながらコーヒーをすすっていると、とんとんと軽やかに階段を下りてくる足音が響いた。左手首にはめた腕時計に視線を落とす。七時十分。いつもと寸分たがわぬ同じ時間であることに、思わず白石は頬をゆるめた。自分に負けず劣らず、彼女は神経質なまでに時間に正確だ。

リビングに、Ｔシャツにショートパンツ姿の少女が姿を現した。手足が長く、すらりとした体軀《たいく》はしなやかな猫を思わせる。だがその顔はまだあどけなさを残していた。

「おはよう、叔父《おじ》さん」

「おはよう」白石は口角を軽く持ち上げ、玲奈《れな》に向かって微笑んでみせた。「今、オレンジジュースを作ってやるよ」

「それよりコーヒーがいい」

「まだ中学生だろ。成長期にカフェインの過剰摂取は勧められない」

玲奈が唇をとがらせる。

「コーヒー飲むと一限目の授業も眠たくならずにすむんだって。居眠りして先生に怒られるのとどっちがいい？」

白石は大げさにため息をついてみせた。中学に上がってから、玲奈はすっかり生意気になった。これが反抗期というやつなのだろうか。

玲奈が二年前に家に来たころは、寂しさのせいもあってか、白石にべったり甘えていたものだが、最近では軽いボディタッチも嫌がる。笑顔を見せるよりも、小生意気な表情を見せている時間の方が多くなった。

玲奈の母親である姉はよく言っていたものだ。

――玲奈って、あんたが子供のときに似ているのよね。やたら理屈っぽくて、口が達者で。

もしかしたら玲奈は自分に似たのかもしれない。あらためて白石は姪《めい》の顔をまじまじと見つめた。

「なに？　気味悪い」心底嫌そうに、玲奈が顔をそむける。

「コーヒー淹れてやるから、先にサラダ食べてろ」

白石がそっけなく言うと、玲奈は「やったね」とそそくさとテーブルに着く。すでにテーブルには、レタスと赤玉ねぎにバルサミコ酢をあえただけの簡単なサラダをボウルに盛ってある。

白石はお湯が沸くのを待つ間、パンを二枚トースターに入れた。沸騰したお湯を冷ます間に、コーヒー豆を挽き、卵を割ってすばやく箸《はし》でとく。焼き上がったトーストとコーヒーの入ったマグカップをテーブルに運んでいくと、玲奈はフォークに突き刺したレタスを口に運びながら、スマートフォンに目を落としていた。

「よそ見していると、味がわからないだろ」

白石の言葉にも、玲奈は「うん」と生返事をするばかりだ。ため息をついてキッチンに戻った白石はとき卵をフライパンに流しいれ、バターを加えた。慣れた手つきでスクランブルエッグを二人分こしらえる。それを皿に盛り、テーブルに運んだ。白石はトースト片手に、経済新聞を広げた。いつものように政治面から目を通していく。国際面や経済面も丹念にチェックした。ふと顔をあげると、玲奈はまだトーストに手をつけずにスマホに夢中になっていた。

「食事中ぐらい、スマホはやめろ」

「どうして？」

「食事というのは舌だけで味わうものじゃない。目で見て味わうものでもあるんだ」

「叔父さんだって、新聞読んでるじゃん」

思わず白石は言葉につまった。

「理屈っぽいやつだな」

「どっちが」

「玲奈」

白石が言葉に力をこめると、ようやく玲奈はスマホから顔をあげた。渋々といった表情でスマホをテーブルに置くと、トーストをかじり、スクランブルエッグを口に運ぶ。

その様子を見て、白石はひそかに胸をなでおろした。今のところはまだ、玲奈は自分の言うことを聞いてくれている。

実際、玲奈は頭のいい子だ。学校の成績も文句のつけようがない。理数系の科目に関しては、中学のときの白石よりも優れているといってもいいぐらいだ。

だが――。

三か月前にせがまれて仕方なくスマホを買い与えてから、玲奈はその小さな機器をいじってばかりいるようになった。恐らく一日に数時間はスマホを触っているのではないだろうか。

そんな生活を続けていれば、いずれは成績が急降下するのは目に見えている。それより心配なのは、玲奈が最近、無料通話アプリで不特定多数の見知らぬ人間たちとコンタクトを取っているらしいことだった。ネットの向こうでつながっているのは必ずしも善意の人間ばかりではない。

最近もニュースで、都内の女子高生が出会い系サイトで知り合った四十歳の男に拉致《らち》されて暴行された挙句、殺害された事件があったばかりだった。自分の姪にも、そのような事態がいつ起こっても不思議ではない。

何かあっては姉に申し訳が立たない――。

二年前、姉夫婦は友人の結婚式に出席した帰りに、認知症の老人が運転する軽トラックに正面衝突され命を落とした。そして家で留守番をしていた玲奈が一人後に残された。当時、つきあい始めた彼女と同棲《どうせい》していた白石は迷うことなく、姪を引き取って養育することを選んだ。その結果、彼女は家を出て行った。だが、そのことを後悔したことはない。

血は水よりも濃し――。

そんな古い格言が、白石の脳裏をよぎる。自分が子供好きだと思ったことはないが、玲奈のことは成人するまで見守るのが自分の責務だと思っている。だが思春期に突入した女の子は、想像していた以上に扱いが難しい。正直言って、仕事より子育ての方がはるかに大変だとつくづく感じる毎日だ。

白石は食事を平らげコーヒーを飲み干すと、まだトーストを咀嚼《そしゃく》している玲奈をしり目にテーブルを立った。皿を食洗器に突っ込み、自室に向かう。濃紺のスーツに着替え、ブリーフケースを手にリビングに下りると、テーブルについていた玲奈が振り返った。

「ちょっと待ってよ。学校まで車で送ってよ」

「歩いて行け。いいダイエットになるぞ」

「太ってないし」

唇をとがらせる玲奈に笑ってみせると、白石は磨きあげた革靴を履き、家を出た。

警視庁本部の地下駐車場に停めたアウディから降り立った白石は、車のボディにかすり傷が走っているのに気がついて顔をしかめた。いったい、いつの間にこのような傷がついたのだろう。どこかで擦《こす》った記憶などない。

もしかしたら誰かが故意に傷をつけたのではないだろうか。それは決して被害妄想だとは言い切れなかった。職業柄、白石のことを嫌っている人間はゴマンといるはずだ。

白石はしばらく腰に手を当てて、傷を眺めていたが、あきらめたようにため息をつくと駐車場を出た。エレベーターを使い、警務部人事第一課のあるフロアで降りる。

白石が所属する監察係は、この人事第一課の大部屋の一番奥にある。監察係のシマでは、主任の泉繭子《いずみまゆこ》が一人デスクについていた。白石に気づくとパソコンから顔をあげて、

「おはようございます」と白い歯を見せる。

髪の毛をショートにした彼女は整った容姿をしていて、愛想も悪くない。年齢は白石より五つ若い二十九歳。浮いた話こそ聞かないものの、恋人がいても不思議はないだろう。

だが白石は繭子の私生活にはほとんど興味がなかった。二年前、彼女を公安部から引き抜いたのは、優れた人材だったからで、そこに私的な感情はなかった。事実、監察係の係長である白石のもとには四人の班長がいるが、繭子はその中でももっとも信頼が置ける存在になっている。

白石は自分のデスクにつくと、パソコンを立ち上げ、メールをチェックしていった。不意に、デスクの上に置いたスマートフォンが振動する。手に取ると、玲奈からのメールが着信していた。

〈放課後、友達と遊ぶ約束したから、帰るのは七時過ぎぐらいになるね〉

白石はため息をついた。このところ、玲奈は学校からまっすぐ帰宅することが少なくなった。もちろん友達づきあいは大事だが、学校帰りに渋谷《しぶや》などの繁華街に立ち寄り、男とつるんで悪い遊びでもしているのではないかと不安になる。

「係長。何か悩みごとでも？」白石の表情の変化に気づいたのか、繭子が訊《たず》ねる。

「いや、別に……」そう口を濁しかけて、思いなおす。男の自分が、中学生の女の子の気持ちを理解するには限界がある。

「実は中学生になる姪の素行が気になってね」

「二年前に引き取られた姪御さんですね？」

上司や繭子には、姉夫婦が交通事故で亡くなった後、そのひとり娘を引き取ったことは伝えてあった。

「その玲奈のことが心配なんだ。しょっちゅうＬＩＮＥで誰かとやり取りしているし、家に帰ってくるのも遅くなった」

「確か玲奈ちゃんは中学二年生、でしたよね？」

「ああ」

「確かに難しい年頃だと思います。特に男親にとっては、扱いづらいでしょうね」

「正直、どう接していいか迷っている」

「そうですね……」繭子が右耳のピアスをいじる。思索にふけるときの癖だ。「まあ、わたしもそれぐらいの頃は、しょっちゅう門限を破ったりしていましたよ。それで父親に怒られたりしても、ただうざいだけで、自分のためを思ってくれているとは考えられませんでしたね」

「では好きなようにさせておけと？」

「ただわたしのころに比べると、子供たちを取り巻く環境は劇的に変わっています。ＳＮＳで、どこかの変態オヤジと簡単につながることができる時代ですから」

「俺が心配しているのも、まさにその点だよ。何かがあってからでは取り返しがつかない」

藺子が考えこむ表情になる。「この方法はあまりお勧めできませんが……」

「何だ？」思わず白石は前のめりになった。

「『カレログ』というスマートフォンアプリはご存じですか？」

「聞いたことあるな。確か、恋人や家族の行動を確認することができる追跡アプリのことだろう」

白石の記憶では、そのアプリを対象者のスマートフォンにインストールすれば、ＧＰＳ機能を通じて、持ち主の現在位置を確認することができるということだった。だが、持ち主に無断でインストールする利用者が後を絶たなかったため、プライバシー保護の観点から大きな問題になっていたはずだ。

「各方面からの苦情を受けて『カレログ』はサービスを停止したんじゃなかったかな？」

藺子がうなずく。「確かにサービスを提供していた会社は倒産しました。だけど今でも類似のアプリは出回っているんですよ」

「そうなのか？」

「ええ。ネットで検索すればすぐに出てきますよ。その手のアプリの基本サービスは、いま仰《おっしゃ》ったように相手の行動履歴を追跡できるというのがほとんどですが、中には課金することで、通話内容や写真フォルダの中身までチェックできるものもあるそうです」

「そんなことまで……」思わず絶句する。

「わたしの友達もアプリを使って、逐一、彼氏の行動履歴や通話内容をチェックしていますよ」

そう言って、繭子はチェシャ猫のような笑みを浮かべた。ふと思う。アプリを使っているのは友達ではなく、繭子自身ではないのだろうか——。

そのとき彼女の卓上の電話が鳴った。電話に出た繭子の背筋がすっと伸びる。

「はい、泉です。ええ、いらっしゃいます。……承知しました。お伝えしておきます」

繭子は受話器を置くと、白石に顔を向けた。

「係長。尾瀬《おぜ》参事官が部屋に来るようにと」

「参事官が？」

尾瀬警務部参事官は人事第一課長も兼任していて、つまり白石の上司にあたる。こんな朝早くから参事官室に呼び出されるとは何事だろうか。あまりいい予感はしない。

立ち上がり部屋を出ようとする白石の背中に、繭子の声がかかった。

「係長。さっきのアプリの話ですが」

振り返り、うなずいてみせる。「ああ。考えておくよ」

「ひとつ忠告が」繭子の顔が引き締まる。

「何？」

「万一、アプリを仕掛けたことがばれたときには、玲奈ちゃんの信頼を百パーセント失うことを覚悟しておいてください」

「……肝に銘じておくよ」

白石はため息をつくと、ネクタイを締めなおしながら部屋を出た。

2

十一階でエレベーターを降りると、ちょうど警務部参事官室から尾瀬参事官が出てくるところだった。

「おう、来たか」

灰色のスーツ姿の尾瀬が軽くうなずいてみせる。陰では、魚類の一種に容貌《ようぼう》が似ていることから『オコゼ』と呼ばれている。

それにしても、と白石は首をかしげた。参事官室に来るようにと言われたのに、尾瀬が部屋から出てきたのはなぜだろうか。

「参事官。おはようございます」

「うん、朝早くからご苦労」

「何かございましたか」

「総監がお呼びだ」

思わず白石は目を瞠《みは》った。警視庁のトップからお呼びがかかったということは、何か重要な事案が起こったに違いない。

「さあ、行くぞ」

尾瀬が先に立って歩き始める。白石もあわててその後を追った。尾瀬の背中を見ながら考えをめぐらせる。尾瀬は恐らく何のために警視総監に呼ばれたか聞いているはずだ。だが白石に何も言わないところを見ると、説明する気はないのだろう。

総監別室の入り口には警備のＳＰが立っていた。尾瀬と白石に会釈をしてくる。尾瀬は慣れた様子で先に進んでいく。総監室の前で秘書官の新田《にった》管理官が出迎えてくれた。

「お待ちしていました」

新田管理官は軽く頭を下げると、総監室の扉を重々しくノックした。「入れ」という声に、新田管理官は扉を開け、尾瀬と白石を通した。

正面のデスクに、恰幅《かっぷく》のよい男が座っていた。本郷《ほんごう》警視総監だ。ぎょろりとした目を尾瀬と白石に向けてくる。

「おう、朝からご苦労。座ってくれ」

尾瀬と白石は一礼してから、警視総監の向かって左側のソファに腰を下ろした。向かいのソファにはすでに二人の男が座っていた。紺色のスーツを着た男のほうには見覚えがあった。捜査一課長の森《もり》だ。何度か面識がある。

だがその横に座っている私服の男は初めて見る顔だった。年の頃は六十前といったところだろうか。白髪まじりで日に焼けた精悍《せいかん》な顔をしている。その眼光の鋭さから、元刑事ではないかと白石はあたりをつけた。だとすると一体、なぜ、この場に同席しているのだろうか。

「さて」本郷警視総監が口をひらいた。目は白石に据えられている。「白石係長。きみにはまだ何も伝えられていないと思うが」

「はい」白石は返事だけして、警視総監が先を続けるのを待った。

「どうして呼ばれたのか、不思議に思っているだろうな。新田、あれを準備してくれ」

新田管理官が、デスクの横に置かれた四十八型の薄型テレビをリモコンでオンにする。続けてＤＶＤデッキにＤＶＤソフトを挿しこんだ。テレビ画面がいったん黒くなる。

「まずは見てもらいたい映像がある」警視総監が言った。

白石は眉《まゆ》をひそめて、隣の尾瀬を見た。尾瀬は視線を合わせたものの、うなずいただけで何も言わなかった。黙って映像を見ろということだろう。

テレビ画面に目を戻す。背筋に鳥肌が立っているのを感じた。自分のことを臆病者《おくびょうもの》だと思ったことはないが、今は得体のしれない不安のようなものを感じていた。そしてある確信があった。これから見せられる映像は決して愉快なものではないだろう——と。

唐突に画面が少し明るくなった。粗い画像がテレビに映し出される。

灰色の壁を背にして、小さな子供が体育座りのような恰好でうずくまっていた。子供は頭を垂れていて、黒く長い髪が顔を覆い隠している。髪の毛の長さや、体型、服装からその子供が女の子であることがわかった。

異様なのは、女の子が両手と両足を縄のようなもので拘束されていることだった。この映像は一体――。

次の瞬間、女の子が垂れていた頭をあげた。思わず白石は目を瞠った。女の子の口には猿ぐつわが嚙まされていた。可愛らしい顔立ちをした少女だったが、茶色がかった大きな瞳《ひとみ》は涙で濡《ぬ》れている。そしてその華奢《きゃしゃ》な体は、恐怖のためか小刻みに震えていた。

画面の中の少女に同調するかのように、白石の手も震えだす。間違いない、この映像は――。

不意に画面に黒い影が現れた。その影は拘束されている少女に近づいて行く。目を凝らすと、その影は黒いウェットスーツを身につけた人間だとわかった。その人物はこちらを振り返ると、にやりと笑みを見せた。顔もすべて黒いマスクで覆われているので人相はわからないが、目と口の部分に穴が開けられている。穴からのぞく双眸《そうぼう》には怪しい光が宿っていた。

体つきから見て、ウェットスーツを着込んだ人物は男のようだった。だが背丈やひょろりとした体軀から察するに、まだ青年の域には達していない。男の右手には麻縄のようなものが握られている。女の子の目に恐怖の色が浮かび、体を芋虫のようにくねらせた。

白石は息を詰めて映像を凝視していた。禍々《まがまが》しさを感じさせる映像なのに、なぜか目をそらすことができない。すでに今見せられているものが何なのかはわかっていた。

男がしだいに少女との距離を詰めていく。女の子はさらに激しくもがき始めた。男が左手で女の子の頬を愛撫《あいぶ》する。少女の瞳から涙がこぼれ落ちた。映像には音声が入っていなかったが、少女のすすり泣きが聞こえるような気がした。男は繊細と言ってもいい手つきで、少女の首に麻縄を巻き始めた。そして両手で縄の両端を引っ張っていく。女の子の細い首に縄が食い込み、彼女の瞳からは光が失われていった――。

「そのあたりでいいだろう」

本郷総監の押し殺した声に、白石ははっと我に返った。新田管理官がリモコンで映像を停止させる。ぷつりと画面が黒くなった。

無意識のうちに肩に力が入っていたことに気づき、白石はふうと息を吐きだした。掌《てのひら》にびっしょりと汗をかいている。隣の尾瀬に目をやると、鼻の下に汗の粒が浮いていた。

向かいに視線を移す。森捜査一課長は手の甲で額の汗をぬぐっていた。その横に座っている私服姿の謎の男は腕を組み、唇を真一文字に引き結んでいた。その目が険しくなっている。

「白石係長。今見せた映像がどういうものか、すでにわかっていると思うが？」

本郷総監の問いかけに、白石はうなずいてみせた。

「はい。二十年前の国分寺《こくぶんじ》女児殺害事件の映像かと」

「その通りだ。当時、きみはいくつだった？」

「……十四歳でした。少年Aと同じ歳だったので憶えています」

国分寺女児殺害事件――。二十年前に日本中を震撼《しんかん》させた猟奇的事件だ。

東京の国分寺市にある病院の廃墟《はいきょ》で、九歳の少女が惨殺された。遺体の両眼はくり抜かれており、遺体の発見に先立って少女の眼球は両親のもとに匿名の小包で送られていた。

すぐに捜索隊が結成されたが、少女の遺体捜しは難航した。結局、二日後に遺体を見つけたのは、廃墟探検と称して病院に忍び込んだ高校生たちだった。

その残忍な手口から、事件は連日、新聞やテレビで取り上げられた。そして捜査開始後、間もなくして少女殺害と死体遺棄容疑で逮捕されたのが、被害者と顔見知りだったという中学生男子だった。まだ中学生の少年がわずか九歳の少女を惨殺したという真相に、世間は震えあがった。

加害者少年の名前は落合聖司《おちあいせいじ》。十四歳だった落合は実名を公表されることなく、少年Aと呼ばれることになった。当時、少年Aを大人と同じように刑事裁判で裁いて厳罰に処するべきだという意見もあった。だが結局、家庭裁判所は医療少年院への送致という保護処分をくだした。そうして少年法に守られた落合聖司こと少年Aは、矯正教育と治療を受けるために医療少年院に送られることになった――。

当時、少年Aと同じ年齢だった白石はこの事件に衝撃を受けた。自分と同年齢の少年がそのような残虐な犯行に及んだことが信じられなかった。白石は事件の模様を記した新聞記事を切り抜き、ニュース番組も欠かさずチェックした。少年Ａが犯した行為に激しい怒りを覚えると同時に、並々ならぬ関心を抱いた。

そして夕刊紙の記事で、少年Ａが少女を惨殺する模様を映像に撮っていたことを知った。夕刊紙の報道を受けて、警視庁もそうした映像があることは認めたが、その内容については詳しく公表されることはなかった。

白石は手にかいた汗をそっとシャツでぬぐった。まさかこの歳になって、その映像を見ることになるとは思わなかった。それにしても、今になってなぜ二十年前の猟奇的事件の映像を見させられたのか。すでにこの事件は犯人も逮捕され、解決している。そして白石の記憶では、事件から四年後に少年Ａは医療少年院を退院して、今では一般人としての生活を送っているはずだ。

「どうだった、映像の感想は？」本郷総監が目をすがめて、白石を見る。

「正直言って、吐き気がしました。あらためて、犯人に対する強い憤りを感じました」

本郷総監が大きくうなずく。「きみには実際にこの映像を見てもらい、いかに残虐な犯行だったか再認識してもらいたかった。だが、実を言うと、この映像にはまだ続きがある。少年Ａ――落合聖司が少女の目をくり抜くシーンだ」

さすがの白石も思わず身じろぎした。本郷総監が言葉を継ぐ。

「まあ、さすがにそこまで見る必要はないだろう」

白石は総監の目を見返した。「総監。どうして今ごろになってこの映像を……？」

本郷総監はその質問には直接答えずに、森捜査一課長に視線を移した。森がそれを察して、白石のほうに身を乗り出す。

「今、我々が見た映像はネットで売りに出されていたものだ」

「ネットで？」

「白石係長。ダークウェブという言葉は知っているかな？」

ダークウェブ。おぼろげながらその言葉には聞き覚えがあった。

「言葉は聞いたことがありますが、どのようなものか詳しくは知りません。闇サイトのようなものだと認識していますが」

森が首を横に振る。「正確にはダークウェブは闇サイトとは異なるものだ。例えばみなさんもグーグルはご存じでしょう？」

居合わせた一同がうなずく。それを見て、森は言葉を続けた。

「知っての通り、グーグルはいわゆる検索サイトです。何かについて調べたいときは、そのようなサイトで、調べたい語句を入力して検索するわけです。その結果、その語句に関する情報を含んだウェブサイトが無数に表示される。そうした検索サイトで探し出しアクセスできるウェブサイト群のことをサーフェイスウェブと呼んでいます」

「サーフェイス……表層的な、という意味か？」

本郷総監の言葉に、森がうなずく。「その通りです。そうしたサーフェイスウェブに対して、検索サイトでは捕捉《ほそく》できないウェブサイトも存在していまして」

「それがダークウェブというわけですか」今度は尾瀬参事官が口を挟む。

「ええ。ダークウェブには、〈トーア〉と呼ばれる発信元を匿名化する特殊なソフトを使って、サイトのアドレスを直接入力しなければアクセスできません。つまり、あらかじめそのサイトの存在とアドレスを知っている人間でなければ、そこにはたどり着けない仕組みになっているんです」

「まるで会員以外お断りの秘密クラブのようだな」

本郷総監の冗談に一同が笑った。だがその笑い声はどこか虚《うつ》ろに響いた。先ほど見た映像の後味の悪さが、まだその場を支配していた。

「まあ、そんなところです」森が真顔に戻って言う。「そしてダークウェブは匿名性が高いため、捜査当局の目が届きにくく犯罪の温床になっているんですよ。その代表的なものが〈闇市場〉です」

「なんだそれは？」総監が眉根を寄せる。

「先ほど話に出た闇サイトですが、あれは一応、サーフェイスウェブの一種です。確かに闇サイトでもドラッグや児童ポルノのたぐいが出回っていますが、利用した場合は足がつく可能性が高い。それに比べてダークウェブは匿名性が高いので、闇サイトよりもさらに違法性の高いものが平気で売買されているんです」

「それが〈闇市場〉か」

「ええ。そこでは個人情報の他、違法薬物や銃器類、コンピューターウイルス、一説では人間までもが売買されているという噂です。しかし捜査当局の目が届きにくいこともあって、ほぼ無法状態です」

一同の間に嘆息が漏れた。自分たちが知らない間に、ネット上ではどんどん闇の世界が広がっていることにみな、呆然《ぼうぜん》としているのだろう。普通の人間よりはネットに精通している白石もダークウェブの実態を聞いて、背筋に寒いものを感じた。

森捜査二課長が乾いた唇をなめて、言葉を継ぐ。

「ただ、ダークウェブを利用しているのは必ずしも犯罪者だけではありません。少しネットにくわしい一般人もダークウェブの存在は知っていて、中には興味本位でアクセスする者もいるようです。もちろん警視庁もそうした状況を黙って見ているわけではありません。サイバー犯罪対策課の捜査員たちが常にそうしたダークウェブの闇市場に目を光らせています」

警視庁は二十年ほど前からサイバー犯罪対策に力を入れるようになり、対策チームも発足させている。そして二〇一一年には担当部署を〈サイバー犯罪対策課〉に格上げして、より対策を強化するようになった。

「――そして先日、そうした闇オークションサイトのひとつで、この映像がＤＶＤの形で売りに出されているのを見つけたというわけです」

「いったい誰がそんなものを……」白石は首をかしげた。

森が嘆かわしげに首を振る。「発信元を匿名化するソフトを使っていたので、出品者を特定するのは不可能だったようです。そして入札後の売買も、匿名性の高い仮想通貨で決済されたので、そこから身許《みもと》を特定することも無理でした」

「だったら対処のしようがないじゃないですか」尾瀬参事官が顔をしかめる。

「ええ。そのせいでダークウェブの闇市場では、実際の殺人の様子をおさめたスナッフ・フィルムのようなものも平気で取引されている状態です。今回の映像も〈国分寺女児殺害事件のリアル映像〉として売りに出されていました。捜査員たちがそのサイトを発見した時点で、すでに五件の入札がありました」

「外道どもが」森捜査一課長の隣に座っていた私服の男が吐き捨てるように言った。彼が言葉を発するのはこれが初めてだった。

「もちろん捜査員たちも手をこまねいて見ていたわけではありません。彼らもそのオークションの入札に参加することにしました」

「それはおとり捜査になるのではないですか？」白石が指摘する。

　森がうなずく。「確かに適法かどうかは微妙なところだが、そうした時代の最先端を行く犯罪に対しては、ある程度、手段を選んではおれんでしょう」

「それでどうなったのかね？」本郷総監が先をうながす。

「サイバー犯罪対策課の捜査員が百五十万円ほどで落札することに成功しました」

　その金額に、一同は顔を見合わせた。

「百五十万だと？　驚きだな」本郷総監が目をぐるりと回してみせる。

「お言葉ですが、スナッフ・フィルムの相場としてはそれでも安い方なんです。中には千万単位で取引されるものも珍しくないという話ですから」

　確かに、と白石は心の中でうなずいた。スナッフ・フィルムの愛好者には富裕層が多いという。彼らは本当の殺人をおさめた映像を見るためには金に糸目をつけない。

「では、今回の映像がそれほど値が上がらなかったのはなぜなんですか？」白石は目の前の森に訊《き》いた。「国分寺女児殺害事件の犯行映像ともなれば、もっと高値がついてもおかしくないように思えますが」

「実はそうしたダークウェブの闇オークションにおいても、一般のオークションサイトと同じように、出品者の評価というものがつけられるんですよ。過去にニセモノを扱ったり金だけ受け取って商品を送らなかったりした出品者には低い評価がつけられ、それが信用度を測る物差しになるわけです」

「つまり今回のＤＶＤの出品者は評価が低かったというわけですか？」

　尾瀬参事官の質問に、森捜査一課長がうなずく。

「新規の出品者で、それまでの評価がない人物でした」

　そのために信憑性《しんぴょうせい》に欠け、大多数の人間は興味を魅《ひ》かれながらも実際に入札するのをためらったということか。それが入札金額が思ったほどには上がらなかった理由だろう。

　白石はひとつ気になった点を質問した。「新規の出品者ということは、その人物は国分寺女児殺害事件の映像ＤＶＤを売るためだけに、ダークウェブに足を踏み入れた可能性があるということですか?」

「確かにその可能性は否定できない。落札後、捜査員は出品者と連絡を取り、何とか身許を特定できないか努力してみた」

「だけどうまくいかなかった?」

森の顔が渋くなる。「まあな。売買取引はすべて匿名化されたメールでやり取りされ、入金方法も仮想通貨での決済だったので、結局、出品者の身許をつきとめることはできなかった」

「つまり百五十万もの金を無駄に費やしたわけか」皮肉交じりに、本郷総監がぼやく。

「お言葉ですが」森が額の汗をぬぐいながら反論する。「そうしなければ出品者に接触することすら不可能だったでしょう。それにまったくの無駄だったわけではありません。落札金額の百五十万円を仮想通貨で決済した後、出品者は約束通りＤＶＤを送ってきました。郵送方法はレターパックでした。郵便局の窓口に行かなくても、そのあたりのポストに投函《とうかん》すればいいだけのものです。出品者は郵便局員に顔を覚えられたり防犯カメラに映るのを怖れて、この郵送方法を選んだんでしょう」

森の話では、当初、サイバー犯罪対策課の捜査員たちは落札金額を支払っても、ＤＶＤが送られてくるかは半信半疑だったという。仮に送られてきたとしても、それが国分寺女児殺害事件の犯行映像である確率はかなり低いだろうと予想していたらしい。

「しかし実際には」森捜査一課長が液晶テレビのほうに顎《あご》をしゃくる。「送られてきた

ＤＶＤにおさめられていたのは、今ご覧になったように正真正銘の本物の映像だったわけです。もちろんオリジナルではなくコピーしたものでしょうが」

「この映像が本物であることに間違いはないんですね？」

白石は森に訊ねたが、その質問に答えたのは私服姿の男だった。「ああ、間違いない」

「どうしてそう言い切れるんですか？」

「俺自身、二十年前に何度もこの映像を見たことがあるからだ」

はっとして白石は私服の男を見つめなおした。「もしかして、あなたは……？」

「白石係長」本郷総監がおごそかな口調で言う。「紹介しよう。彼は阿波野《あわの》くん。国分寺女児殺害事件の捜査を担当した刑事の一人だ。今では退職して、民間警備会社のコンサルタントを務めている。そうだったな？」

確認を求められた阿波野が「ええ」と言葉少なに答える。警視総監に対してもそっけない態度を崩さないところを見ると、相当、気骨のある男らしい。現役時代はさぞかしタフな刑事だったのだろう。

とにかく、これで阿波野がこの場に同席している理由がわかった。だがわからないのは、なぜ自分が呼ばれたのかということだ。白石のそんな考えを見抜いたように、本郷総監が口を開く。

「正直、我々は困惑している。この映像がダークウェブで売りに出されたという事実に。誰が、何の目的でこのようなものを闇のオークションに出品したのか。そして映像の原版はどこから流出したのか。至急、その流出源をつきとめる必要がある」

遅まきながら自分がこの場に呼ばれた理由がわかりはじめた。白石は少し考えてから言った。

「この映像の原版——オリジナルは今どこにあるんでしょうか？」

「それについては阿波野くんから説明してもらおう」

本郷総監の言葉に、阿波野がうなずいた。「わかりました。ただ最初から話すと長くなりますが」

「構わん。まだ官房長官とのランチまでにはたっぷり時間がある」

それでは、と阿波野は居ずまいを正した。乾いた唇をなめるのを見て、彼もまた緊張しているのだと白石は悟った。おもむろに阿波野が口を開く。

「二十年前の七月四日の夜七時過ぎ。国分寺に住む会社員、伊《い》東《とう》雅之《まさゆき》氏が最寄りの警察署に、小学生になる娘さんの行方がわからないと通報してきました。伊東雅之氏と妻の弘美《ひろみ》さんは共働きで、先に帰宅した奥さんが娘さんが在宅していないことに気づいたそうです。娘さん——美月ちゃんには二歳年上の兄もいましたが、その兄も塾に行っていたため、妹の行方は知りませんでした。美月ちゃんの自室にはランドセルがあったことから一度は小学校から帰宅したものと思われました。そのため奥さんは娘さんが友人と出かけたものと考えたそうです。だが六時を回っても美月ちゃんが帰宅しないことから不安になり、娘さんと仲のよかった友人宅に電話をかけました。しかしその友達は、美月ちゃんとは帰宅途中で別れた後、会っていないと話したそうです。そうしたことから奥さんは夫の帰宅を待って、警察署に通報をしたというわけです」

どうやら阿波野は、国分寺女児殺害事件の発端から説明するつもりのようだ。

白石は目を閉じながら、阿波野の話を聞いていた。すでに国分寺女児殺害事件の詳細については、新聞記事やテレビニュースを繰り返し見て、頭の中にすべて入っている。だが、事件の捜査を担当した刑事からじかに話を聞くのは初めてだった。こうした事件をマスコミを通じて知ることと、当事者から実際に話を聞くことの間に大きな隔たりがあることは、白石にはわかっていた。一言も聞きのがさないように、両耳に神経を集中させる。

「小学生の失踪《しっそう》ということで、すぐに警察も動きました。学校関係者やクラスメートの親たちも総出で美月ちゃんの所在を捜したそうです。事態が動いたのが、夜の九時ごろ。奥さんが自宅の郵便受けに小さな小包が届けられていることに気がついた」

その小包に入っていたのは人間の眼球だった。夫の伊東雅之はその眼球が、娘のもののように思えると警察に伝えた。茶色がかった特徴のある目だったからだ。すぐに眼球は科捜研に送られ調べられた。ＤＮＡ鑑定の結果、眼球は伊東美月のものと確認され、死後にくり抜かれたものとわかった。また眼球や小包からは指紋はいっさい採取されなかったという。

すぐさま特別捜査本部が結成され、捜査員八十人態勢で捜査が行われた。すでに伊東美月は亡くなっているものと思われたが、一刻も早く彼女の遺体を見つけ、犯人を割りだそうとした。

　そして二日後に伊東家から二キロほど離れた病院の廃墟で、伊東美月は見つかった。彼女の死体が見つかったのは一階の診察室だったスペース。無惨にも目をくり抜かれ、首には麻縄が巻きつけられていた。

「後にも先にも、あんな残酷な死体を目にしたことはない」

　その時の様子を思い返してか、阿波野は額に噴きだした汗をぬぐった。

「捜査員全員が美月ちゃんの遺体に誓いましたよ。必ず犯人を見つけ出すと」

　事実、その言葉どおり、捜査開始後すぐに伊東美月と面識があったという中学二年生、落合聖司の名前が捜査線上に浮かんだ。彼は数か月前にも別の小学生女児に悪戯《いたずら》をして、補導された経歴があったことから、目をつけられたらしい。阿波野の話によると、すぐに落合聖司を重要参考人として任意同行して事情聴取をしたという。だが、落合は自分は事件には関係ないと否認し続けた。

　しかし家宅捜索で落合聖司の自室から、伊東美月殺害の映像をおさめたビデオテープが発見され、事件は急展開することになった。

「さらに落合宅のガレージの段ボール箱の中から、撮影に使ったと思われるビデオカメラと三脚、それに犯行映像がおさめられたＤＶテープが見つかりました。いずれも落合の事件への関与を裏付ける重要な証拠だった」

そして落合は逮捕され、事情聴取は取調べへと変わった。

取調べに先んじて、阿波野ら捜査員は伊東美月の殺害映像を最初から最後まで見たという。

「陰惨な殺人事件には慣れているはずの捜一の連中も、トイレに駆け込むものが続出しましたよ」阿波野がその時のことを思い返して、顔をしかめる。「正直、俺も吐き気をこらえるのに必死でした。だがそれ以上に激しい憤りを覚えた。なんとしても落合の自白を取る——その覚悟で取調べに臨みました」

そして当時の捜査一課長の指示で、取調べと並行して、犯行映像のビデオテープをダビングして、ビデオ解析班が映像を精査することになった。一方、引き続き落合の取調べに当たることになった阿波野は、取調室にテレビとビデオデッキを持ち込み、原版のビデオテープの映像を落合に見せながら取調べを行ったという。

「犯行の映像を見せても落合のやつは平然としていた。『なかなかよくできた映像ですね。これは作りものなんでしょ』などと、ふざけたことを抜かしていた。一向に自分がやったと認める気配はなかった」

逮捕後、被疑者を拘束できるのは四十八時間までと決まっている。その限られた時間で阿波野たちは落合を取り調べて、起訴できるだけの供述調書をまとめ上げなければいけなかった。だが落合はふてぶてしい態度を崩さず、あくまでも否認を貫き続けたという。

白石は目を開けて、阿波野に訊ねた。

「犯行映像のテープですが、それは取調べの間中、ずっと流していたんですか？」

いや、と阿波野がかぶりを振る。「落合を揺さぶるために映像を見せたんだが、すぐにその効果は薄いと判断した。結局、二時間ほどしたところでビデオテープは保管庫に戻した」

通常、押収した証拠品は署内の保管庫で一括して管理される。刑事たちが保管庫から証拠品を持ちだすことを「仮出し」と言い、その場合は管理責任者の立ち会いのもと、証拠物件出納表に名前を記さなければいけない。返却するときも同様の手続きを踏むことになる。

「正直言って、落合を落とすのは難しいと感じた。それでも最後には何とか落合の自白を引き出すことに成功した」

結局、タイムリミットぎりぎりになって落合は自白したという。そしてその頃には、ウェットスーツなど他の証拠品も新たに押収されていた。起訴に持ち込むのに十分な材料はそろい、落合は送検されることになった――。

話を終えた阿波野は椅子にもたれ、テーブルに置いてあったミネラルウォーターを口にした。彼にとって、国分寺女児殺害事件の記憶をよみがえらせることは心理的に相当の負担だったようだ。阿波野の長い刑事生活においても、あの事件は特別な意味合いを持つものだったのだろう。

彼が水を飲み終えるのを待ち、白石は質問した。

「つまり今の阿波野さんのお話を聞く限り、犯行映像をおさめた記録媒体は全部で三つあったわけですね。ひとつはビデオカメラのDVテープ、そしてビデオテープ、さらにビデオ解析班が精査するためにダビングしたビデオテープがもう一本。DVテープはずっと保管庫に置かれ、原版のビデオテープは阿波野さんが取調べで二時間ほど仮出しした後、保管庫に戻した。そしてダビングした方のビデオテープは取調べの間、ビデオ解析班によって精査されていた——そういう認識でいいでしょうか？」

「ああ、その通りだ」

すべての証拠品は送検が決まると、刑事訴訟法に基づき、検察庁へと送られる決まりになっている。

「ではその記録媒体は三つとも、落合の送検とともに検察に送られたわけですね？」

その質問に答えたのは、森捜査一課長だった。

「そういうことだ。そして現在も殺害映像を記録した媒体は、検察の保管庫に眠っていることを確認した。なんでも検察庁では、バーコードを貼った段ボール箱に証拠品を収納し、コンピューターで一元管理しているらしい。落合の処遇が家庭裁判所で決裁された後、それらの記録媒体が持ち出された形跡はないということだ」

「決裁される前に、検察官たちが証拠品を保管庫から持ち出して、調べた可能性はあるかと思いますが」

「もちろん持ち出した場合の記録はすべて残っているという話だ。そして、その記録に不可解な点はないと言っている。検察はあくまで自分たちのところから犯行映像が流出した可能性はゼロだと断言しているんだ」

検察から流出していないとすると、犯行映像がコピーして持ち出されたのは、落合宅から証拠品を押収して検察に送られるまでの間――つまり警察の保管中に行われたということになる。ようやく白石はこの場所に自分が呼ばれた理由がわかった。

本郷総監へと視線を向ける。「つまり今回、ダークウェブで売りに出された犯行映像DVDの原本は、警察内部から流出した可能性が高いということですね。それを監察に調べろ、そういうわけですね？」

総監が大きくうなずく。「ああ。犯行映像をおさめた三つの記録媒体が警察に保管されていたわずかな時間に、警察内部の人間が流出させたものと我々は考えている。おそらく犯人は、何らかの機会を利用して記録媒体のひとつを持ち出し、コピーしたうえでもとに戻しておいたのだろう。そしてその機会があったのは、捜査関係者に限られると思う」

「しかし、そう決めつけるのはどうでしょうか」尾瀬参事官が異議を唱える。「今回、ダークウェブでオークションに出品された犯行映像DVDが、警察が押収した記録媒体以外からコピーされたものと考えることもできるのではないでしょうか？」

「つまり、どういうことだ？」

「例えば少年A――落合聖司が逮捕される前に、犯行映像をおさめた別の記録媒体をどこかに隠しておいた可能性も否定できません」

「警察が押収した以外にも、落合は別に犯行映像の記録媒体を持っていたというのか」

「ええ。もし落合が自宅以外の場所にそうした記録媒体を隠していた場合には、警察の家宅捜索でも見つけることは不可能だったでしょう。落合は医療少年院を出た後、その映像を回収したのかもしれません。そして、その映像を今回ネットで売りに出したのも彼自身の仕業ではないでしょうか？」

「その動機は？」総監が鋭く訊ねる。

「なんとでも考えられます。金銭目当てかもしれませんし、そもそも落合聖司は極めてナルシスティックな男であると私は考えています。世間の注目を浴びるために、あえて自分が起こした犯行の映像をネットで売りに出したという可能性もあるのでは？」

「お言葉ですが、落合がダークウェブに出品した可能性はないでしょう」

森捜査一課長の言葉に、尾瀬参事官は眉根を寄せた。「それはどうしてですか？」

「実はサイバー犯罪対策課がダークウェブ上でこの映像DVDが出品されているのを発見した時点で、捜査一課にその事実を伝えてきたんです。そして合同で捜査することになった。我々は落合聖司が出品者である場合に備えて、落札直後から彼を見張ることにしました。もし落合が出品者ならばDVDを発送するために何らかのアクションを起こすはず――例えば郵便局に行ったり、自宅に宅配業者を呼んだり――そうした事態が起こるのではないかと思ったわけです。だが、落札されてＤＶＤが捜査員のもとに郵送されてくるまでの期間、彼は都内の病院に入院していたんですよ」

「入院？　どうしてですか」

「急性膵炎《すいえん》を発症して、その治療のために一週間ほど入院したようです。その間、医療関係者に扮《ふん》した捜査員を病院に配置して、彼の動向を見張りましたが、病室から一歩も出ることもなければ、誰かに宅配物を託すこともありませんでした。つまり彼に犯行映像のＤＶＤを送付する機会はなかったと考えていいでしょう」

「落合に委託されて第三者が取引した可能性は？」白石が訊ねる。

森捜査一課長は即座にかぶりを振った。

「取引されたのはスナッフ・フィルムですよ。普通の人間がそのようなものの売買にかかわるとは思えません。落合の周囲に都合よくそんな人間がいた可能性は低いでしょうな」

森の言うことは、一理あった。白石はもうひとつ質問をぶつけた。

「ただ、落合が警察に押収された以外の犯行映像を所持していて、それが今回ネットに流出した可能性は残りますよね。つまりどういう経緯かはわかりませんが、第三者がその映像を手にいれてネットに出品したのかもしれません」

森捜査一課長が重々しくうなずく。「確かにそれは否定できない。その可能性については現在、捜査一課で人員を割いて調査を行っているところです」

さすがに捜査一課に手抜かりはないようだ。

本郷総監が白石に視線を据える。

「白石係長。これで状況は理解できただろう。今回ネットで売りに出された犯行映像の流出源はいくつか考えられるが、警察内部から流出した可能性が一番高いという疑いはぬぐいきれない。そして、その人物が誰なのかを監察係につきとめてもらいたいのだ」

白石は唇を噛んだ。

警察関係者が猟奇的事件の犯行映像をコピーして持ち出した――。しかも今回のダークウェブの出品にも関わっている可能性があるという。断じてあってはならないことだ。しかし今まで監察として働いてきた経験から、警察内部にもモラルの低い人間が一定数いることを白石は理解していた。

「……わかりました。早速、調査に取り掛かります」

本郷総監が大きくうなずく。「調査に必要な資料はすでにそろえてある。新田管理官から受け取ってくれ。他にも必要な資料がある場合は何でも言うように。一刻も早く、その不届き者を見つけ出すんだ」

「ご期待に添えるようにします」

視線を真正面の阿波野に移すと、彼は苦虫を噛みつぶしたような顔をしていた。決して白石と目をあわせようとはしない。

本郷総監がうなずき、それを合図にして、一同は立ち上がった。阿波野が誰とも会話せず、すぐに部屋を出て行くのを白石は目の端でとらえた。

新田管理官が近づいてくる。

「白石係長。資料をお渡ししますので、別室までご同行願えますか？」

「わかりました。ただ少しお待ちください。すぐ戻ってまいりますので」

拍子抜けした表情の新田管理官をしり目に、白石は早足で総監室を出た。通路の先を行く阿波野の背中を追いかける。

「阿波野さん」

白石の呼びかけに、阿波野は足を止めゆっくりと振り返った。

「ご挨拶《あいさつ》が遅れました。警務部人事第一課監察係係長の白石と申します」

阿波野は無言で、白石の顔を眺めるばかりだ。その口もとはかたく引き結ばれている。動じず白石は言葉を継いだ。

「阿波野さんにも、後日お話を伺うかもしれません。よろしければ連絡先を教えていただけますか？」

阿波野が鋭い眼光で睨《にら》みつけてくる。「俺も容疑者の一人というわけか？」

「捜査一課の元刑事さんならおわかりでしょう。すべての関係者を疑ってかかるのが捜査の基本です」

阿波野は鼻を鳴らした。「俺は信じている。あの捜査本部にいた連中に、犯行映像を流出させたようなクズ野郎は存在しないとな」

「私もそうであってほしいと願っています。逆の見方をすれば、我々の捜査は、警察内部に犯行映像を流出した者がいなかったことを証明するためとも言えます」

「ふん。監察の連中は口だけは達者だな」

どうやら阿波野は監察係に対していい印象を抱いていないようだ。いや、彼だけではない。警察関係者のほとんどが監察係のことを蛇蝎《だかつ》のように忌み嫌っている。監察係の役目は、警察内部の不祥事や不正行為を捜査することだ。いわば身内である警察官を取り調べる立場にいるため、内部でも嫌われ者の存在だった。

「お言葉ですが、我々のような存在も警察には必要かと」

阿波野はしばらくじっと白石の顔を凝視していたが、やがて背広の内ポケットから名刺入れを取り出すと、名刺を抜いて白石に渡した。肩書きは民間警備会社のコンサルタントになっている。

「電話するときは直接、携帯にかけてくれ。その方がてっとりばやい」

「わかりました。あ、それともうひとつ」

阿波野がうんざりとした表情になる。「なんだ？」

「少年A——落合聖司の取調べにあたったのは阿波野さんということでしたが、もう一人はどなたが担当されたのですか？」

通常、取調べは捜査員二人が一組になって行われる。

「鈴木《すずき》。鈴木修一《しゅういち》警部補だ」

「現在の連絡先はご存じですか？」

阿波野がヤニで黄ばんだ歯を見せて笑う。「あいつと連絡を取るのは無理だろうな」

「どうして？」

「五年前に亡くなったのさ」

「殉職ですか？」

「肺がんだよ。見舞いにも行ったが、最後のほうは本当に苦しそうだった。あれ以来、俺も煙草はやめた。だが今日は久しぶりに吸いたい気分だ」

阿波野は少し顔をゆがめると、踵《きびす》を返し通路を歩き去った。その背中を見送り、白石は総監室へと戻った。

3

新宿《しんじゅく》で電車を降りた途端、不快な湿気をおびた空気に包まれた。

東京の夏は年々、過ごしにくくなっている気がする――。

三田《みた》江梨子《えりこ》は早くもシャツの背中が汗ばむのを感じながら、改札を抜けた。ぎらつく太陽の光を浴びるのが嫌なので、地下道を通って会社へと向かう。

江梨子は気分を奮い立たせるように、わざとハイヒールを軍靴のように響かせて地下道を歩いた。実際、毎朝、職場に向かうのは戦場に出向くのと変わらない気がする。

前を行くOLらしき若い女性が背を丸めて歩いているのを見て、自分も同じような姿勢になっているのに気がつく。江梨子は背筋を伸ばすと、さらに靴音を響かせた。

地下道を出たところにあるスターバックスに入ると、窓側のテーブルに見知った顔があった。同僚の吉瀬《きちせ》麻衣《まい》だった。江梨子と同じ歳で、入社した当初から気が合う存在だ。

麻衣はこちらに気がつくと、笑みを見せて手を振った。

江梨子は手を振り返すと、レジで買ったアイスラテを持って、麻衣の向かいに腰を下ろした。

「おはよう」

挨拶をしてから、テーブルの上に海外旅行のパンフレットが広げられていることに気がつく。ヨーロッパにアメリカ、オーストラリアなど国は様々だ。

「旅行に行くの？」

江梨子が訊くと、麻衣はため息をつきつつ、かぶりを振った。

「行きたいんだけどね。ま、ウチの職場じゃ無理だろうなあ」

麻衣の言う通りだった。江梨子たちの職場で、五日以上のまとまった休暇が取れるのは正月休みぐらいしかない。

「無理だってわかっているなら、どうしてパンフレット見てるわけ？」

「現実逃避に決まってるじゃん」

麻衣が気だるそうに前髪をかきあげる。その額にぽつぽつと赤い発疹《はっしん》ができているのに気がついた。そのことを指摘すると、彼女は眉根を寄せた。

「最近、肌荒れがひどくて。多分ストレスのせいだと思う」

「わかる」江梨子は深くうなずいた。「わたしも最近、お通じ悪くて」

「時々思うんだよね。このまま仕事に行かないで、どこか遠くに行っちゃおうかなって」

もちろんそんな想像を実行に移せるわけもない。結局、麻衣は食べかけのサンドウィッチをゴミ箱に捨てると、江梨子と一緒に会社に向かった。職場は新宿西口のオフィスビルの十七階にある。

広いオフィスに足を踏み入れると、ずらりと並んだデスクの半分ほどがすでに埋まっていた。江梨子はロッカーにバッグを押し込み、麻衣と別れて自分のデスクに向かった。

パソコンを立ち上げ、メールをチェックしていく。リーダーからのメールが届いていた。〈延滞者リスト〉と記された添付ファイルを開いて、リストを確認する。知っている名前もあれば、初めて見る名前もあった。

ふと背後に人の気配を感じた。振り返ると、リーダーの城戸《きど》が立っていた。ピンストライプのダークスーツに派手なネクタイを締めている。歳はまだ三十過ぎのはずだが、すでに髪の生え際は後退しかけていた。それをごまかすために髪を剃《そ》りあげているので、ヤクザにしか見えない。実際、この仕事に転職する前はその筋の者だった、という笑えない噂もある。

「おはようさん。なんや、顔色悪いな。生理か？」

この男にセクハラという言葉は通用しない。上に苦情を申し立てても、まともに取り合ってもらえるような職場でもない。

「ちょっと疲れているだけです。大丈夫です」

いつものように江梨子は適当にあしらった。

「せやったらいいけどな。三田さん、あんた最近成績よくないで。今日は気合入れていきや」

「……頑張ります」

城戸は太い指で、パソコン画面を指さした。

「今日はさほど厄介な客はおらんはずや。まあ、しいて言うなら三番と二十二番、四十五番が要注意や」

江梨子はすばやくリストに目を走らせ、手もとのメモに3、22、45と走り書きした。

「まあ、頑張りや」

江梨子の肩を気安く叩《たた》くと、城戸は自分のデスクへと戻っていった。

江梨子はため息をつき、持参したのど飴《あめ》を口に放り込んだ。この仕事はアナウンサーと同じで声が大事だ。飴で喉《のど》を潤しながら、もう一度、リストに目を通していく。腕時計に視線を落とすと、八時まであと三分を切っていた。

徐々に部屋の中の緊張が高まっていくのを感じる。江梨子は室内を眺めまわした。それぞれのデスクについたオペレーターたちは一様にパソコンモニターに見入っている。

彼らも江梨子と同じように延滞者リストを確認しているのだろう。

ヘッドフォンを装着して、小さくなった飴を紙にそっと吐きだす。ミネラルウォーターを口に含んで喉をしめらせた。

壁に掛けられた時計の針が八時を指した。室内の止まっていた空気がいっせいに動き出す。パソコンに向き合ったオペレーターたちが先を争うように電話をかけ始めた。

江梨子も電話番号をダイヤルする。七回のコールの後に、「はい？」と男の声が聞こえてきた。パソコン画面のリストに目をやりながら言った。

「朝早くから失礼いたします。大谷《おおたに》様でいらっしゃいますでしょうか？」

〈そうだけど……〉ヘッドフォンの向こうの声がかたくなる。

「失礼ですが、先月分のご返済がまだ確認できていないのでお電話差し上げました」

そう言いつつ、リストを確認する。大谷秀征《ひでゆき》、四十五歳。ＩＴ関連企業社長。年収二千万円。毎月の返済額は八万六千円となっている。

〈……金がないんだよ〉

ぼそっと大谷がつぶやく。

「いつごろでしたらご入金いただけるでしょうか？」

〈だから無理だって言ってんだろ〉

取り付く島もない態度だが、さすがにこの仕事も三年になるので、これぐらいのことで腹は立たない。だがリストの備考欄に目を落とすと、この大谷という顧客は〈礼儀正しく穏やかな性格〉とのコメントがつけられている。だが今、電話で話している相手はあまり礼儀正しいとは思えなかった。

「大谷……様でいらっしゃいますよね？」

確認すると、電話の向こうの人間はさらに声を荒らげた。

〈他に誰がいるんだよ。俺のケータイにかけてるくせに〉

「大谷様。もしこのままご返済が遅れるようでしたら、カードが使えなくなってしまいますが……」

〈うるせえな。そんなことぐらいわかってるよ〉

「でしたら、いつご入金いただけるか約束してもらえると助かります」

〈だから金がないって言ってるだろうがっ。日本語がわかんないのかよ！　バカか、おまえはっ〉

鼓膜をつんざくような怒声に、江梨子は思わずヘッドフォンをはずしかけた。

いわゆるゆとり世代の江梨子は、小さい頃から親や教師に怒られたことなどめったにない。それが大人になってから、見ず知らずの他人から毎日のように怒声を浴びせられるようになるとは想像さえしなかった。

異変を察したのか、眉間《みけん》にしわを寄せた城戸が近づいてくる。手にあまる顧客の場合には手をあげて合図さえすれば、リーダー格の城戸が電話を代わって対応してくれることになっている。だが、それは自分の無能さを認めることでもあった。

江梨子は城戸から視線をはずし、マイクに向かって話しかけた。

「……大谷様。もし何かお困りのことがあるようでしたら、私でよければご相談に乗りますが」

しばらく沈黙があった。

「大谷様。何でもおっしゃってください」

〈……会社の資金繰りが苦しいんだよ〉

しぼりだすように大谷が言った。

江梨子はパソコン画面に大谷の顧客データを映し出した。それによると、大谷はスマートフォンのアプリを開発する会社を経営しているらしい。その会社がうまくいっていないということだろう。切羽詰まった状況のために、普段は温厚な性格のはずの大谷が、取り乱しているということか。

大谷様、と江梨子は落ち着いた口調で話しかける。「もし本当にお困りでしたら、返済額の減額や支払期日の延長といった手段をとらせていただくこともできますが……」

〈……本当か？〉

「ええ。大谷様はわが社にとって大事なお客様ですので。できる範囲で便宜を図らせていただきます」

また沈黙ができる。気のせいか、電話の向こうで大谷が泣いているような気がした。

しばらくして再びヘッドフォンから声が聞こえてくる。

〈……ありがとう。もう少し頑張ってみるよ。今日は無理だが、近いうちに必ず入金する〉

　本当ならば、入金日がいつになるか言質を取るところだが、今はそこまで追いつめない方がいい気がした。代わりに声をやわらげて言う。

「大谷様。くれぐれも無理はなさらないでくださいね」

〈ああ……すまない。必ず入金するよ〉

　電話が切れると同時に江梨子は吐息をもらした。自分の対応は間違っていなかったと思った。電話越しでも、大谷が精神的に不安定になっていることは感じ取れた。無理に返済を迫れば、取り返しのつかない行動に走ってしまうかもしれない。顧客を追いつめて自殺されたということになれば、会社の評判にも傷がつく。

「どうや？　大丈夫やったか？」

　気がつくと、すぐ横に城戸が立っていた。

　ええ、と江梨子はうなずいた。「大丈夫です」

　江梨子がこのカード会社に就職したのは三年前のことだった。

　当時すでに就職氷河期は昔の話になっていて売り手市場が続いていたものの、三流大学の学生で特に容姿に恵まれているわけでもない江梨子にとって就職活動は決して楽なものではなかった。それでも数十通のお祈りメールを受け取った後に、ようやく〈明《めい》城《じょう》カードサービス〉から内定をもらうことができた。

　入社する前は自分がどういう仕事をすることになるのか、正確に把握していなかった。会社説明会に来ていたリクルーターはみな、カードの営業をしている人たちだったので、漠然と自分もそのような仕事をすることになるのだろうと考えていた。だが入社後、江梨子が配属されたのは、キャッシングの回収部門だった。たいていのカード会社はクレジットカードだけではなく、キャッシング専用カードというものを取り扱っている。文字通り金を借りるためのカードで、買い物には使えず、最高二百万円までの現金を借りることができる。システムは消費者金融とほぼ同じだが、それよりは心理的なハードルが低いということで、カード会社のキャッシング専用カードを使って金を借りる人は結構多い。江梨子が配属されたのは、そうしたキャッシング専用カードを利用しながらも期限内に返済ができなかった人たちに督促をする部署だった。言ってみれば、借金の取り立てだ。部署への配属を命じられたとき、江梨子は少なからずショックを受けた。大学を卒業して間もない自分が、そのようなハードな仕事を任せられたことが信じられなかったのだ。

　実際、仕事は大変だった。督促の電話をかけても、素直に入金するという顧客は半分もいない。男性客の多くは激昂《げきこう》して怒鳴り、女性客は泣き出す始末だった。そもそも江梨子は電話よりもメールでやり取りをすることに慣れている世代だ。電話を使って、支払いの督促をするのは精神的にもしんどかった。

　それでもしだいに仕事にも慣れ、督促のスキルも上達し、顧客の怒声も聞き流せるようになった。回収成績も徐々に上がり、成績上位者として表彰されるまでになった。

　先ほどの大谷のケースなども、入社したばかりのころだったら状況をこじらせていただろう。それが今ではたいしてストレスを感じることもなく、冷静に対応することができた。

　結局、この日は午前中だけで、百名近い滞納者に督促の電話をかけ、その四割ほどから入金の約束を取り付けることに成功した。野球の打率と一緒で、四割というのはかなりいい確率だ。

　ほどよい充実感を味わいながら、昼休憩に出ようとしたときだった。江梨子のデスクの電話が突如、鳴り響いた。江梨子のいる回収部門は督促の電話をかけるだけではなくて、顧客からかかってきたクレーム電話にも対応している。今鳴っている電話は、そうした種類のものに違いなかった。

　思わず舌打ちする。せっかく、いい気分で昼食に出かけるところだったのに——。

　仕方なくヘッドフォンを装着しなおして、受信ボタンを押す。

「もしもし、担当・三田が承り……」

　最後まで言い終わらないうちに、耳もとに怒鳴り声が響き渡った。

〈おいっ、いいかげんにしろよっ〉

パソコン画面に発信者である顧客のデータが表示される。電話番号から自動的に検索して表示するシステムになっているのだ。すばやくデータに目を走らせる。電話をかけてきたのは、宇津木《うつぎ》俊樹《としき》。四十二歳。自動車整備工。

「宇津木様ですね？　どうかされましたか？」

落ち着いた口調で、訊ねる。以前は、電話で怒鳴られたときには思わずこちらも感情的になっていたが、今では冷静に対処できるようになっていた。

〈どうかされましたかじゃねーよ。カードが使えねえだろうが〉

カードが使えなくなるのにはいくつかの理由が考えられる。カードの磁気不良もそのひとつだが、たいていの場合は客自身に問題がある。

〈早く使えるようにしろよ、このボケナス。おまえら金を融通するのが仕事だろうがっ〉

ヘッドフォンの向こうでは、宇津木がわめき続けていた。そのヒステリックな声を聞き流し、江梨子はパソコン画面に表示された宇津木のデータをチェックした。案の定だった。宇津木のカードは強制解約になっている。カード会社側の判断によって、契約を取り消してカードを使えなくしたのだ。

「宇津木様。申し上げにくいのですが、カードは当社のほうから解約扱いにさせていただきました」

〈解約だとお？　ふざけんなよ。毎月支払いはちゃんとしてるだろうが。それがなんで解約になるんだよ〉

パソコン画面に表示された宇津木の入金履歴を確認したところ、支払いは毎月のように四、五日ほどの遅れはあるものの、長期の延滞はないようだった。通常その程度の延滞でカードが強制解約されることはない。考えられる理由はただひとつ――。

「宇津木様、弊社以外でもカードをお作りになってはいませんか？」

一瞬の間があった。

〈……それがどうしたって言うんだよ〉

「他のカード会社のほうで長期の延滞があった場合、それが理由で弊社でも契約を解除させていただくことになっているんです」

カード会社というものは、信用情報機関を通して借り入れや延滞の記録を共有している。だから他のカード会社で長期に支払いが遅れた場合、大事を取ってそれ以外のカード会社もカード取引を停止させるのだ。

そのことを説明すると、宇津木はヘッドフォンの向こうで黙りこくった。心当たりがあるようだ。ただ荒い息遣いだけが聞こえてくる。江梨子は腕時計に目を落とした。すでに十二時を過ぎていた。このまま電話が長引けば、昼食をとる時間がなくなってしまう。

江梨子はいらだちを抑えて、丁寧な口調で言った。

「宇津木様？　ご理解いただけましたでしょうか？」

〈……困るんだよ〉

「はい？」

〈金がないと娘の小学校の給食費が払えないんだよ〉

「それは……」

〈もう一年ぐらい滞納してて、学校からせっつかれてんだよ。このままだと娘が給食食べられなくなっちまうよ〉

給食費を滞納したからと言って、給食の提供が停止されることなどあるのだろうか。

だが宇津木は本当に弱り切っているようだった。

〈なあ、何とかカードを使えるようにしてくれないか？〉

先ほどまでの傲慢《ごうまん》な態度とはうって変わって、宇津木は情けない声で助けを求めてきた。もし江梨子の裁量でカードを復活させることができるのならば、そうしてやりたいところだが、もちろんそんな権限はない。

「宇津木様。申し訳ありませんが、それはいたしかねます」

なおもしばらくヘッドフォン越しに宇津木の荒い息遣いが聞こえていたが、突然、ガチャリと通話が切られた。思わずため息をつく。

後味の悪さが残ったが、この仕事をしている以上珍しいことではない。江梨子はヘッドフォンをはずし、昼食に出かけるため席を立った。

4

監察係に白石が戻ると、ほぼ全員の係員がそろっていた。パソコンに向かっていた繭子が顔をあげる。

「オコゼはどういう用件だったんですか？」

彼女もまた尾瀬参事官のことをニックネームで呼ぶ一人だ。

「参事官と一緒に総監に会ってきた」

白石の言葉に、繭子がかすかに目を見開く。

「泉主任。きみの班を会議室に集めてくれ。あと人吉《ひとよし》班にも声をかけてくれ」

「わかりました」

五分後には、会議室に繭子率いる泉班五名と人吉班五名が全員そろい、コの字型に並べられた長テーブルを囲んでいた。白石は上座につき、全員の顔を見渡した。繭子はいつものように涼しげな顔をしていたが、もう一人の班長である人吉智也《ともや》はその童顔に緊張した表情を浮かべ、身を硬くしていた。人吉はまだ二十九歳で、その苗字《みょうじ》の示す通り、「お人好《ひとよ》し」な一面があるもののその実務能力は白石も高く買っていた。

「さて」白石は一同の顔を見まわしながら、口火を切った。「今回の捜査はいつにもまして、重要な案件だ。わかっているだろうが他言は無用だ」

その言葉に、一同の表情がさらに緊張で引き締まる。

「最初に確認だが、国分寺女児殺害事件のことは知っているか？」

年配の班員たちはうなずいたが、若手たちは今ひとつぴんと来ない顔をしていた。無理もない。白石よりも年下の班員たちは事件の起こった二十年前はまだ年端もいかない子供だったはずだ。人吉が両の眉を下げて言う。

「もちろん、そういう事件があったことはなんとなく知っていますが、詳しい内容までは……」

白石はうなずき、繭子に視線を移した。「泉主任。きみはどうだ？」

「そうですね。事件のときにはわたしはまだ生まれていませんでしたが、その手の猟奇的事件についてはひとかたならぬ興味があるため、ある程度の知識はあります」

そう言って繭子は口もとに涼しげな笑みを浮かべた。二十年前に生まれていなかったというのは、もちろん彼女の冗談だが、それによって少し場の雰囲気が和んだ気がする。

「では、きみから事件の概要について説明してくれ」

「わかりました」

繭子は軽く咳払《せきばら》いをすると、国分寺女児殺害事件のあらましについて語り始めた。その語り口はなめらかで、ポイントを押さえているためわかりやすかった。

「とんでもないやつですね」話を聞き終えた人吉がぼそりと言う。

「ああ、その通りだ」白石はうなずいた。「だがとんでもないのは少年Aだけではない」

「どういうことですか？」

「今回、その犯行映像をネットの闇オークションで売りに出したやつがいるんだ」

室内に驚きの声が上がる。白石の右手にいた薾子も片方の眉をぴくりと動かした。

白石は犯行映像をおさめたＤＶＤ映像が売りに出された経緯を説明し、その流出源が当時の捜査本部である可能性が高いことを告げた。

「当時、特別捜査本部に詰めていた捜査員は本庁、所轄あわせて八十人余。その全員を、犯行映像をコピーして外部に持ち出した嫌疑対象とする」

「とんでもない人数ですね」人吉がなかば呆《あき》れたような声を発する。

「確かにこれだけ多くの人間を捜査対象とするのは、監察でも滅多にないことだ。だが、動機と機会を考えれば、おのずと疑わしい人間はしぼられてくる」

「動機……ですか」薾子が右耳のピアスをいじり、考える目つきになる。

「ああ。泉主任、当時の捜査員がなぜ犯行映像の記録媒体をコピーして持ち出したのか、きみならその動機をどう推測する？」

「そうですね。考えられる動機は二つあります」

「一つ目は？」

「お金です。スナッフ・フィルム――実際の殺人の模様をおさめた映像はその手の愛好者の間で高値で取引されています。しかも国分寺女児殺害のような有名事件の犯行映像ならば、愛好者にとっては喉から手が出るほど欲しいもののはず。そのことから証拠品である犯行映像をコピーして外部に持ち出して小遣い稼ぎをしようとした捜査員がいた可能性はあります。そしてその人物から映像を買い取った第三者が今回、ネットで映像をオークションに出品したのではないでしょうか」

「しかし警察関係者がそのような悪事に手を染めますか？」

反論する人吉を、繭子は冷ややかな目で見返した。「警察官でもモラルの低い人間は少なからず存在します。そうした人物がいなかったとは断言できないでしょう」

白石はうなずいた。「では二つ目の動機は？」

「コピーして持ち出した人間自身がその手の愛好者であったというケースです。スナッフ・フィルム愛好者あるいは小児性愛者——どちらにしろ、この場合、持ち出した人物は自分の欲望を満たすために犯行に及んだと考えられます」

白石は人吉に目を向けた。彼は顔をゆがめていた。そのような人間がいるとは考えたくもないといった表情だ。人吉は性善説を信じすぎているきらいがある。だが、いざ捜査となれば、自分の感情とは切り離して合理的な判断ができる男だ。

白石はあらためて一同の顔を見渡した。

「動機に関しては、泉主任が説明してくれた二点にほぼ集約されると思う。みな、そのことを念頭に置いておいてくれ。次に証拠品であった犯行映像媒体をひそかに持ち出してコピーすることができた機会のある人物について考えよう」

白石は人差し指をたてた。

「まず真っ先に挙げられるのは、少年Ａの取調べにあたった阿波野と鈴木の両刑事だ。取調べにあたっては、取調室にビデオを持ち込み犯行映像を流して少年Ａを揺さぶろうとしたという。つまりこの二人は比較的、ビデオテープを自由に扱える立場にあった。結局、取調べ開始から二時間ほどしてビデオテープは保管庫に戻しているが、その間に二人のうちのどちらかがテープを持ち出してコピーした可能性は否定できない」

「先ほどの係長の説明では、鈴木警部補はすでに病死しているとか」

　繭子の問いかけに、白石はうなずいた。

「うん。五年前に亡くなっている。つまり今回、ネットの闇オークションにＤＶＤを出品したのは彼ではありえない。だが事件当時、犯行映像をコピーして持ち出した可能性は残る。鈴木警部補も嫌疑対象だ」

「わかりました」

「とりあえず泉班には、阿波野と鈴木の両名を洗ってもらう。二人が警視庁に在籍していた当時の人事記録を徹底的にあたって、阿波野には行動確認をつけるように」

「承知しました」繭子がうなずく。

「さて次に映像を持ち出せる可能性があったのは、ダビングしたビデオテープを精査したビデオ解析班チームの面々だ。ここにそのリストがある」

　そう言って白石は、新田管理官から受け取ったビデオ解析班チームの人物リストをテーブルに置いた。

「全員で六名。彼らは取調べ中、別室で犯行映像の解析を行っていた」

「だけど」人吉が首をかしげる。「六名で解析を行っていたということは、その中の一人がこっそりビデオテープを持ち出してコピーするのは難しい状況だったのではないでしょうか？」

「ああ。だが、可能性がゼロだとも言い切れないだろう。わずかでも可能性があるならば、徹底的に調べる必要がある」

「わかりました」

「泉主任。この六名についてもきみの班で、人事記録をあたってくれ」

白石からリストを受け取った繭子はおもむろにうなずいた。その目は獲物を見つけた猫のように細められている。

「さて、今あげた以外の捜査関係者たちも当然調べる必要がある。それらの人間については、人吉主任、きみの班に調査を任せる」

そう言って、当時の特別捜査本部に詰めていた捜査員リストを人吉に渡す。人吉はそのリストをめくって眉根を寄せた。

「了解しました。ただ八十名あまりともなると膨大な人数ですが」

「ああ。中にはすでに現役を引退している人間も少なからずいる。とりあえずはそうした人物も含めて、そのリスト全員の人事記録をデータベースから引っ張ってきて精査してほしい。それにあたって気をつけるポイントがいくつかある」

「なんでしょうか？」

「まず第一に、銀行調査をして借金履歴がある人間をピックアップしろ。金に困って犯行映像をコピーして売り払った恐れがあるからな。さらに事件前にマル暴に所属していた人間も要注意だ。知っての通り、マル暴の刑事の中には暴力団と癒着とも取れるようなつきあいをしている輩《やから》もいる。スナッフ・フィルムのような違法映像は暴力団の資金源のひとつだ。元マル暴の刑事が、犯行映像をコピーして暴力団に横流しした可能性も考えられなくはない」

人吉が律儀に手帳にメモを取りながら、「わかりました」とうなずく。

「そしてもうひとつ。以前に生活安全課にいた者もチェックしろ」

繭子はぴんときたようだった。「セイアンも児童ポルノなどの違法映像の摘発を行っていますからね」

「その通りだ。ミイラ取りがミイラになってしまった可能性も捨てきれない」

人吉が嘆かわしげに首を振る。彼は童顔に似合わず、すでに結婚していて四歳の娘がいるはずだ。児童ポルノを愛好する人間の心理など理解したくもないのだろう。

「さて話は以上だ。大変な作業になると思うが、みんな頑張ってくれ」

一同、引き締まった顔をして会議室を出て行く。その表情からは、猟奇的殺人の犯行映像を横流しした人間をなんとしても見つけ出してやるという気概がうかがえた。

白石は最後に会議室を出ると、監察係のシマにある自分のデスクについた。係長といえども、専用の個室があるわけではなく、部下たちと机を並べている。部下にしてみれば、近くに白石の存在があることは鬱陶《うっとう》しいかもしれないが、間近で部下の様子を観察できることは利点だった。

白石のデスクは几帳面《きちょうめん》な性格を反映するように、他の誰のデスクよりもきれいに整理整頓《せいとん》されていた。先ほど新田管理官から渡された証拠物件出納表を手に取り、目を通していく。

この書類には、国分寺女児殺害事件で押収され、保管庫で保管されていたすべての証拠品の仮出し記録が記載されている。

誰がいつ、どのような目的でどの証拠品を仮出ししたのか、そしていつ返却したのか。それらを詳細に記入するようになっていて、仮出しに立ち会った保管管理責任者の印が押されている。

白石はその記録を丹念に目で追っていった。ビデオカメラのDVテープを仮出しした者は誰もいなかった。だがビデオテープのほうは、二人の人間が仮出しをしていた。ひとりは阿波野誠《まこと》。先ほど総監室で同席した阿波野のことだろう。仮出しした日時を確かめると、少年A——落合聖司の取り調べが始まる直前だった。そしてほぼ二時間後に返納している。阿波野が語ったように、取り調べで落合に殺害映像を見せるために仮出ししたのだろう。二時間ほどして返却したという話とも一致している。阿波野の仮出し記録に関しては、不自然なところはなかった。

ビデオテープを仮出ししたもう一人は美馬《みま》宗樹《むねき》という警部補だった。初めて目にする名前だ。仮出し理由は〈映像精査のため〉と簡潔に記されている。白石の目を引いたのは、仮出しをした日時だった。美馬は落合が送検される直前にビデオテープを仮出ししていた。

白石は椅子にもたれて、腕を組んだ。

この美馬という刑事は何者だろう。国分寺女児殺害事件の捜査では、どのような役割を任されていたのだろうか。記録によると、美馬は一時間ほどでビデオテープを保管庫に返却している。それだけの時間があればダビングするには十分だろう。

パソコンを立ち上げ、データベースにアクセスし、美馬の人事記録を引っ張ってくる。それによると生年は一九六一年となっていた。現在は五十七歳。阿波野とほぼ同じ世代だろう。

すでに五年前に退職しているが、現役時代は捜査一課でも優秀な人材だったようで、勤務評定は毎年、ＡＡやＡが並んでいる。最高評価がＡＡＡなので、これはかなり良い成績だ。実際、美馬は警視総監賞を三十回近くも授与されていた。これだけ見ると、金《かね》儲《もう》けや自分の欲望を満たすためにビデオテープをコピーして持ち出すような人間には思えない。

ただ人事記録の評価欄に気になる記述があった。

〈優秀だが、気性の激しい一面があり、トラブルの種になることも〉

トラブルの具体的な内容については、人事記録を繰り返し見ても、記述はなかった。

美馬宗樹。

白石はその名前を脳裏に刻みつけた。

5

宇津木から再び電話があったのは、最初のクレームがあってから三日後のことだった。退勤間際になって、別のオペレーターから、江梨子を指名するクレーム電話が入ったと知らされた。ため息をついて、電話を回してくれるよう頼む。

パソコン画面に、電話の発信者名が表示されたのを見て江梨子は首をかしげた。宇津木俊樹――。カードが解約されたことを伝えたはずなのに、今さら、何の用があるのだろう。

「もしもし、お電話代わりました」

〈……あんたのせいだ〉

「はい？」

〈娘が給食を食べられなくなった〉

「宇津木様。どういうことでしょうか？」

〈だからあんたらが金を融通してくれなかったから、給食費が払えなくなって、娘だけ

給食を止められたんだよ〉

江梨子は眉根を寄せた。

「お言葉ですが、たとえ給食費を滞納されたとしても、それで娘さんだけ給食が提供されなくなることはないと思いますが……」

宇津木がカードを解約されたことを根に持って、ありもしないことを言ってクレームをつけているだけではないか。そう思ったのだが、返ってきた言葉は思わぬものだった。

〈……昨日、娘が首をつって死んだ〉

「え？」

〈自殺したんだよ〉

想定外の言葉に頭が麻痺《まひ》する。宇津木は陰鬱な口調で続けた。

〈遺書もあった。この一週間、給食の時間になっても、娘だけ給食が食べられなかったそうだ。他の生徒の前で、担任教師が言ったらしい。『おまえは給食費を払ってないから食べさせるわけにはいかない』って。それでクラスメートにもいじめられたって……ひでえ話だよな……〉

江梨子は絶句した。

これまでも督促の電話をかけると、「死んでやる」「自殺する」と息巻く顧客たちは少なからずいた。しかし、融資を受けられなかったことが原因で子供が自殺したなどと言ってくるケースは初めてだった。

宇津木の話は本当なのだろうか——。

給食費の未払いで、その子供が給食を食べられなくなるといった話は聞いたことがない。そんなことが実際にあれば、問題になるのではないだろうか。だが最近は、払えるのに給食費を払わない親も急増しているという。もしかしたら宇津木の住む学区では、悪質な給食費未払いのケースに対してやむなく強硬な手段をとったのかもしれない。

〈かわいそうだよな……まだ娘は小学生だったんだぞ。俺が不甲斐《ふがい》ないばかりに……こんなことになって……〉

嗚咽《おえつ》まじりに続ける宇津木の言葉は、あながち嘘だとも思えなかった。何と言葉をかけていいのかわからずに江梨子は口ごもった。

〈あんたのせいだ〉

「え？」

〈あんたのせいで娘は首をつったんだ〉

「それは……」

〈あんたがウチの娘を殺したんだよ〉

そこでぶつりと通話は切れた。江梨子はヘッドフォンを装着したまま、ただ呆然とパソコン画面を眺めるしかなかった。

西武池袋《いけぶくろ》線の中村橋《なかむらばし》駅に降り立った江梨子は、照りつける日差しに思わず目をすがめた。バッグから取り出したサングラスをかけ、スマートフォンの地図アプリを起動させる。

会社の顧客データに記録されていた宇津木の自宅住所を検索すると、駅から歩いて十分ほどの場所が表示された。画面に時折目を落としながら、宇津木の自宅へと足を向ける。

暑さのせいか、それとも寝不足のせいか、軽いめまいがした。

宇津木のクレーム電話を受けてからの三日間、よく眠れていない。彼が電話を切る前に放った言葉が脳裏から離れなかった。

――あんたがウチの娘を殺したんだよ。

あの後、城戸に宇津木の電話の内容を報告すると、彼は笑って言った。

「あほらし。そんな話、ウソに決まってるやろ。カードを止められた腹いせに、あんたに嫌がらせの電話をしてきただけや。気にすることなんかあらへん」

城戸の言う通りなのかもしれない。だが、もしかしたら……という気持ちも捨てきれなかった。自分のせいで年端もいかない子供が自ら命を絶ったのではないか。そう考えると仕事に集中することができなかった。

だが宇津木の娘が給食のことでいじめられ死を選んだのが事実だったとしても、そのことで江梨子が責められるのは筋違いだ。そもそもの原因は、宇津木が給食費を滞納したことにあるはずではないか。それを人のせいにされてはかなわない。

しかしその一方で、自分にも何かできたのではないかという思いも脳裏から離れなかった。このまま気持ちを切り替えて、何事もなかったかのようにオペレーターの仕事を続けるのは難しかった。宇津木の話が本当かどうか——いや嘘であることを確かめなくては前に進めない。

会社のコンピューターに保存されている宇津木の個人データには、彼は独身だと記されていた。だがそのデータは宇津木がカードを作ったときの申込書に基づくもので、十年近く前のものだ。その後、宇津木が結婚して娘をもうけたということは十分考えられる。

宇津木の話が事実かどうか、自分の目で確かめよう——。

そう思って、江梨子はわざわざ休みを取ってここまでやってきたのだった。とはいえ、本人に直接会って話を聞くつもりはなかった。そんなことをしても本当のことを聞けるとは思えない。代わりに近所の住人に話を聞いて、宇津木に本当に娘がいたのか、そして自殺したというのが事実かどうかを確かめるつもりだった。まだ幼い子供が、それも自殺で亡くなったとすれば、近隣の住民も何らかの噂を聞いているはずだ。

何度も額の汗をぬぐいながらたどりついた宇津木の自宅は、安普請のアパートだった。〈メゾン柴田《しばた》〉。築二十年は経っているだろう、ひびの入った壁は煤《すす》で灰色に汚れている。ここの二〇三号室に宇津木は住んでいるはずだ。

裏手にまわって、その部屋と思《おぼ》しき窓を見上げると、雨戸が閉められていた。宇津木は家にいるのだろうか。

　そのとき外階段を下りてくる足音が聞こえた。宇津木かと思ったが、下りてきたのは大学生ぐらいの若い男だった。顧客データによると、宇津木は四十二歳のはずなので、年齢的にあてはまらない。Tシャツ姿に膝《ひざ》に穴の開いたジーンズを穿《は》いたその若い男は江梨子を一瞥《いちべつ》すると、駅のほうへと歩き去った。

　雰囲気的に見て、このアパートは単身者向けの物件のようだ。断言はできないが、宇津木も一人で住んでいるのではないだろうか。だとすると、そもそも宇津木に娘がいたのかどうかも怪しくなる。

　江梨子は急いで大学生風の男の後を追った。道を曲がったところで、男の背中を見つけ、声をかける。

「あの、すみません」

　男が振り返り、訝《いぶか》しげな視線を投げかけてくる。

「……何か？」

「〈メゾン柴田〉の住人の方ですよね？」

「そうだけど……」

「二〇三号室の宇津木さんのことはご存じですか？」

「ウツギ……？」首をかしげて考え込む。「いや、名前は知らないけど、二〇三号室の人だったら何度か顔は合わせたことあるかな……。茶髪のおじさんじゃなかったっけ？」

宇津木の顔は江梨子も知らなかった。電話越しでしか話したことがないのだ。

「はあ……だと思います」

男が怪《け》訝《げん》な表情になる。「あんた何？ なんでウツギさんのこと聞くわけ？」

「いえ……」江梨子はとっさに考えた作り話を口にした。「実はわたしの妹が宇津木さんとつきあっているらしくて」

「妹さんが？」

「ええ。だけどどうも宇津木さんは妻帯者じゃないかってわたしも両親も疑っているんです」

「なるほど。遊ばれてるんじゃないかってわけだ」

「はい。それで妹のことが心配なので、近所の人に宇津木さんがどういう人なのかを聞いて回っているわけです」

「そっかあ、大変だね」

「ええ、まあ。それで宇津木さんに奥さんや子供がいるかはご存じですか？」

男は口を開きかけて、なぜか言葉を飲み込んだ。その目に怪しげな光が浮かぶ。

「そういや……」男がもったいぶった顔つきになる。

「なんですか？」

「俺、ウツギさんの隣の部屋に住んでるんだけど、隣から時々子供の声がするような気がするんだよね」

「ホントですか？」

「まあ実際に見たわけじゃないから、はっきりとはわからないんだけどさ」

男の口調は煮え切らなかったが、子供の声を聞いたということは、やはり宇津木には娘がいたのかもしれない。ただ、あのアパートを見る限り、近所づきあいがあるような雰囲気ではない。仮に宇津木の娘が亡くなったとしても、他の住人はそのことを知らないのではないか。

「あのさ、よかったら俺の部屋貸してあげるよ」

物思いにふけっていた江梨子は、男の思わぬ言葉に彼の顔を見なおした。

「はい？」

「ウツギさんに家庭があるか調べたいんだろ？　俺んち隣だから、一日中、俺の部屋で張りこめば、ウツギさんの様子もわかるんじゃないかな」

男の顔を見る。指紋で汚れた眼鏡レンズの奥の目は獲物を見つけた肉食獣のように爛々《らんらん》と輝いていた。

この男は嘘をついている――。直感でそう悟った。

子供の声が時々する、という話は江梨子を部屋に誘い込むための作り話ではないか。

「いえ……結構です」

「なんだよ、遠慮するなって。そうだ、ビールでも買い込んで二人で張り込みと行こうぜ」

男は臭い息を吐きながら、にじり寄ってきた。思わず後ずさりする。男が剛毛の生えた腕を伸ばして、江梨子を捕まえようとする。だが、なぜか次の瞬間、すばやく手を引っ込めた。男の視線は江梨子の背後に向けられていた。

振り返ると、アパートのほうから黒いポロシャツ姿の中年男が歩いてくるところだった。恋人同士がじゃれあっているものと勘違いしたのか、中年男はこちらをひとにらみして駅のほうへと歩き去った。

「……今のが、ウツギさんだよ」

気勢をそがれた口調で男が言う。

「え？」

「あの人」男は小さくなっていくポロシャツの中年男の背中を指さした。「あれがウツギさん」

はっとして江梨子はそちらに視線をやった。すでに宇津木の姿は角を折れて見えなくなっていた。江梨子は男に軽く頭を下げると、宇津木の後を追おうとした。背後から「ちょっと待ってよ」と男の声がすがってくる。江梨子はそれを無視して、足を速めた。

駅へと一直線に伸びる大通りで、宇津木の後ろ姿を見つけた。そのラフな服装から見て、仕事に行くわけではないようだ。

間隔を置いて、彼の背中を追いながら、これからどうするか考える。宇津木は江梨子の顔を知らないはずだから、尾行をしても気づかれることはないだろう。だが、彼を追い回したところで、娘が自殺したという話が事実かどうかを確認できるあてはなかった。どうするか決めかねて後をついていくと、宇津木は駅前にある雑居ビルへと入っていった。江梨子もそれに続く。入ってすぐのところが小さなエレベーターホールになっていた。一基しかないエレベーターは上がっていったばかりだった。宇津木が乗り込んだのだろう。

表示盤を見上げると、エレベーターは三階で止まった。壁のテナント案内板で確かめたところ、三階には〈金子《かねこ》メンタルクリニック〉というテナントひとつだけが入っている。宇津木は精神科に通っているのだろうか。胃がきゅっと縮こまる。もし娘の自殺のショックで通うようになったのだとしたら——。

ようやく下りてきたエレベーターに乗り込み、三階に上がった。エレベーターを降りた正面に、〈金子メンタルクリニック〉と書かれた半透明のガラスドアがあった。宇津木はおそらくこの中にいるはずだ。ガラスドア越しに中をうかがう。だが視界が限られていて、待合室の様子がよく見えない。なおものぞきこんでいると、受付カウンターの女性と目があった。

女性は立ち上がり、ドアを開けて出てきた。

「受診されにいらっしゃったんですか？」

女性は三十代ぐらいで、眼鏡をかけた地味な顔立ちだが、レンズの奥の目は優しげだった。

「えっと……はい、最近、眠れなくて……」

ついそんな言葉が口をついた。このまま踵を返して立ち去ることもできたが、外で待っているよりも、クリニックに入ったほうが何かがわかるかもしれないと思ったのだ。

女性が控えめな笑みを見せる。

「そうですか。お辛《つら》いでしょうね。どうぞ、中へ」

そう言って、ドアを大きく開いた。うながされるまま江梨子は中に入った。待合室には小音量でモーツァルトが流れている。三人の患者がそれぞれ距離を置くようにしてソファに座っていた。宇津木の姿もあった。部屋の端で、ふんぞり返ってスマートフォンを操作している。こちらには目を向けようともしない。

「問診票にご記入お願いします」

女性が差し出した問診票とペンを手に、近くにあるソファに腰を下ろす。ちょうど宇津木がよく見える位置だった。問診票の空欄を埋めながら、時折、彼を観察する。

茶色に染められた髪の毛は櫛《くし》が通っておらず、顎には無精ひげが生えていた。黒いポロシャツの肩には白いフケが散っている。

江梨子は不眠に悩まされていることを問診票に記入するとカウンターへ提出した。受付の女性が問診票をチェックしている間、宇津木の様子をさりげなくうかがう。彼の座っているソファのすぐ横には、雑誌や本を置いたブックラックがあった。

「お呼びするまでおかけになってお待ちください」

江梨子はブックラックから雑誌を取るふりをして、宇津木のスマートフォンをちらと覗《のぞ》いた。液晶にはゲーム画面らしきものが映し出されていた。

婦人誌を手に取り、ソファに戻る。ぱらぱらとページを繰りながら、頭の中では違うことを考えていた。

幼い娘を亡くしたばかりの親がのんきにゲームに興じられるものだろうか——。

そんな疑問が頭をかすめる。江梨子は待合室を見渡した。他の二人の患者は、何をするでもなくただぼんやりとうつむいている。死んだ魚のような目をした彼らは表情が乏しかった。目を転じて、宇津木を見ると、真剣な表情でゲームに熱中している。精神科にかからなければいけない状態には見えない。

そのとき宇津木の名前が呼ばれた。宇津木はスマートフォンを尻《しり》ポケットにねじ込むと、診察室へと入っていった。

その時になって、診察室が二つあることに気がついた。どうやら医師が二人いるらしい。間を置かずして、江梨子の名前が呼ばれた。受付の女性が、宇津木の入っていったのとは違う方の診察室を指さす。

ドアをノックしながら自分は何をやっているのだろうとぼんやりと考えた。だがこの数日、不眠が続いているのも事実なので、この機会にそのことを相談するのもいいかもしれない。

診察室に入ると、白髪の上品そうな女性医師に出迎えられた。ベテランの医師らしく、白衣がよく馴染《なじ》んでいた。

江梨子がこの二、三日よく眠れないと話すと、何か悩みごとはないかと聞かれた。もちろん原因はわかっている。だがそのことを医師に話すわけにはいかなかった。

彼女は思っていたよりも熱心で、不眠の原因が何かを徹底的につきとめようとした。江梨子はいくつもの質問に答えざるを得なかった。このままだと永久に診察が終わりそうになかったので、恋人に振られたことが原因だと思うと江梨子が言うと、医師はつまらなそうな顔をして診察を打ち切った。

診察室を出ると、すでに宇津木は診察を終えてソファでスマートフォンに熱中していた。この男はいったい何のために精神科に通っているのだろうか。

やがて宇津木と江梨子は順に名前を呼ばれ、会計をすませた。院外処方ということで、受付の女性が近くの薬局を紹介してくれる。

クリニックを出て薬局へと向かった。目の前を、先に出た宇津木が歩いている。薬局に入っていく彼に続いて、江梨子も中に入った。

大きな薬局だった。数名の客がソファに座って、処方されるのを待っている。江梨子はカウンターに行き、薬剤師に処方箋《しょほうせん》を差し出した。すぐ隣では宇津木が別の女性薬剤師に処方箋を渡している。何か問題でもあったのだろうか。女性薬剤師は処方箋を見て首をかしげていた。

「少々お待ちください」

女性薬剤師は宇津木にそう断ると、処方箋を手に奥に引っ込んだ。責任者らしい年配の男性薬剤師と話しているのが、ガラス越しに見える。その間、宇津木は落ち着かなそうに指でカウンターをコツコツと叩いていた。

江梨子がソファに座ったところに、ようやく女性薬剤師が男性薬剤師と一緒にカウンターに戻ってきた。江梨子はスマートフォンをいじるふりをしながら、そっと様子をうかがった。

「宇津木さん」男性薬剤師が丁重な口調で呼びかける。「本日はどういった症状でしょうか？」

「なんでそんなこと聞くんだよ？」むっとしたように宇津木が訊き返す。

「いえ。処方箋を見ると、薬の量がかなり多いようですので、念のためにどういう症状なのか確認したいと思いまして」

そのただならぬやり取りに、江梨子は手にしていたスマートフォンのレンズをそっと宇津木に向けた。動画モードにして録画ボタンを押す。

「なんだよ」宇津木が声を荒らげる。「もしかして偽造した処方箋だと思ってんのかよ」

「そういうわけではありません。ただ一度に処方するには危険な量でもありますので」

「はあ？　薬屋の分際でなに生意気言ってんだよ？　おまえらは医者の言う通りに薬を出してりゃいいだろうが」

「いや、しかし……」

宇津木がカウンターに身を乗り出して、男性薬剤師の白衣の襟をつかむ。

「ガタガタ言うな！　早くデパスを出せって言うんだよっ」

その怒声に、薬局内の視線が宇津木に集まる。江梨子は息を呑《の》みながらも、スマホで撮影を続けた。宇津木の剣幕に男性薬剤師は腰が引けたようだった。何やら小声で女性薬剤師にささやくと、彼女は奥に引っ込み、しばらくして薬を載せたトレイを手に戻ってきた。

「……お待たせしました。ご確認ください」

江梨子の位置からでも、トレイに載っているのが異常な量の薬だというのが見て取れた。宇津木はその大量の薬を受け取ると、薬剤師をひとにらみして、薬局を出て行った。

そう言えば――江梨子は録画モードを停止してから気がついた。

宇津木は薬代を払っていなかった。

6

「それって多分、クスリの転売してるよね」

次の日の夜、江梨子は麻衣と一緒に会社近くのイタリアンレストランで夕食をとっていた。昨日、宇津木を尾行して見聞きしたことを話すと、麻衣は声を潜めて言った。

「その宇津木さん……だっけ？　多分その人、生活保護受けてるんじゃない？」

「まさか。だって生活保護の受給者はカードは作れないはずでしょ？」

「一応、法的にはそういうことになってるけどね」麻衣がフォークに器用にパスタを巻きつけながら言う。「でもカード会社にしてみれば、顧客が生活保護を受けているかどうかまではチェックできないわけだし」

「だけど生活保護を受けているような人だったら、安定した収入がないわけだからカードの入会審査ではねられるんじゃないの？」

「だから多分、カードを作ったのは生活保護を受ける前で、受給した後もそのカードを利用して金を借りてるってことじゃないかな」

そう言えばパソコンのデータによると、宇津木がカードを作ったのは十年近くも前だった。その後、職を失い、生活保護を受けるようになったのかもしれない。

「でも大量の薬を処方してもらったことが、どうして生活保護を受けていることになるわけ？」

江梨子の疑問に、麻衣が声を潜める。

「ここだけの話だけどね、生活保護の人って医療費も薬代もただじゃない。自己負担ゼロなわけだから。その宇津木って人も薬代払ってなかったんでしょ？」

「うん、そう言えばそうだった」

「ほら。そうした人たちの中にはね、そうした制度を悪用して、ただで手に入れた薬を転売して儲けている人がいるんだよ」

「転売ってどうやって？」

「もちろんネットに決まってるじゃん。その宇津木って人、『デパスを出せ』って怒鳴ってたんでしょ？ デパスって言うのは精神安定剤の一種で、ネットじゃ高値で取引されてるらしいよ。まあある意味ドラッグみたいなもんなんだろうね」

「つまり宇津木さんは仮病を使って医師にデパスを処方してもらって、それを不正に売りさばいてるってこと？ だけど医師もそうした手口はわかっているんじゃないの？ どうしてそれを知っていて薬を大量に処方するんだろ？」

麻衣がテーブルに頬杖《ほおづえ》をつく。

「まあ、医師にしても薬を出した方が儲かるわけだし、それにそうした薬の転売をしている人たちっていうのは、タチが悪いらしいよ。言う通りにしないと暴れることもあるんだって。脅されて、やむなく薬を出しちゃう医師も多いんじゃないかな」

薬局での一件を思い出す。あのときも宇津木は素直に薬を出そうとしない薬剤師を恫《どう》喝《かつ》していた。医師に対しても同じような態度をとっているのかもしれない。

江梨子は白ワインを飲んでいる麻衣をまじまじと見つめた。

「だけど麻衣、どうしてそんなこと詳しく知ってるわけ？」

〝ゆるふわ女子〟といった感じの麻衣が、生活保護の不正受給という似つかわしくない知識を持っていることが意外だった。

彼女の形よく整えられた両の眉が下がる。ため息をついて言った。

「昔つきあっていた彼氏がね、そういう男だったの。働くのに何の支障もない健康体だったくせに、どうやってか生活保護を不正に受給して、自己負担ゼロで手に入れた薬を転売して儲けてた。本人は悪びれた様子もなく、得意げに自慢してたよ」

「それでどうしたの？」

「そいつが浮気してたことがわかったときに、不正受給と薬の転売を役所にちくってやった。それ以来、会ってない」

　ワインを飲みすぎたせいか、麻衣の頬は紅潮していた。

「でもスッとしたよ。自分自身の復讐《ふくしゅう》に加えて、世の中のためにいいことしたって気がして気分良かったな……」

　次の日曜日、江梨子はまた宇津木を尾行した。

　今日の江梨子は、黒いベースボールキャップを目深にかぶり、セルフレームの眼鏡をかけ、この前とは雰囲気の違うメイクをして変装していた。宇津木のアパート前にある小さな公園のベンチに腰かけ、ミネラルウォーター片手に様子をうかがう。

　宇津木が生活保護を不正受給しているのかどうかはわからない。見たところ体はどこも悪いようには見えないが、受給の基準は満たしているのかもしれない。だが、自己負担ゼロで大量に手に入れたクスリの転売をしているのはおそらく間違いないだろう。

　しかし彼の娘が本当に自殺したのかどうか——いや、そもそも娘などいるのかどうかはまだ確認できていなかった。

先日の宇津木の行動を見た限りでは、彼には家族がいるようには思えず、娘を死なせて悲しみに暮れている父親には到底見えなかった。だがそれでも、もうすこしはっきりとした証拠がほしかった。

江梨子のせいで宇津木の娘が自殺した――その話が嘘であることを確認したかった。そうしなければ気持ちが落ち着かない。そうした思いに突き動かされるようにして、今日もまたこうして宇津木のアパートにやってきたのだ。

昼前になって、二階の一室のドアが開き、宇津木が出てきた。江梨子はおや、と怪訝に思った。今日の宇津木はこざっぱりとしたジャケパンスタイルだった。日曜日だというのに、先日とは違って小ぎれいな恰好だ。

飲み干したミネラルウォーターの容器をゴミ箱に捨て、江梨子は駅のほうへと歩いて行く宇津木の後を追った。いったいどこに行くのだろう。今日は日曜日なので、クリニックは休みのはずだ。もちろん仕事でもないだろう。

その疑問はすぐに解けた。宇津木は駅前のパチンコ屋に入っていった。時折開く自動ドア越しに中の様子をうかがうと、宇津木は入り口近くの台に陣取り、背中を丸めてパチンコを打っていた。どうやらこれが彼の休日の過ごし方らしい。

とりあえずしばらく台を離れる気配はなかったので、この間に江梨子は昼食をとることにした。駅前の流行《はや》ってなさそうな蕎麦《そば》屋に入って、冷やしたぬき蕎麦を頼む。あまり蕎麦本来の味はしなかったが、冷たいのど越しは気持ちよかった。

手短に食事を終えてパチンコ屋に戻ってみたところ、宇津木の姿は消えていた。思わずあわてる。迷った末、店内に入って様子をうかがうことにした。店に足を踏み入れると、大音量の音楽と煙草の煙に迎えられた。

今までパチンコなどやったことのない江梨子は物珍しさを覚えながら、店内を一周した。宇津木は店の奥の台に移っていた。調子がいいようで、足もとに玉の入った箱を積み上げている。鼻歌までうたっていた。

宇津木の姿を確認して、江梨子は店を出た。外はむっと蒸し暑い。近くの自動販売機でお茶のペットボトルを買い、日陰で飲んだ。

一体自分は何をしているのだろう。

このまま宇津木をつけまわしても、娘が自殺したという話の真偽が確かめられるとは思えなかった。いや、ギャンブルに興じているところを見ると、やはり娘が死んだというのは嘘だとしか思えない。娘を亡くした悲しみを紛らわすためにパチンコにのめりこんでいる、というのなら話はわかる。だが鼻歌まじりにパチンコを打っている彼の姿にはそうした悲しみの影は微塵《みじん》も感じられない。

ここで尾行は中止にしてもよかった。半日、陽のあたるところにいたので、肌は日焼けし、体力は相当奪われている。だがここで引きあげるのも中途半端な気がした。それに江梨子の頭の中にはある計画があった。もし宇津木の娘が死んだという話が嘘ならば、彼に仕返しをしたい気持ちがあった。

とりあえず江梨子はパチンコ屋のはす向かいにあるコーヒーチェーン店に入って、窓際のカウンター席から見張ることにした。

アイスコーヒーを二杯飲み干したころ、パチンコ屋から景品を手にした宇津木が出てきた。そのまま細い路地の奥へと入っていき、しばらくして財布を手に再び路地から現れた。裏手にある交換所で換金してきたようだ。彼はそのまま駅へと足を向けた。

江梨子は店を出ると、宇津木の後を追った。宇津木はICカードをかざして、改札を抜けていく。

彼は池袋方面へ向かう電車に乗り込んだ。同じ車両に乗って、離れた位置から観察する。宇津木はドアにもたれ、スマートフォンに目を落としていた。なぜかその口の端に、時々、いやらしい笑みが浮かぶ。アダルトサイトでも見ているのだろうか。

電車が池袋に着くと、宇津木は東口に出て、人の波を縫うようにしてサンシャインのほうへと足を向けた。かなりの人ごみだったので、宇津木の背中を何度か見失いそうになる。

東急ハンズの前で宇津木は足を止めた。入り口前に陣取り、また熱心にスマートフォンを操作し始めた。時折、顔をあげては周囲に視線を這《は》わせている。どうやら誰かと待ち合わせしているようだ。江梨子も宇津木から少し離れた場所に立ち、スマートフォンをいじるふりをしながら、彼の様子を盗み見した。

そのとき一人の女の子が宇津木に近づき話しかけた。不自然なほどのオレンジのチークに光るグロス。化粧は濃いものの、顔立ちは幼い。まだ高校生ぐらいに見える。宇津木とその女の子は声を潜めて何かをしゃべっていた。

援助交際——。

江梨子の脳裏にそんな言葉が浮かぶ。年齢的に見て、通常の男女関係とは思えない。話を盗み聞きしようと、江梨子が近くによろうとしたとき、彼らは連れ立って歩きだした。手をつなぐわけでもなくお互いに微妙な距離を保ちつつ、裏通りへと進んでいく。このままラブホテルにでも行くのではないかと思ったが、彼らはファミレスへと入っていった。

躊躇《ちゅうちょ》したのち、江梨子も店に入ることにした。宇津木と女の子が奥の喫煙席に座るのが見えた。ほぼ満席状態の禁煙席に比べて、最近の時流のせいか喫煙席は空席が目立つ。

「お好きな席にどうぞ」

出迎えた店員に促されて、江梨子は宇津木たちの隣のテーブルに着いた。煙草は吸わないが、彼らの様子を観察するには近い席の方がいい。宇津木と背中合わせのシートに身を沈めた江梨子は、メニューを開き、背後の会話に耳を澄ませた。

「あたし腹減ってんだよね。がっつり食べていい？」女の子の声がする。

「ああ、好きなだけ食えよ」

女の子は注文を取りに来た店員にハンバーグ定食とドリアを頼んだ。一方の宇津木はコーヒーだけだ。女の子の食事は宇津木のおごりなのだろう。

江梨子はスマートフォンを取り出して、画面をミラーモードにした。スマホをいじるふりをして、背後の宇津木たちのテーブルを画面に映しだす。宇津木の薄くなりかかった後頭部とその向かいに座っている女の子の顔が見えた。録画ボタンを押す。

「この後、どうすんの？」

心もち声を潜めた女の子の問いかけに、宇津木が「うん？」と訊き返す。

「あたしカラオケ行きたいー」

「おいおい、マジで言ってんのか？ 四十過ぎのおっさんとカラオケなんか行ったって楽しくないだろ」

女の子の目が細められるのが見えた。口もとに少女らしからぬ妖艶《ようえん》な笑みが浮かぶ。

「じゃあホテル？」

「当然だろ」

「あたし高いよ」

そう言って、女の子が思わせぶりに、ピンク色の舌で上唇をなめる。

「イチゴでどうだ？」宇津木が訊いた。

「はあ？ マジで言ってるわけ？」

「じゃあダブルユー」

「トリプルユー」即座に女の子が言う。

「ふざけんなよ。高すぎるだろうが」

「あたし、ユー18だから、それが相場だって」

隠語と思しき単語が頻繁に飛び交う彼らの会話は意味不明だったが、援助交際の報酬について交渉しているのは、なんとなく江梨子にも想像できた。

女の子が煙草を取り出して火を点《つ》けるのが、ミラー越しに見える。女子高生にしか見えない幼い顔立ちだが、煙を吐きだすしぐさは堂に入っていた。

「ホベツでダブルユー。これ以上は出せない」

宇津木がきっぱりと言うと、女の子は眉間にしわを寄せてしばらく考えていた。やがて煙草の煙とため息を同時に吐きだす。

「……わかったよ。だけど前払いだからね」

宇津木がジーンズの尻ポケットから財布を抜く。彼がテーブルに一万円札を二枚置くのが見えた。すばやい手つきでお札をつかんだ女の子の顔にはまんざらでもない笑みが浮かんでいる。たっぷりとグロスをつけた唇が妙に艶《なま》めかしかった。

7

本部庁舎を出た白石は照りつける日差しに目をすがめた。ジャケットを脱ぎ肩にかけて、霞ケ関《かすみがせき》駅の方へと歩いて行く。高くそびえるビルの谷間に、移動式のコーヒースタンドが出ていた。

ちょうど官僚風のスーツ姿の男がコーヒーの入った容器を男性店員から受け取り、立ち去るところだった。無精ひげを生やし丸眼鏡をかけた店員は、白石の姿に気がつくと、軽く頭を下げた。

「いらっしゃい。今日もエチオピアにしますか？」

「うん、ホットで」

白石はカウンターに肘《ひじ》をつくと、香りの立ったコーヒーを飲みながら、今抱えている案件について思いをめぐらせた。

脳裏を占めているのはあの刑事――美馬宗樹のことだった。優秀な刑事でありながら、トラブルの種にもなりうる男。彼が保管庫から犯行映像のビデオテープを仮出ししたのは、本当に映像を精査するためだったのだろうか――。

「お口に合いませんでしたか？」

不意に話しかけられて、白石は物思いから覚めた。店員が丸眼鏡の奥から不安そうなまなざしを向けている。知らず知らずのうちに自分は眉間にしわを寄せていたに違いない。そのため、彼はコーヒーの味に不満があるのではないかと危惧《きぐ》したのだろう。

白石は笑ってみせた。「いや、とても美味しいよ。ちょっと仕事のことを考えていてね」

「はあ……大変ですね」

そこから店員との話が始まるかと思ったが、彼はコーヒーミルについた微粉を取り除く作業に戻った。

視線を移すと、通りの向こうから見覚えのある女性が歩いてくるのに気がついた。グレーのパンツスーツを身にまとった繭子だった。姿勢よく肩で風を切るようにして、こちらへと向かってくる。この暑さなのに、顔には汗ひとつかいていない。

繭子は白石の手にした紙容器に目を注いだ。

「この暑いのにホットコーヒーですか？」

「この暑いのに、どうしてそんな涼しい顔をしていられるんだ？」

繭子の口もとにかすかに笑みが浮かぶ。彼女は店員にアイスコーヒーを頼むと、白石に視線を戻した。

「あれからどうですか、玲奈ちゃんのほうは」

「ああ……例のアプリ、正直まだどうしようか決めかねている状況だ」

「決断の早い係長らしくありませんね」

「女の子の扱いは、仕事のようにはいかないからな」

「ふふ、確かに」

店員から繭子がアイスコーヒーを受け取るのを待って、白石は歩きだした。繭子が横に並ぶ。

「係長。今日は顔色がさえないように見えるのは気のせいでしょうか」

「子供のときから顔色は良くないと言われるよ」

繭子は白石の軽口を受け流して、言った。「何か気になることでも？」

「まあな。ある刑事——正確には元刑事だが、彼の存在が気にかかっている」

白石は美馬のことを話した。聞き終えると、繭子は真剣な面持ちになった。

「その美馬という男がなぜ、送検間際になってビデオテープを仮出ししたのか気になりますね。それに勤務評価も。いったいどのようなトラブルを起こしたんでしょうか」

「実は美馬のことを知っている知人がいたので彼から聞いてみた」

監察係の保管庫には、警視庁に所属している人間の二か月ごとの編成表が保管されている。それを見れば、誰がどの時期にどの部署に配属されていたか、そのとき同僚に誰がいたのかがわかるようになっている。

白石が美馬の過去の編成表をチェックしたところ、かつて公安部で白石の先輩だった男が、一時期、捜査一課で美馬と一緒だったことがわかった。早速、その先輩に電話して、美馬の人となりを聞いてみた。

その先輩の話によると、美馬は確かに刑事としては優秀だが、正義心が強すぎるあまり、時々暴走して容疑者に暴力を振るいそうになることがあったという。

そして先輩は電話口で声を潜めると、これは口外してほしくないが……と断ってからある話を聞かせてくれた。

国分寺女児殺害事件の起こる数年前、美馬はある連続レイプ犯を捕まえた。美馬が自ら被疑者の取調べにあたったが、その男は否認し続けた。そして被害者女性は男の顔を覚えておらず、物的証拠も十分とは言えなかった。それでも男の言動から彼が犯人であることは、捜査員すべてが確信していたという。だが自白も取れず、証拠も不十分な状況では、立件できる可能性は低かった。そこで美馬は被疑者に不利な証拠をでっち上げたという。結局、その証拠が決め手となって男は起訴され、裁判で懲役刑を言い渡された――。

「もっとも先輩は、あくまで噂にすぎないがと断っていたけどな。そもそも二十年以上前のこととはいえ、証拠のでっち上げなどできたのかどうか」

でも、と繭子が眉根を寄せる。「そんな噂が出るということは、それに近いことがあったんじゃないですか」

「かもしれない。どちらにしろ、美馬は今回の件について最重要人物であることは間違いない。すぐにでも会って話を聞きたいところだが、あいにく今住んでいる住所がわからないんだ」

美馬の現住所を調べようと、運転免許証のデータ照会をしてみたが、美馬は三年前に免許を返納していた。三年前というとまだ美馬は五十代の半ばだったはずだ。

「とりあえずこれから別ルートで美馬の現住所を調べてみるつもりだ」

「そんなことなら、ウチの班員にやらせますよ。それより係長にご報告したいことが」

白石は立ち止まって、繭子を見た。彼女はコンビニのゴミ箱に空になった容器を捨てると、白石の目を見つめ返した。

「殺害映像のダビングビデオテープを検証したビデオ解析班の六人の人事記録を精査した結果、ひとりの疑わしい人物が浮かび上がりました」

「ほう」

「当時、本庁捜査一課の主任だった与《よ》那嶺《なみね》明《あきら》という男です。銀行調査をかけたところ、過去に複数回、消費者金融から金を借りていたことがわかりました」

「金額は？」

「大体、毎回十万円前後といった金額です。二十年前の国分寺女児殺害事件の一か月前にも十五万円借りていました」

つまり与那嶺には小遣い稼ぎのために、ビデオをコピーして持ち出す動機があったということになる。

「与那嶺の家族構成は？」

「妻と娘が一人いました。だけど十年ほど前に離婚しています。そして離婚前に家庭訪問が行われているのですが、そのとき、妻が与那嶺のギャンブル癖を訴えていたそうです」

家庭訪問というと小学校のようだが、実は警視庁でも同じことが行われている。上司が部下の家を訪問し、妻や子供と面談し、分相応の生活をしているのかどうかを判断する。もともとはたび重なる警察官の不祥事を受けて、それを防ぐために始まったものだ。

「なるほど」白石は腕を組んだ。「与那嶺は今もまだ現役なのか？」

「はい。現在は奥多摩《おくたま》署の地域課に所属しているようです」

「奥多摩署……島流しか」

都心から遠く離れた東京の最西端に位置する奥多摩署への異動は「島流し」と言われ、実質的な左遷とされている。与那嶺は勤務評定が芳しくないことから、言葉は良くないが僻地《へきち》へと追いやられたのだろう。

「つまり与那嶺にはビデオテープをコピーする機会も動機もあったことになるな。現在もまだギャンブルにはまっていて金に困っているとなると、今回、ダークウェブで犯行映像を出品した可能性も否定はできない」

「行動確認をしましょうか」

いや、と白石は首を横に振った。「直接会って、聞き取り調査をしてみよう」

「係長が直々にですか？」

「ああ」白石がうなずく。「きみも一緒に来てくれ」

白石と繭子は監察係に戻ると、ノートパソコンと犯行映像の入ったＤＶＤを持って、駐車場へと向かった。ワゴン車を選び、繭子の運転で本部庁舎を後にする。

ハンドルを握りながら、繭子が助手席の白石を振り向く。

「与那嶺にアポを取らなくていいんですか？」

「前もって知らせて心の準備をさせたくない」

「それもそうですね」

霞が関から奥多摩署のある西多摩郡までは車で一時間半はかかる。首都高速から中央自動車道に入ったころには、寝不足のせいかあくびが出てきた。

「少し寝たらどうですか」

ルームミラー越しに白石の眠たげな表情に気づいたのか、繭子が言った。その言葉に甘えることにした。ヘッドレストに頭を預ける。すぐに眠りは訪れた。

次に目が覚めたときには車は山あいの道を走っていた。山を背にして、ぽつぽつと民家が散在しているのが見える。

「もうすぐ着きますよ」繭子が言った。

「すまない。ずっと運転させて」

「構いませんよ。運転は好きですから」

奥多摩署は村役場を思わせるような古びた四階建ての建物だった。裏手の砂利敷の駐車場に車を停めて、署に入る。受付には、眠たげな眼をした中年の署員が一人詰めていた。

「警視庁警務部人事第一課監察係の者ですが、与那嶺巡査部長は？」

監察という言葉に、男の眠たげな目が見開かれる。「与那嶺でしたら、今日は非番ですが」

白石は繭子と顔を見合わせた。ついていない。署員に向き直る。

「彼は自宅でしょうか？」

「さあ、わかりませんが、与那嶺の家なら署の前の道をまっすぐ進んで最初に見える集落にありますよ。車ならすぐです」

「ありがとう」

「あの、与那嶺巡査部長が何か……？」中年署員の目には脅《おび》えとともに好奇の色が浮かんでいた。

「ある事件のことですこし話を聞きたいだけです。あ、彼には我々が来たことはご内密に」

白石は署員に念を押すと、繭子をともない車に戻った。

「どうしますか？」シートベルトを締めながら繭子が訊く。

「とりあえず自宅に行ってみよう」

署員の言うように、しばらく車を走らせると、田畑の真ん中に四、五軒の建売住宅が身を寄せ合うように並んでいた。どれも比較的、築年数の新しい建物だ。白石と繭子は路上に車を停め、一軒ずつ表札を確かめていった。その一軒に、与那嶺の名前があった。門柱の上にはシーサーの置物が載っている。そういえば与那嶺は沖縄の出身だった。

玄関先の呼び鈴を鳴らしてみるが、応答はない。二階の窓のカーテンは閉め切られていて、人の気配はうかがえなかった。

繭子がため息をつく。「どこかに出かけているんでしょうか」

「またギャンブルかもな」

そのとき隣家から、ランニングシャツ姿の初老の男が出てきた。

「おたくら、与那嶺さんのところに来たの？」

物珍しそうに、白石と繭子を見比べる。特に繭子の美貌に魅かれたようで、彼女のことをじろじろ見ていた。

「ええ。どうやら留守のようで」

「さっき、出かけるの見たよ。私服だったから仕事じゃねえな。多分『お多《た》福《ふく》』だよ」

「オタフクというのは？」

「定食屋……というよりは飲み屋だな。昼から呑んでいる連中のたまり場になってるよ」

二人は男性から『お多福』の場所を聞きだすと、車に乗り込んだ。今来た道を戻り、ＪＲの線路沿いに車を走らせる。しばらく行くと、駅が見えてきた。駅前はさびれていたが、二、三軒の店が見える。そのうちの一軒に『お多福』の暖簾《のれん》がかかっていた。

車を停めるスペースがないので、白石だけが車を降り、『お多福』の店内をガラス戸越しに覗きこんだ。狭いカウンターで、三人の男がこちらに背を向けて酒を飲んでいる。

白石はガラス戸を軋《きし》ませ、店内に足を踏み入れた。いっせいに客たちが振り返る。そのうちの一人に白石は目を留めた。沖縄出身者らしい彫りの深い顔立ちをしている。

「失礼ですが、与那嶺さんですか？」

男が目をすがめて白石をねめつける。「誰だ、あんたは？」

白石はジャケットの内ポケットから取り出した警察手帳を男に見せ、すぐにポケットに戻した。

「なんだ、同業者か」

「少しお話があるんですが」

「今、昼飯を食ってるところだ」

与那嶺の前のカウンターには、冷や酒の入ったコップだけが置かれている。

「もう十分、飲んだでしょう。外を歩いて酔いを醒《さ》ましませんか」

「余計なお世話だ。せっかくの非番なのに邪魔されてたまるか」

白石は与那嶺の耳に口を近づけ、ささやいた。

「本庁の監察だ。手を煩わせるな」

与那嶺の顔色が変わった。ふうと大きく息を吐くと、ズボンの尻ポケットからくたびれた財布を抜き、カウンターに千円札を三枚置いた。カウンターの奥の女将《おかみ》に向かって言う。

「釣りは取っときな」

「与那嶺さん。三百円足りないよ」

与那嶺は舌打ちをすると、百円玉を三枚乱暴にカウンターに放り投げた。足をふらつかせながら立ち上がり、白石に向き直る。「さ、行くか」

店を出て、駅前の通りを歩いて行くと、藺子の運転するワゴンが後ろからきて停まった。

「さあ、乗るんだ」

白石が与那嶺の腕を取ると、彼はためらった。

「なんだよ、どこに連れていこうって言うんだ」

「ちょっとしたドライブさ」

白石は与那嶺を後部座席に押し込むと、自分もその横に乗り込んだ。藺子が車を発進させる。

与那嶺が疑《うたぐ》り深い目で白石と藺子を順に見る。

「あんたら本当に警視庁の監察なんだろうな」

「安心しろ。借金取りじゃない」

「借金なんかしたことねえよ」与那嶺が虚勢を張るかのように座席にふんぞり返る。

「うそをついても無駄だ。おたくの身辺調査はすんでいる」

「俺は監察に目をつけられるような真似はしてないって」

「それはどうかな。まずはこれを見てもらおうか」

白石はブリーフケースからノートパソコンを取り出し、電源を入れた。それを見て、与那嶺が眉根を寄せる。

「なんだよ。何を見せるっていうんだよ」

白石はそれには答えず、パソコンが立ち上がるのを待って、ＤＶＤをスロットに挿しこんだ。国分寺女児殺害事件の映像が入ったものだ。

画面が明るくなり、拘束されている伊東美月の姿が現れた。与那嶺に見えるように、画面をそちらに向ける。ディスプレイに視線をやった与那嶺は最初なんの映像なのかわからないようだったが、すぐにその目が見開かれた。

「おい、待てよ。この映像は……」

「黙って見るんだ」

映像を見る与那嶺の顔が見る見るうちに蒼《あお》ざめていく。白石はその表情を一瞬も見逃さないよう注視した。

「やめろ。こんなものは二度と見たくない」与那嶺がうめくように言う。

白石は無言で映像を流し続けた。与那嶺の額に汗が噴きだす。それを見て白石は車を停めるよう繭子に合図した。次の瞬間、彼はうめき声をあげると口に手を当て、ドアを開けて外へ飛び出した。

すぐに白石も後を追う。繭子もそれに続いた。

与那嶺は路肩の木の陰で肩を震わせ、吐いていた。しばらくしてようやく落ち着いたのか、口をぬぐいながら顔をあげる。

「……なんで、あんなものを見せたんだ？」

「与那嶺巡査部長。二十年前の事件当時、あの殺害映像をコピーして持ち出したのはあんたじゃないのか？」

　白石を見上げた与那嶺の目が見開かれる。本当に驚いているように見えた。

「……なんの話だ？」

「最近、あの映像のDVDがネットの闇オークションで売りに出された。そのもともとの流出源は二十年前の捜査にあたった警察関係者だと我々は考えている」

「俺は知らん！　そんなことはやってないっ」

「あんたはずいぶんとギャンブルにはまっているそうだな。競馬、競輪、競艇、パチンコ、裏カジノ、どれがあんたの好みだ？」

「……確かに競艇はたまにやる。だが賭《か》けるのはほどほどだ」

「巡査部長。嘘を言うと自分の首を絞めるだけだぞ。さっきも言ったように、あんたがこの数十年、幾度も消費者金融の世話になっているのはわかっているんだ。あるいは闇金にも金を借りてるんじゃないのか？　それで奥さんと子供は愛想を尽かして家を出て行った。そうなんだろ？」

　がくりと与那嶺の首が垂れる。着ているシャツの襟もとは黒く汚れ、櫛の通っていない白髪まじりの髪の毛はぼさぼさだ。いかにも初老のわびしい単身者といった風情と悲哀を漂わせていた。

「……本当はギャンブルなんかやめたいんだ」消え入るような声で与那嶺が言う。「だけど自分の意志ではどうにもならない」

「誰かに相談はしたのか？」

「そんなことして上司にでも知れたら、勤務評定に傷がつく」

　もうとっくに傷はついているだろうと思ったが、口には出さなかった。白石は中腰になり、涙に濡れた与那嶺の目をのぞきこんだ。

「二十年前の国分寺女児殺害事件。その一か月前にも、あんたは消費者金融から十五万円借りている。その金はどうやって返済した」

　与那嶺がすっと視線をそらした。

「正直に言うんだ。あんたはあの手の映像が高値で取引できることを知っていたんだろ。それを売って借金を返済したんだろ？」

「違うっ。俺はそこまで腐ってないっ」

「じゃあ、どうやって金を返した？」

　与那嶺はしばらく頭を垂れていた。肩が少し震えている。

　警察官が不祥事を起こして取り調べを受けたときには、一般の犯罪者たちよりも落ちるのは早い。その大半はすぐに自供をしてしまう。

　うつむきながら与那嶺が言った。

「……俺はやっていない。あんな映像を流出させることなんかできるわけがない。いたいけな少女が無惨に殺されるところを映したものなんだぞ」

　ふと、彼にひとり娘がいたことを思い出す。

「では、あの時の借金はどのようにして返した？」

なおも与那嶺はうつむいていた。だが、やがて顔をあげると、かぼそい声で言った。

「……情報をリークした」

「何？」

「東都スポーツに知り合いの記者がいて、その男に、国分寺女児殺害事件の犯行映像を少年Aが撮影していた事実を話した」

東都スポーツというのは夕刊紙だ。確か事件当時、犯行映像が存在するとの情報は意図的にマスコミに伏せられていたはずだ。それなのに東都スポーツが特ダネとしてその情報をすっぱ抜いたのを覚えている。

「つまりあんたは情報の見返りにその記者から金をもらい、それで借金を返済したということか」

「ああ」再び与那嶺が目を伏せる。

「その記者の名は？」

「松木《まつき》。松木洋一郎《よういちろう》。今も東都スポーツにいるはずだ」

白石は繭子と視線を交わした。繭子がうなずく。

与那嶺がよろよろと立ち上がった。すっかり酔いは醒め、蒼白《そうはく》な顔色をしている。

「俺は処分されるのか」

「覚悟はしとくんだな」

そう言って、白石は踵を返した。繭子がついてくる。車に戻り、今度は白石が運転席に座った。木に手をついてうつむいている与那嶺の姿がリアウィンドウ越しに見えた。白石はそれを一瞥して、車を出した。

帰り道、ほとんど会話はなかった。監察係に来てもう四年になるが、警察官の起こした犯罪を実際に見聞きするたびに、いたたまれない気持ちになる。

「先ほどの与那嶺の話ですが」助手席の繭子が口を開く。「裏を取りますか？」

「ああ。嘘のようには聞こえなかったが、確認する必要はあるだろう」

「わかりました。東都スポーツの松木という記者に、与那嶺の話が真実か確認してみます」

白石はフロントガラスの向こうを見据えながらうなずいた。

8

心身ともに疲労を感じて、白石は自宅にたどり着いた。それでも塀越しにリビングの窓から明かりが漏れているのを見ると少し元気が出た。一人暮らしをしていた頃には、誰かが家で待っていることが、これほど嬉《うれ》しいことだとは思いもしなかった。

片手には、新宿のデパ地下で買ったケーキの箱を提げている。玲奈が好きなパティスリーのものだ。

「ただいま」

リビングに上がると、玲奈はテレビを点けっぱなしにしたまま、ソファで眠り込んでいた。拍子抜けして、白石はケーキの箱をテーブルに置いた。時刻はまだ十時過ぎだが、最近はスマートフォンのやりすぎで寝不足なのかもしれない。

毛布をかけてやろうとして、ソファの下にピンク色のスマートフォンが転がっているのに気がついた。玲奈に視線を戻すと、彼女はすやすやと寝息を立てている。その体に毛布をかけてやり、スマートフォンを床から拾い上げた。

玲奈の寝顔とスマートフォンを交互に見る。先日の繭子との会話が脳裏によみがえった。

監視アプリ——。

白石は顎をなでた。確かに自分は玲奈の保護者だ。彼女が正しい道を踏み外さないか、見守る必要がある。だが、アプリを仕込んで彼女のプライベートまで盗み見するのはやはりやりすぎではないだろうか。

しかし万が一のことがあっては、亡くなった姉夫婦に顔向けできない。

とりあえず玲奈の交友関係だけでも知っておこうと考える。スマートフォンの画面を眠っている玲奈の人差し指に当て、指紋認証ロックを解除した。

脇の下に汗をかいているのを感じた。仕事でもこんなに緊張することは滅多にない。

ＬＩＮＥアプリを立ち上げる。学校の友達らしい数人の人物との他愛もないやり取りを確認していく。今度ディズニーランドに遊びに行こうとか、どのアイドルが一番好きだとか、いかにも女子中学生らしい内容だ。さすがにそれを過去にさかのぼっていちいちチェックしようとは思わなかった。

だがそのとき学校の友人とは別に、ＲＹＯという人物とＬＩＮＥのやり取りをしていることに気がついた。ＲＹＯとはいったい何者だろう。リョウと読むのだろうか。男の名前とも女の名前ともとれる。早速、過去にかわされたやり取りをチェックしていく。他愛のない内容がほとんどだったが、文面から察するにＲＹＯは男のようだった。

先週の日曜日に渋谷で待ち合わせをしたことをうかがわせるやり取りが残っていた。白石は記憶をたどった。たしかあの日、玲奈は友達と勉強をするという口実で出かけたはずだ。

スマートフォンの画面から視線をあげて、玲奈を見る。目を覚ます気配はなく、軽くいびきをかき始めていた。

白石はスマートフォンをすばやく操作して、目当ての監視アプリのホームページに飛んだ。アプリを使用するには、ＩＤパスワードが必要だが、玲奈がスマートフォンを購入するときの条件として、白石はパスワードを教えてもらっていた。記憶していたパスワードを入力して、監視アプリをインストールする。

ふうと白石は大きく息を吐いた。罪悪感と義務感が心の中でせめぎあっていた。あらためて玲奈の寝顔に視線を向ける。その顔は、実にあどけなく見えた。

9

風呂《ふろ》から上がった江梨子はバスタオルで髪の毛を拭《ふ》きながら、パソコンの前に腰を下ろした。起動するのを待つ間、スマートフォンで先日撮った動画を再生する。ファミレスでの宇津木と女の子の生々しいやりとりがしっかりと録画されていた。

あの後、江梨子はアイスティーだけ飲んで、すぐに店を出た。それ以上、宇津木たちの後をつけるつもりはなかった。会話の流れから考えて、彼らがあの後、ラブホテルに直行するのは目に見えていた。

帰りの電車の中で、宇津木たちが使っていた言葉の意味を検索してみた。〈イチゴ〉は一万五千円のことで、〈ダブルユー〉はダブル諭吉《ゆきち》——つまり二万円のこと、そして〈トリプルユー〉はトリプル諭吉で三万円のことを指すらしい。さらに〈ホベツ〉はホテル代別という意味。つまり彼らは、ホテル代別で二万円の売買春交渉を成立させたということだ。

そして女の子は自分のことをユー18つまり十八歳未満と言っていた。宇津木がやっているのは、立派な児童買春にあたる。

あの男は自己負担ゼロで入手した大量の薬をネットで不正に転売し、それで稼いだ金で未成年の女の子を買っているのだ。ふつふつと怒りがこみあげてくる。幼い娘を亡くしたばかりの人間が児童買春などという行為に走るわけがない。

恐らくカードが使えなくなった腹いせに、ありもしない話をでっちあげてクレーム電話をかけてきたのだろう。そんな話を真に受けた自分が間抜けだったと言えばそれまでだ。だが怒りは容易に収まらなかった。

クズだ、あの男は。

あんな人間を野放しにしておくわけにはいかない。この映像を警察に提出すれば、宇津木を逮捕してくれるだろうか。だが、自分がなぜこんな映像を撮っていたかを説明しなければいけなくなる。もし宇津木を盗撮していたことが会社にばれたら、顧客のプライバシーを侵害したとして処分されるかもしれない。

ようやくパソコンが立ち上がったので、そちらに目を向ける。ネットに接続して、お気に入りに登録してあったサイトをひらいた。それは、『自警団——裁くのは我々だ』と題されたコミュニティサイトだった。

タイトルの下には、〈我々が正義だ！　悪に制裁を！〉と勇ましいキャッチフレーズが躍っている。さらに〈社会の秩序を乱す連中をネットでさらして、報いを受けさせよう〉と文面が続いていた。

このコミュニティサイトは、〈ネット自警団〉と呼ばれる人たちが集う場だった。〈ネット自警団〉とは、社会的に許されない行為をしたり、自らの悪事をネット上で自慢した者たちの個人情報を特定してネットにさらして攻撃する人たちのことだ。

例えば最近、ある若い男女がコンビニ店員の態度が悪いと難癖をつけ、土下座を強要してその様子を撮影した動画をネット上にアップする事件があった。すぐにその動画はネットで拡散して、その非常識なふるまいはネットユーザーたちの怒りを買うことになった。そして彼らは動画の投稿主を特定して、男女の名前と住所をネットでさらした。その話題はワイドショーでも取り上げられ、最終的に男女は強要罪で逮捕されることになった。

法では取り締まれない者たちに対して私的な制裁を加える――。

古くからある自警団的発想が、いまやネットの世界にその活躍の場を移すようになっていた。そして、そのような〈ネット自警団〉を自称する人たちがこのサイトに集まって情報交換をしたり、「悪事」を働いた者たちの素性をばらしたりしているのだ。

サイトで標的にされる「悪事」は多岐にわたっている。いじめ、万引き、虐待……。〈自警団〉はそうした「悪事」を働いた人たちを見つけると、ネットにさらして徹底的に攻撃する。

半年前に偶然、このサイトを見つけた江梨子は最初、眉をひそめた。いくら「悪事」を働いた人間が相手とはいえ、個人が勝手に人のプライバシーを暴き立てネットにさらすことが許されるのか――そう思ったのだ。もちろんそうした行為は正義感から生まれたものなのだろうが、一方でストレス発散のためにやっているような印象も受けた。

しかし――。

同時に、こうした〈ネット自警団〉の活動に江梨子が共感を覚えたのも事実だった。

世の中には身勝手な人間が多すぎる。

督促という仕事をしていると、そう感じることが多い。エゴのために他人に迷惑をかけたり傷つけたりする連中があまりにも多い気がする。

気づいたら、いつしかこのサイトを毎日訪れ、〈自警団〉のメンバーたちが、「悪事」を働いた人間をさらす様子を見るのが楽しみになっていた。

もちろんあくまで閲覧するだけで、自分自身で何かを書き込みをすることはなかった。

そう、今日までは――。

江梨子は掲示板に新たに書き込まれたレスをチェックしていった。今日、話題になっていたのは数日前、何者かが都内の河川敷に住むホームレス男性を川に放り込み、溺《おぼ》れる様子を動画に撮って YouTube にアップした事件についてだった。

江梨子もその動画は確認していた。中年男性が水に流され、必死にもがいている様子を数十秒にわたって撮影したものだ。ワイドショーでもいち早くこの動画は紹介され、被害者男性はこの後、通行人に救助されて一命はとりとめたことを伝えていた。だが、誰が動画を撮影したのかはまだわかっていないという。

驚くことに、このサイトの参加者の一人がすでに動画の投稿主を特定して、掲示板にその実名を公開していた。それによると、犯人は都内の有名私立大学の学生らしい。

〈さすが、この掲示板は情報早いね〉
〈グッジョブ！　乙〉
〈しかし最近の大学生はレベル低いわ〉
〈警察見てる？　早く逮捕しろよ〉
〈こいつ、もちろん退学だろうね。就職も絶望的だな〉
〈こいつ自身、将来的にホームレスだな。同情できないわｗ〉

実名の公開を受けて、掲示板には嬉々《きき》とした書き込みがつづられていた。彼らが言うように、近いうちに警察が動き出し、大学も処分をくだすだろう。そしてネットで実名をさらされた大学生は、一生消すことのできない汚名を抱えて生きていくことになるはずだ。

最近では新卒採用の際に、内定候補者の名前をネットで検索する企業も多い。こうしたネットでの「さらし」を見つけた企業が彼を採用することは決してないだろう。さらには結婚の際にも障害になる可能性は高い。おそらくは軽い気持ちで行ったであろう「悪事」のために、この大学生は社会的に永久に抹殺されることになったのだ。

少しかわいそうにも思えるが、大学生に川に放り込まれたホームレス男性は一命こそとりとめたものの、脳に軽い障害が残った状態だという。それを考えれば、この大学生に対する制裁はあながちやりすぎだとは言えないだろう。

江梨子は親指の爪を噛んだ。イライラしているのではなく、考えごとをしているときの癖だった。神経がとぎすまされていく。すでに心は決まっていた。

スマートフォンで先日と今日撮った宇津木の動画を再生する。

薬局で薬剤師につかみかかるシーンとファミレスで少女相手に買春の交渉をするシーン。

何度見返しても、嫌悪の情をもよおすものだった。

江梨子はスマートフォンを操作すると、iMovie というアプリを使って動画の編集を始めた。無駄な部分を削り、二つの動画をくっつけて、わかりやすいようにテロップを入れる。薬局で宇津木が怒鳴っているシーンには、〈生活保護を受ける練馬《ねりま》区在住の四十二歳男性U氏、自己負担ゼロで大量の精神安定剤を購入。ネットで転売か？〉と説明を入れる。

実名ではなく、一部イニシャルにしたのは、名誉毀損《きそん》で訴えられるリスクを考慮したためだ。念のために、宇津木と薬剤師の顔にもモザイクを入れる。

続いて、ファミレスでのパートにもテロップを入れる。

〈薬を転売した金で援助交際？〉

そうやって編集した動画を、YouTube にアップする準備にかかる。まずはタイトルと説明文を作成しなければいけない。タイトルは〈生活保護受給者が援助交際〉、説明文は〈生活保護を悪用して薬の転売。その儲けで少女買春か？〉とした。

いつの間にか額に汗をかいていた。暑さのためではない。興奮のためだった。ソファにもたれて気持ちを落ち着かせる。

一度動画をアップしてしまえば、またたくまに世界中に拡散するだろう。果たして自分のやっていることは正しいことなのだろうか。

考えるまでもない。確かに宇津木が生活保護を不正に受給しているかどうかはわからない。だがその制度を悪用して、必要もない薬を自己負担ゼロで大量に仕入れ、転売しているのは明らかだ。そしてその金で少女の体を買っている。

どこかで誰かが罰しなければ、宇津木はいつまでも同じことを続けるだろう。それを阻止できるのは自分しかいないのだ。

深呼吸して、画面上の『公開』ボタンをクリックする。しばらくして、動画のアップロードが完了した旨の表示が現れた。果たしてこれで本当に公開されたのだろうか。不安がよぎる。だが、そんな心配は杞憂《きゆう》だった。

少し時間をおいてからアクセスしてみると、江梨子の投稿した動画はきちんと再生された。冒頭からチェックした江梨子は、その出来栄えに満足の吐息をもらした。我ながらいい出来だった。先ほどまでのためらいは嘘のように消え、達成感が体を満たしていた。

だがまだやらなければいけないことは残っている。

パソコンに向き直り、〈自警団〉サイトの掲示板に書き込みをする。

〈こんな人間に血税をつぎ込んでいいんですかね？　生活保護を悪用してやりたい放題のクズ男〉

そのような文章を書き込み、先ほどアップロードした動画のアドレスを貼りつける。これで「さらし」は完了だった。あとは成り行きを見守るだけだ。キッチンに行き、冷蔵庫から缶ビールを取り出し、プルタブを引く。ささやかな祝杯のつもりだった。いつにもまして冷えたビールは美味しかった。

パソコンの前に戻ると、この時間帯はネットを見ている人間が多いのか、早くも江梨子の書き込みに対して次々とレスポンスが書き込まれていた。

〈こいつマジで糞《くそ》だわ。死んでいいレベル〉
〈こんなやつに税金使ったらあかんでしょう〉
〈今から警察に通報します〉
〈実名もよろしく〉
〈みんなで追いこめ〉

みな、江梨子の作成した動画を見て、義憤に駆られたようだった。おそらく時間をおかずして江梨子の投稿は外部サイトに転載され、宇津木の不正行為はさらに多くのネットユーザーたちの目に触れることになるだろう。

時計に目をやると、すでに十二時前だった。急激に眠気が襲ってくる。このまま掲示板をチェックしていたい気持ちだったが、明日《あした》はまた仕事がある。

江梨子はパソコンの電源を落とし、寝る準備を始めた。

10

翌朝は寝過ごした。

服を着替え、簡単に化粧をすませて家を出た。満員電車に揺られながら〈自警団〉サイトをチェックする。江梨子が寝ている間に、さらに書き込みは急速に増えていた。そのどれもが宇津木の行為を強く非難するもので、誰もが「こいつに社会的制裁を加えよう」と息巻いている。

恐らく投稿内容はすでにいくつかの外部サイトにも転載されていることだろう。いまや数万いや数十万単位の人間が宇津木の悪行を知ることになったはずだ。

宇津木の実名は伏せ、顔にはモザイクをかけてはあるが、〈自警団〉サイトに集まる住人たちのリサーチ力を考えると、宇津木の素性がつきとめられて個人情報が公開されるのも時間の問題のはずだ。

それは江梨子の責任ではない。ネット住民の総意なのだ。

今までにない高揚感に包まれながら江梨子は会社に着いた。

この日もいつもと同じように督促の電話をかけることに明け暮れたが、今日は今までとは違って、自分の内面に一本、芯《しん》のようなものが通っているのを感じた。ゆるぎない自信が体中にみなぎっていて、一筋縄ではいかない滞納者相手にも毅然《きぜん》とした態度を取ることができた。

「おう、どうしたんや？　今日はいい顔してるやんか」

リーダーの城戸にもそう言われた。どうやら内面の自信が外にも表れているらしい。悪い気はしなかった。

仕事が終わると早々に会社を出た。前から気になっていた駅近くのスペインバルにひとりで入り、白ワインとマッシュルームのアヒージョを頼んだ。運ばれてきたワインに口をつけ、スマートフォンで〈自警団〉サイトにアクセスする。さらに書き込みは増えていて、その中に一件、目を引くものがあった。

投稿主の名前は〈龍馬《りようま》〉となっている。思わずはっとした。

〈今、話題になっている生活保護受給者Ｕの身許を特定しました。本名は宇津木俊樹。詳しくは以下のサイトへどうぞ〉

書き込みの下には、URLが貼られている。投稿主の〈龍馬〉という人物はこの掲示板ではかなりの有名人で、江梨子もその名前は知っていた。

彼はこれまでに幾度も、〈悪事〉を働いた人たちの身許を特定してその個人情報をさらしている。そしてそればかりではなく、彼らに突撃取材をして、その様子をおさめた動画を自らのホームページで公開していた。そのリサーチ力と行動力から、龍馬はネット住民たちから〝神〟ともてはやされているほどだった。

ついにその彼が乗りだしたのか——。

高鳴る胸を抑えながら、記されたURLをタップしてみると、〈私刑執行人・龍馬〉というサイトに飛んだ。これが龍馬のホームページだった。龍馬本人と思しき人物が腕を組んで仁王立ちしている後ろ姿が大きく映っている。着ているTシャツの背中には大きく「justice（正義）」の文字が入っていた。

画面を下にスクロールしていくと、『天誅《てんちゅう》リスト』と題された動画の一覧が現れた。それは、龍馬のこれまでの突撃取材の様子をおさめた動画群だった。

その一番上に〈新着〉と赤い文字が躍った動画のサムネイル画像が貼られている。画像の下には、〈生活保護不正受給者の悪行〉との説明書きがあった。どうやらこれが、宇津木をさらした動画のようだ。正確には宇津木が不正受給者かどうかはわからないが、そう決めつけてしまったほうがインパクトがあるので、そのような説明書きになっているのだろう。

早速、動画を再生してみる。

スマートフォンの画面に、見覚えのある店の外観が映し出された。この前訪れた薬局だった。

不意に薬局の自動ドアが左右にひらく。中からTシャツにハーフパンツ姿の中年男が出てきた。宇津木だった。右手に、薬が入っていると思しき半透明のビニール袋を提げている。顔にはモザイクはかけられておらず、素顔が丸わかりだった。いつもの龍馬のやり口だ。

「すみません！」

掛け声とともにカメラが、ぎょっと目を見開いた宇津木に迫る。どうやら、龍馬が手持ちカメラで撮影しているようだ。画面が時々ぶれるが、それがまた臨場感を高めている。

「宇津木さんですよね？」

龍馬の問いかけに、宇津木の眉間にしわが入る。

「……なんだよ、おまえ？」

「龍馬と言います」

「は？　誰？」宇津木の顔に困惑の表情が広がる。

「知らないですかね？　これでも一応ネット上じゃ有名人なんですけど。ま、いいや。

今日は宇津木さんにいろいろ伺いたくて来たんです。インタビューいいですか？」

「なんだよ、インタビューって？」

「その袋、薬が入ってるんですよね？　見せてもらってもいいですか？」

画面の外から伸びてきた龍馬の手が、宇津木の持つ袋に無遠慮に触れる。

「おい、触んなっ」

あわてたように宇津木が袋を背後に隠す。

「すごい量の薬ですね。そんなにもらってどうするんですか？」

「……おまえに関係ないだろ」

「自分で飲んでるわけじゃないんでしょ？　そんな量のデパスを飲んだらヤバいことになっちゃいますからね」

「どけ」

宇津木がカメラを押しのけるようにして歩きだす。画面が激しく揺れた。だがカメラは宇津木に追いすがる。

「ちょっと待ってくださいよ。こっちは弁解の機会を与えたいと思ってるんですよ。カメラに向かって、はっきりと言ったらどうですか？　薬は転売してるわけじゃない、俺は無実だって」

宇津木は無言で足を速めた。それにカメラがついていく。

「宇津木さーん。待って下さいよ。逃げたら自分のやってることを認めることになりますよ。それに薬の転売で儲けた金で、未成年を買ってるってマジですか？」

突然、宇津木が足を止めカメラを振り返った。こめかみに青筋が浮いている。

「てめえ、カメラ止めろ！」

そう言うと、鬼の形相でカメラに迫ってきた。画面が宇津木の掌で覆われる。ガシャンという音とともに、画面が激しく揺れ、暗転した。

そこで動画は終わった。

江梨子は我に返った。すごい臨場感だった。

どうやら龍馬は宇津木から暴行を受けたようだ。それでもこうやって無事に動画がアップされているところを見ると、たいした怪我はしていないのだろう。

江梨子はグラスをつかむと、白ワインをくいとあおった。今見た宇津木の動画は、これまで龍馬が撮った突撃取材動画と似たような内容だった。〈悪事〉を働いた人間にアポなしで直撃して、挑発する。相手を怒らせその本性をひきだすのは、龍馬のいつもの手口だ。取材相手が怒りをあらわにするほど、ネット住民の反感を買うことになる。龍馬はそれを計算してやっているのだ。

江梨子はスマートフォンを操作して、〈自警団〉サイトの掲示板をチェックした。龍馬の動画を見た者たちの書き込みが雪だるま式に増えている。

〈こいつ反省の色なしだな〉

〈弁解しない時点で罪を認めてるようなもんでしょ〉

〈薬を転売した金で少女買春ですか。糞すぎるわ〉

〈こんなのに生活保護って……行政何やってんだか。マジで無能〉

〈まじめに働いているのバカらしーわ〉

〈さっさと逮捕しろよ〉

〈刑務所入ってもすぐ出てくるだろうし、二度と悪さできないように去勢してやってください〉


宇津木への怒りに駆られた書き込みの一方、龍馬を称賛する内容の書き込みも目立つ。


〈龍馬さん、相変わらずいい画《え》とるなあ〉

〈そのへんのマスコミよりよっぽど有能だわ〉

〈マジで神〉


一瞬、龍馬への嫉妬《しっと》心《しん》が心の奥底で火花のように散った。最初に宇津木を告発する動画をアップしたのは自分なのに、そのことはすでに忘れ去られているのではないか。そんな寂しさを覚えたのだ。

いや、と思いなおす。

龍馬が突撃取材をできたのも、自分がネタを提供したからだ。今ネット上で起こっているムーブメントの種を蒔《ま》いたのは自分なのだ。その事実は揺るがない。

気分を落ち着けて、もう一度書き込みに目を通していく。リアルタイムでなおも書き込みが増えており、画面をスクロールしても次から次へと新着レスが現れる。自分が投じた一石がネットの世界に波紋のように広がっていた。

「あれ？　江梨子？」

名前を呼ばれてはっとしてスマートフォンから顔をあげると、店の入り口に麻衣が立っていた。江梨子のテーブルに近づいてくる。彼女は目を細めて、白ワインの入ったグラスを見た。

「なあんだ。こんなところで一人で飲んでいたわけ？　わたしも誘ってくれたらよかったのに」

「ごめん。残業で忙しそうだったから」

本当は早くひとりになって、ネットをチェックしたかったからだ。

「ふうん」麻衣が探るような視線を向けてくる。「ここ座っていい？」

「いいよ」

麻衣は向かいに腰を下ろすと、店員にマルガリータを注文して、こちらに向き直った。

「江梨子。新しい彼氏できた？」

「え？」

「だって今、スマホ見てにやにや笑ってたじゃん。彼氏からのメールでも見てたんでしょ」

自分が笑っていたことには気がつかなかった。

「別に……笑ってなんかないよ」

「ウソウソ。白状しちゃいなよ」

いくら麻衣とはいえ、宇津木をネットでさらした反響を見てほくそ笑んでいたとは言えなかった。「さらし」をしたことを、言いふらすつもりは毛頭ない。やはりどこかに後ろめたさがあった。

「そんなんじゃないって。芸人の動画見て笑っていただけ」

そう言うと、グラスを手に取り、ワインを飲み干した。麻衣にも言えない秘密を自分は持っている――。その秘密は後ろめたさと同時にぞくぞくとする背徳感をもたらした。

11

白石は読んでいた資料から目をあげると、メタルフレームの眼鏡をはずし、眉間を揉《も》んだ。今日は朝からぶっ続けでパソコン画面と書類に目を通しているため、目が疲れ切っている。

引き出しから目薬を取り出して、両眼に落とす。心地よい清涼感が目に染みわたった。

周囲を見回す。係員たちがデスクに向かってパソコンや書類と格闘していた。いつもは柔和な表情を絶やさない人吉も、目を血走らせてパソコン画面に見入っている。昨日と着ているスーツが同じところを見ると、昨夜《ゆうべ》は署内で仮眠を取っただけなのかもしれない。

美馬宗樹。

その名前が、白石の脳裏を占めていた。与那嶺の嫌疑が晴れた今、やはり美馬が事件の鍵《かぎ》を握っているように思えてならなかった。美馬の所在は今、繭子の部下たちが調べてくれているはずだ。それがわかるまでは彼には接触しようがない。

白石は先ほど読んでいた書類に目を落とした。それは阿波野の人事記録だった。

先日、総監室で会った阿波野の印象は、質実剛健な男というイメージだった。鋭い目つきも有能な刑事であったことをうかがわせた。

実際、彼の人事記録に目を通してみると、彼もまた美馬に負けず劣らず優秀であるとの評価を受けていた。さらに美馬とは違って、トラブルを起こすようなこともなかったらしい。極めて模範的な刑事だと言えた。

だが彼は少年A——落合聖司の取調べに際して、犯行映像のビデオテープを取調室に持ち込んでいる。二時間後には返却しているが、保管庫から仮出しをするときと返却するときのわずかな時間を縫って映像をコピーしたという可能性もぬぐえない。

美馬と連絡が取れない今、次に話を聞くのは阿波野だという気がした。

だがその前に、ひととおり当時の捜査関係の書類に目を通しておこうと思った。

白石がその作業に没頭してからしばらくして、ひとつの書類が目に留まった。

取調べ状況報告書。

少年A――落合聖司に対する取調べがいつ誰によって行われたかを記録したものだ。

その取調べ担当者氏名の欄を見て、白石は一瞬、自分の目を疑った。そこに阿波野とともに記されていたのは美馬宗樹の名前だった。

確か阿波野の話では、彼とともに落合聖司の取調べにあたったのは鈴木修一という警部補だったはずだ。それなのにどうしてここに美馬の名前が出てくるのか――。

白石は名刺ケースを取り出し、先日、阿波野からもらった名刺を探した。すぐにでも阿波野に事情を聴かなければいけない。名刺を見つけ、彼の携帯に電話をかけようとして、思いとどまった。

電話をかけてすますこともできるが、やはり面と向かって、相手の表情を見ながら話を聞く方がいいだろう。それにこのついでに阿波野の事情聴取もすませるべきだ。

白石は立ち上がり、ジャケットを羽織った。パーティションで区切られた監察係内に繭子を探すが、その姿は見えなかった。彼女がいれば、一緒に行こうかと思ったのだが、どこかに出かけているのだろう。

ネクタイを締めなおすと、白石は部屋を後にした。

阿波野がコンサルタントを務める警備会社の本社ビルは、警視庁からそう遠くない虎《とら》ノ門《もん》にあった。白石は正面玄関を抜けると、受付カウンターに直行した。受付係の女性に警察手帳と阿波野の名刺を提示する。

「警視庁の白石と申しますが、阿波野さんはいらっしゃいますか？」

「お約束はいただいておりますか？」

「いえ。ただ私の名前をお伝えいただければ、大丈夫だと思いますが」

受付係はしばらく内線電話で話していたが、電話を切ると白石に視線を戻した。

「阿波野はすぐに参りますので、ロビーでお待ちくださいとのことです」

ソファに腰かけ、忙しそうに行き来するスーツ姿の男女を眺めていると、受付横のエレベーターから阿波野が降りてきた。きちんと灰色のスーツを着て、ネクタイを締めている。

白石は立ち上がり、阿波野に向かって頭を下げた。

「お仕事中、申し訳ありません。至急、お伺いしたいことがありまして」

阿波野が鷹揚《おうよう》に手を振る。「構わんさ。たいした仕事はしてない。むしろ暇を持て余していたところだ」

「そう言っていただけると助かります」

阿波野はロビー横の喫茶室を見て、眉根を寄せた。「どこで話をしようか。あまり人がいないところの方がいいだろ？」

「そうですね」

「近くにさびれた喫茶店がある。店長が耳の悪いじいさんだから、話を盗み聞きされる恐れもない。そこでいいかな？」

「お任せします」

阿波野が先に立って、歩きだす。その背中を見ながら、白石は後をついていった。この前、総監室で会ったときと違って、今日の阿波野からは敵意は感じられない。少なくとも今のところは。

喫茶店は地下鉄虎ノ門駅に直結した地下道にあった。阿波野が言った通り、立地条件のよさにもかかわらず、店内は閑散としていた。一番奥の薄暗がりのテーブル席で阿波野と向かい合う。壁に掛けられた古びた柱時計がボーンボーンと鐘を打った。

注文を取りに来た白髪の店長に、阿波野が大きな声で言う。

「アイスコーヒーを二つ」

何気なくメニューに目をやると、アイスコーヒーは千二百円もした。その他のドリンク類も同様に高かった。だから、あまり客が来ないのだろう。

「さて」阿波野がこちらに鋭い視線を向ける。「それで聞きたい話っていうのは、もちろん例のビデオテープのことなんだろうな？」

「もちろんそれに関係したことです」

白石はわずかに身を乗り出した。座っていた椅子のスプリングがきしむ。「少年A——

落合聖司の取調べにあたって、あなたは鈴木修一警部補とコンビを組んだ。そう仰いましたよね」

「ああ」

「では、この書類はどういうことですか？」

そう言って、ブリーフケースから取り出した取調べ状況報告書をテーブルに置く。取調べ担当者氏名欄を指さした。阿波野は書類を手に取り、目をすがめた。だがすぐにテーブルに戻すと、ジャケットの内ポケットから老眼鏡を取り出した。それをかけ、書類を再び手に取る。

「取調べ担当者氏名欄には、あなたの名前とともに美馬宗樹の名前があります。あなたの話と食い違いがあるのはどうしてでしょうか」

阿波野が口を開きかけたそのとき、店長がアイスコーヒーを運んできた。彼がテーブルを離れるのを待って、阿波野が言う。

「どうやらこの書類を作成した人間がミスをしたようだな」

「鈴木警部補と美馬警部補の名前を取り違えて書いたと言うんですか？　そんな話は信じられませんよ」

阿波野はかぶりを振った。「そういうことじゃない。実際には取調べが始まった時点で、担当したのは俺と美馬だった。だけど途中で美馬は鈴木に交替させられたんだ」

「交替させられた？」

「ああ。この書類を作成した人間は、その事実を書き忘れたんだろう」

「ちょっと待ってください。美馬警部補はどうして取調べを交替させられたんですか？」

阿波野はすぐには答えず、ジャケットから煙草とライターを取り出した。

「吸ってもいいか？」

どうやら阿波野はまた煙草を吸い始めたらしい。白石自身は煙草を吸わないが、ここで彼が吸うのを拒否する気はなかった。煙草を吸うことで話しやすくなるなら、一向に構わない。

阿波野がライターを点火する前に、白石は卓上にあったマッチ箱を手に取り、彼がくわえた煙草に火を点けてやった。阿波野はいかにも美味《うま》そうに、目を細めた。天井に向かって細く長く煙を吐く。白石はアイスコーヒーに口をつけ、阿波野が話を再開するのを待った。灰皿に灰を落とした阿波野が口をひらく。

「……伊東美月が殺された後、俺と美馬はコンビを組んで、彼女の両親から話を聞きだす役目を務めた。伊東美月のくり抜かれた両眼が自宅に送られてきたことから、犯行はどこかのサイコ野郎だという見立てが有力だったが、両親からの事情聴取も当然欠かせなかった」

阿波野が再び煙草を口にくわえる。鼻と口から煙を吐きだすと、彼は話を続けた。

「母親のほうは相当なショックを受けていた。無理もない、娘が無惨に絞殺されたんだ。彼女は美人だったが、憔悴《しょうすい》しきっていて、実年齢よりも老けて見えた。ほとんど放心状態だったよ。そのため話を聞きだすのはひと苦労だった。俺はもっぱら父親を相手にして、美馬が母親から話を聞きだすことにした」

「その役割分担はどのようにして決めたんですか？」

阿波野が肩をすくめる。「単純さ。美馬のほうが女性の扱いがうまかったからだ。実際、美馬は取り乱した様子の母親をうまくなだめて話を聞きだしていた。父親のほうは比較的冷静だった。もちろん彼が努めて気持ちを抑えていることはこちらにも伝わってきた。両親とも悲しみに打ちひしがれているという点では同じだった。あの二人の姿を見て、俺と美馬は決意を新たにした。なんとしても犯人をつかまえて極刑にしてやると誓った」

「だけど実際に容疑者として捜査線上に浮上したのは、通常の法では裁けない十四歳の少年でした」

白石の言葉に、阿波野の眉間のしわが深くなる。

「確かに、あの年齢の少年がやったというのは意外だったよ。重要参考人として連行されてきた落合を見て驚いたもんだ。やつはどこにでもいそうな普通の少年に見えたからな。だが事情聴取を始めてすぐにやつの異常性は明らかになった」

「事情聴取も阿波野さんがされたんですね？」

阿波野がうなずく。「ああ、俺と美馬に任された。少年だからと言って、手加減をするつもりは毛頭なかった」

白石は記憶をたどった。

「たしか事情聴取の最中に、落合の自宅から犯行映像のビデオテープなどが見つかり、落合は逮捕され、事情聴取は取調べに切り替わったんですよね」

「ああ、取調べも引き続き、俺と美馬があたることになった。だが一向に落合のやつは犯行を認める気配はなかった。自分は関係ない、無実だ。その一点張りだった。そしてあの言葉を吐いた」

「あの言葉？」

「あいつは言った。『もしかして両親のどちらかが虐待の末、娘を殺したんじゃないですかね』とな」

思わず白石は絶句した。阿波野が顔をゆがめながら続ける。

「その時だった。美馬が落合にとびかかり、首を絞めようとした。あわてて俺が止めに入った。取調室の外にいた刑事たちも入ってきて、美馬と落合を引き離した」

阿波野は煙草を灰皿に押しつけて火を消した。沈黙が生まれた。薄暗い店内に紫煙が漂う。

白石は乾いた唇をなめ、口をひらいた。

「それが原因で美馬警部補は取調べをはずされたわけですね？」

「ああ。鈴木が後を受け継いで、取調べが再開された」

白石は詰めていた息を吐き、椅子にもたれた。

優秀だが、トラブルの種にもなりうる――。

美馬を評した言葉が脳裏に浮かんだ。確かに美馬がやった行為は認められるものではない。それでも彼を責める気にはなれなかった。

「取調べ状況報告書に美馬さんの名前があった理由はそれで理解できました」

白石が言うと、阿波野は無言でアイスコーヒーをすすった。顔をしかめたが、それがコーヒーの苦みによるものなのか、今の話によるものなのかはわからなかった。

「ただもう一点、お伺いしたいことがあります」

「なんだ？」

「証拠品出納表を確認したところ、原版のビデオテープを仮出しした人間は二人いました」

「二人？」阿波野の片眉がぴくりと動く。

「ひとりは阿波野さん。あなたでした」

「別に不思議はないだろう。落合の取調べにあたって、ビデオテープを使ったことは話したはずだ」

「ええ、問題はもう一人です。送検の直前に、もう一人の人物によって保管庫からビデオテープが仮出しされていました」

阿波野の眉間にしわが寄る。「誰だそいつは？」

白石は彼の顔を見つめながら、ゆっくりと言った。「美馬さん、ですよ」

一瞬、阿波野の表情がこわばったように見えた。腕を組み、無言で天井を睨《にら》む。

「阿波野さん。美馬さんとはおつきあいは長かったようですね。どうして彼がビデオテープを仮出ししたのか、その理由に思い当たることはありませんか？」

阿波野はすぐには答えなかった。再び煙草を取り出すと、今度はライターで火を点けた。煙の輪を吐くと、彼は言った。

「……美馬は正義感の強い男だ。取調べをはずされた後も、落合が真犯人であるという証拠を見つけようとして、犯行映像を精査するために、ビデオテープを仮出ししたんじゃないのか？」

「しかし美馬警部補がビデオテープを仮出ししたのは送検の直前です。その頃には他の証拠も集まり、落合はほぼ落ちかかっていたはずでしょう？　そのタイミングで美馬警部補がビデオテープを精査しようとしたのは、辻褄《つじつま》が合わないような気がします」

阿波野はがっしりとした両肩をすくめた。「俺にはわからんよ。やつにはやつなりの理由があったんだろう。俺に聞くより、本人に聞いたほうがいいだろう」

「その美馬さんの現住所がわからなくてコンタクトがとれないんです。阿波野さんはご存じないですか？」

記憶をたどるような目つきになる。「確か今は実家のある埼玉に住んでるんじゃなかったかな。一昨年《おととし》あたりに、美馬の親父さんが亡くなったそうで喪中のハガキが来てたよ。そのハガキを見れば、正確な住所がわかると思うが」

「ではお手数ですが確認していただけますか？」

「ああ。今夜、うちに帰ってハガキを探してみるよ。連絡は明日でも構わんだろう？」

すぐにでも住所を知りたかったが、急《せ》かして阿波野の機嫌をそこねたくなかった。

「ええ。大丈夫です」

白石はテーブルから取調べ状況報告書を取り、ブリーフケースにしまった。とりあえず阿波野から聞きたいことは聞けた。あとは一刻も早く美馬に接触することだ。

次の瞬間、阿波野は灰皿に煙草を押しつけると、身を乗り出してきた。ヤニの臭いが強くなる。

「白石さん。あんた、美馬がビデオテープの映像をコピーして持ち出したと疑っているのか？」

「今のところはまだ、当時の捜査関係者全員を捜査対象にしているとだけ言っておきます」

ふん、と阿波野が鼻を鳴らす。「いかにも監察らしい秘密主義だな。いいか？　この前も言ったように、俺は捜査関係者がそんなことをしたとは露ほども思っていない。あの事件はまれに見る残虐で凄惨《せいさん》なものだった。捜査関係者はみな、あの犯行に怒りうち震えたもんだ。その中に、犯行映像を流出させたやつがいるなんて到底思えない」

阿波野の鋭さを増した目は、挑むように白石に据えられていた。現役時代はそのまなざしで数々の容疑者を脅えさせ自供を引き出してきたのだろう。

粗暴だが正義感の強い一本気な性格の刑事。

阿波野に抱いていた印象がさらに強まる。彼が犯行映像を流出させた可能性は低いように思えたが、まだ捜査対象から外すわけにはいかない。職業柄、徹底的に人を疑うことが、白石の体には染みついていた。阿波野のように単純に仲間を信じることなど自分にはできない。

「我々、監察はあくまで事実を追求するつもりです」

「まあ、好きにやるんだな」

そう言うと、阿波野は立ち上がって、ネクタイを締めなおした。

「そろそろ行かないと。コーヒー代はあんたが持ってくれるんだろ」

「ええ。お時間を割いていただきありがとうございました」

阿波野は肩を怒らせるようにして、店を出て行った。その後ろ姿を見送り、白石はアイスコーヒーをすすった。苦みだけが舌の上に残った。

12

生活保護を悪用して薬を不法に転売した42歳男性を逮捕

医療費が全額公費で賄われる生活保護制度を悪用し、無料で処方された向精神薬

を違法に販売したとして、警視庁組織犯罪対策課は7日、麻薬取締法違反容疑で、練馬区中村橋の無職、宇津木俊樹容疑者（42）を逮捕した。

宇津木容疑者は生活保護受給者で、薬をインターネットで不特定多数に転売していたものと見られている。警察はさらに余罪があるものと見て、取調べを続けている。

２０１８年８月８日付　東都新聞

江梨子は口もとに微笑を浮かべながら、満足げに新聞を折りたたんだ。

プラスチック容器を手に取り、アイスコーヒーを飲む。カフェインで得られる以上の興奮を江梨子は感じていた。

宇津木が逮捕されたと最初に知ったのは、ネットニュースでだった。通勤電車に揺られながら、スマートフォンでその記事を読んだのだが、あまり詳しいことはわからなかった。

江梨子は新宿に着くと、コンビニで朝刊を買い、近くのコーヒーチェーン店に飛び込んだ。宇津木の逮捕を知らせる新聞記事は思ったよりもそっけなかったものの、活字でその記事を目にすると、やはり事実だったのだとあらためて実感した。

ただ逮捕容疑は薬の転売についてのみだった。記事によると、警察は余罪も追及しているということだから、これから未成年者に対する買春行為についても立件されるのかもしれない。

読み終わった新聞を捨てることなくバッグに押し込むと、江梨子は職場へと向かった。

また督促電話をかける一日が始まろうとしていた。いつもなら仕事の前は気がめいるのだが、今日は体に気力がみなぎっていた。自分でもよくわからないが、宇津木をネットでさらしたことで、自分の中で何かが変わりつつあるようだった。

江梨子の書き込みが警察を動かしたことは間違いない。ネット上で宇津木の不法行為が拡散した結果、警察の知るところになり、逮捕に至ったのだろう。つまり江梨子が結果的に公権力を動かしたと言ってもいい。

今まで自分のことをたいして美人でもなく取りえもない女だと卑下していた。だが、今は強大な力を手に入れたような気がしていた。

督促の電話をかけていつものように客から怒声を浴びせられても、今日は余裕があった。

もっと怒鳴れ。聞くに堪えないような暴言を吐け——。

心の中で相手に対してそう念じた。理不尽な怒りをぶちまける顧客が現れれば、またネット上でさらすことができる。そんな気分にさえなっていた。

だがそんな日に限って、厄介な客は現れなかった。たいしたトラブルもなく、昼休憩の時間になった。

江梨子は麻衣の誘いを断り、一人で新宿駅西口の定食屋に向かった。ここはカウンターから見えるところに小さなテレビが置いてあり、昼の時間帯はワイドショーにチャンネルを合わせることを知っていたのだ。

店に入ってテレビに目を向けると、案の定、ワイドショー番組が流れていた。カウンターに座り、メンチカツ定食を注文して、テレビに目を向ける。人気俳優の不倫騒動に関するネタをやっているところだった。正直そんなものには興味がない。

メンチカツを食べながら、時折テレビに目をやる。十二時半を回ったころに、ようやく宇津木の話題が取り上げられた。思わずテレビ画面に目が釘付《くぎづ》けになる。江梨子がネットにアップした動画が流れたのだ。

宇津木が薬剤師につかみかかるシーンが流れた後、彼が薬の不法転売で逮捕されたことがアナウンサーの口から伝えられる。番組のコメンテーターたちが競うように、生活保護制度を悪用した宇津木に批判を加えていく。

そして論議はいつしか、ネットでの「さらし」の是非へと話題が移った。コメンテーターの大半は、「さらし」行為について気持ちはわかるものの全面的に賛成はできないと意見していた。いくら不正行為に手を染めたとはいえ、プライバシーの問題があるし、冤罪《えんざい》の可能性もある。それにネットで一度名前と顔がさらされれば、その過去を永久に消すことはできないのだとコメンテーターの一人がしたり顔で話していた。

ふん、と江梨子は鼻を鳴らした。

そんなことは自分もわかっている。宇津木は間違いなく悪事に手を染めていたのだ。冤罪の可能性などない。

確かに宇津木は今後、終わりのない社会的制裁を受けることになるかもしれないが、彼がやったことを考えるとそれも仕方がないだろう。薬を不正に転売した儲けで援助交際をしていた人間など、世の中から抹殺されても文句は言えないはずだ。

「俺はいいと思うけどね」江梨子の隣でテレビを眺めていた初老の男性がひとりごとをつぶやく。「こんな連中に人権なんて考えてやる必要はねえんだよ。どんどんさらして社会的に制裁を加えてやりゃあいいんだ」

男性は少し酔っぱらっているようだったが、それゆえ本音がむき出しになっているのだろう。江梨子は少し嬉しくなった。男性にビールを奢《おご》りたくなったほどだ。

ワイドショーのコメンテーターが「さらし」行為について否定的な意見を吐いたとき、実は江梨子の心は少し揺れた。自分がやったことが間違ったことだったのではないかと不安になった。

しかし世間一般の人たちは、隣の男性のように江梨子の行為を支持しているのだ。いや、コメンテーターたちも番組上、常識人ぶっているだけで、心の底では「さらし」行為に賛成しているに違いない。

江梨子は自分のためにビールを注文した。一杯飲みたい気分だった。

浴槽に張った熱めのお湯に首までつかり、江梨子は吐息をもらした。額にうっすらと汗がにじんでくる。スマートフォンを操作して、〈自警団〉サイトをチェックしていく。思ったとおり話題は宇津木の逮捕で持ちきりだった。

〈ようやく逮捕されましたね〉

〈ざまあ。二度と娑婆《しゃば》に出てくんな〉

〈わが軍の大勝利〉

〈今夜は酒がうまいわ〉

ネット住民たちの歓喜と高揚が伝わってくるが、掲示板の書き込みはどれも似たりよったりで新鮮味はなかった。昼間感じた全能感はすでにしぼんでいた。

サイトを閉じようとしたとき、〈管理人からのお知らせ〉という文字が目に入った。近日中にオフ会をやるので、参加希望者はダイレクトメッセージを送ってほしいと記されている。このようなコミュニティサイトにもオフ会があるのかと、江梨子は少し驚いた。

いったいどのような人たちが集まるのだろう。すこし興味が湧いたが、〈自警団〉サイトに集まるような人間というのは、攻撃的で狷介《けんかい》な性格の持ち主ではないだろうか。江梨子は自分も書き込みをしたことを棚に上げて、そんなことを思った。

結局、管理人にダイレクトメッセージを送るのはやめにした。

ほてった体に冷たいシャワーを浴びると、江梨子は浴室を出た。

13

荒川《あらかわ》を越えると、そこはもう東京ではなく埼玉だった。

白石は助手席のウインドウ越しに、外を眺めた。行く手には、青空のもと高層マンションが立ち並んでいる。

白石はハンドルを握っている繭子を振り返った。「ジムの名前は何と言ったっけ？」

「川口《かわぐち》ボクシングジムです」

今朝がた、阿波野から電話があり、美馬の住所がわかったと伝えてきた。さらに電話番号も教えてくれたので、白石は早速その番号にかけてみた。すぐに美馬本人が出た。白石が警視庁監察係の人間であることを名乗り、話を聞きたい旨を告げると、彼は今日は予定があると言った。

ただ、と美馬は言葉を続けた。「出先で会うなら構わないが」

そういうわけで、白石は繭子と一緒に、美馬が住むというこの川口市までやってきたのだ。荒川沿いに車を走らせると、町工場が散在するあたりに、黄色い看板が上がっているのが見えた。〈川口ボクシングジム〉と記されている。

近くのコインパーキングに車を停め、ジムへと歩いた。美馬の話では、彼は警察をやめた後、このボクシングジムでトレーナーの仕事をしているという。

ジムはプレハブのような平屋の建物だった。汚れたガラス窓越しに中を覗くと、リングの周囲で数人の練習生が基本練習をしているのが見えた。

「失礼します」

そう声をかけながら、がたついた引き戸を開ける。ジムの中にいた若者たちがいっせいにこちらを振り返る。汗の臭いがこもっていた。白石はすばやく室内に目を配った。ジムの奥で、若い練習生のミット打ちの相手をしている白髪の男性の姿が見えた。

「あの人ですかね」繭子が小声でささやく。

「みたいだな」

白石はすぐに声をかけることなく、白髪の男性がミット打ちの相手を務める様子を見つめた。若い練習生の流れるようなコンビネーションが男性のミットめがけて次々と打ち込まれていく。そのたびに男性が手にしたミットがパンパンと心地よい響きを立てた。わざといい音を立てるように男性がパンチを受けているのが、白石にはわかった。そうすることで練習生は自信をつけることができる。

ようやくミット打ちが終わり、練習生は体をくの字に曲げて荒い息をついた。白石と繭子は、白髪の男性の方へと歩いて行った。男はこちらに目をくれなかったが、自分たちの存在にすでに気がついていると、白石は感じた。

「美馬さんですね。今朝お電話した白石です。こちらは泉」

美馬が振り返る。阿波野のような武骨な男を想像していたのだが、彼はすらりと背が高く、鼻梁《びりょう》が通った整った顔立ちをしていた。髪の毛は真っ白だが、日に焼けた顔は若々しく、実年齢より十歳は若く見える。

「今日はこれぐらいにしとこう。シャワーを浴びて来い」

美馬の言葉に、練習生は「うぃっす」と頭を下げると、奥へと消えた。その後ろ姿を見ながら、美馬がつぶやく。

「あいつはウチの期待の若手でね」

「いいコンビネーションを持っていますね」

白石の言葉に、美馬が目を細めて値踏みするような視線をよこした。白石は言葉を継いだ。

「ただ、右ストレートを打つ時に少しモーションがかかる傾向があるみたいですが」

美馬が少し感心したような表情になる。「ボクシングに詳しいのか?」

「いえ、テレビで見るぐらいです。実際にやったことはありませんよ」

「おたくの言う通りだ。疲れてくると右を打つ時にモーションがかかる」

「上のレベルに行くと、餌食《えじき》になりますね」

「ああ。直そうとはしているんだが、なかなか難しい」

美馬はミットをはずすと、奥へと首を傾けた。

「話があるんだったな。奥の部屋に行こう。汚いが構わないかな？」

最後の言葉は繭子に向けられていた。

「大丈夫です。刑事部屋もきれいだとは言えませんから」繭子が冗談めかして言うと、美馬はふっと笑った。踵を返して先に立って歩きだす。白石と繭子は後についていった。

美馬に通された部屋は、事務所のようだった。スチール製のデスクがあり、部屋の隅には段ボール箱が積み重ねられている。美馬は小さな冷蔵庫から二リットルのペットボトルを取り出すと紙コップにお茶を注ぎ、白石と繭子に差し出した。

美馬も自分のためにお茶を入れ、それをひと息に飲み干した。空になった紙コップをデスクに置くと、白石に向き直る。

「それで話というのは？」

白石と繭子はすかさず視線を交わした。繭子が手にしたブリーフケースに視線を落とす。その中にはノートパソコンと国分寺女児殺害事件の犯行映像をおさめたＤＶＤが入っていた。

与那嶺にしたように、話を聞く前に犯行映像を見せて美馬の動揺を誘う手もあった。だが白石の見たところ、美馬はそのようなことで揺さぶれる男ではなさそうだった。

白石は繭子にかぶりを振ってみせると、美馬に向き直った。彼の口もとには、かすかに笑みが浮かんでいた。

「どういう手を使うのか決まったかな？」

「過去に監察の取調べを受けたことがあるんですか？」

「目はつけられていたよ。問題児だったからな」

「そういう評価があったことは存じ上げています。ですがそれ以上に、優れた刑事であったことも聞いています」

美馬が乾いた笑い声を立てた。「おべっかを使って、落とそうというのか？」

「事実を話したまでです」

美馬は顔の前で手を振った。「もういい。早く要点に入ろうじゃないか。いったい何を聞きたい？」

「三年前に免許を返上したのはどうしてですか」白石が口火を切った。

「その質問をするためにわざわざここまで来たのか？」

「いえ。まずは軽いジャブといったところです」

白石の言葉に、美馬は片頰をゆがめて笑った。その表情は、歳のわりにはどこか色気が感じられた。「きみは面白い男だな」

「まだ免許を返上するようなお歳ではないと思いますが、何か理由があったのでしょうか？」

美馬の表情が引き締まる。「三年前、ジムの練習生が無免許運転をして事故を起こした。幸い、相手の被害者は軽傷ですんだが」

「その車に美馬さんも同乗していたということですか？」

「いや、そういうわけじゃない。その練習生は単独で運転していて、事故を起こしたんだ。すでに相手方とも示談は成立している」

「では、その事故が美馬さんとどういう関係が？」

「確かに俺が直接事故に関わったわけじゃない。だが自分の教え子が無免許運転をして人を傷つけたというのも事実だ。このジムにやってくる子の中には、複雑な家庭環境を抱えた若者も多い。そうした子たちにはボクシングだけでなく、社会的な常識や人間としてのあり方も教えたいと思っている。だが、その練習生にはそんな教えは届いてなかったようだ」

「別に美馬さんの責任というわけじゃないでしょう」

「いや、俺にも責任の一端はある。いくら口で偉そうなことを言っても、相手に伝わらないと意味がない。そこで俺は自らの襟を正す意味合いで、免許を返上したんだ」

さすがにそれは責任を一人で背負いこみすぎているような気がしたが、美馬には美馬なりの考えがあるのだろう。あらためて彼の一本気な性格を垣間《かいま》見《み》たような気がした。

美馬がドアのほうに目を向ける。「先ほどミット打ちをしていた子がそうだ。それ以来、問題は起こしていない」

白石はうなずいた。本題に入るときが来た。

「二十年前の国分寺女児殺害事件はもちろんご記憶ですね？」

「忘れようがないさ」

「容疑者である少年A——落合聖司の取調べに美馬さんもあたられたそうですが」

美馬は黙ってうなずいた。話の方向がどちらに向かうのか考えているようにも見えた。

「その取調べの最中に、美馬さんは落合に暴力を振るい、取調べをはずされた。その事実に間違いはありませんか？」

肩をすくめる。「ああ、その通りだ。やつの言った言葉が許せなかった」

「両親のどちらかが美月ちゃんを虐待して死なせたんじゃないのかという意味合いの発言ですね」

美馬がうなずく。「あまりにも被害者の両親の気持ちを踏みにじる暴言だった。気がついたら勝手に体が動いていた」

今、こうやって実際に話してみると、美馬は冷静で穏やかな人間であるように見える。とてもそのような暴力を振るうような男には思えない。だが、彼にも普段は見せない別の一面があるのだろう。

「取調べをはずされた後、美馬さんは何をされていたんですか？」

「何を……？」美馬が首をかしげる。「そのあたりはよく覚えてないな。もちろん、取調べをはずされたとはいえ、捜査本部にはとどまっていた。落合の犯行を裏付ける手がかりを見つけるために書類や証拠を調べていたんじゃないかな」

白石はブリーフケースから証拠物件出納表を取り出し、デスクに置いた。美馬が犯行映像のビデオテープを仮出しした記録箇所を指さす。

「この書類によると、あなたは美月ちゃんが殺される犯行映像を記録したビデオテープを保管庫から仮出ししていますね。これも事件を精査するためだったんですか？」

美馬はしばらく無言で、書類に目を落としていた。下を向いているため、その表情はわからない。白石は気を引き締めた。ここからが重要なところだ。

美馬が書類から顔をあげた。じっと白石の顔を見返してくる。すこし頰のあたりが緊張しているように見えるのは、気のせいだろうか。

「美馬さん？　どうしてビデオテープを仮出ししたのか、その理由を教えてくれませんか？」

「……なぜ、そんなことを聞く？」

「質問に質問で返さないでください」あえて白石は強い口調で言った。

美馬はため息をつくと言った。「別にたいした意味はない」

「と言うと？」

「取調べをはずされた後、ひとりの捜査員が血相を変えて捜査本部に入ってきた。手には夕刊紙を持っていた」

夕刊紙という言葉にはっとする。隣にいる繭子も身じろぎするのを肌で感じた。

「東都スポーツという下世話な夕刊紙だ。それには落合が被害者少女を殺害する模様を映像におさめていたという情報がすっぱ抜かれていた。記事には映像の詳細な部分まで記されていて、映像を実際に見た人間でないと知りえないことも含まれていた」

美馬の握りしめた拳《こぶし》の関節が白くなっていた。こめかみには青筋が浮いている。

「殺害映像が存在するというのはマスコミには公表していない極秘情報だった。いったい誰が情報を流したのか——強い怒りを覚えたよ」

もちろん白石と繭子には、情報をリークしたのが与那嶺だということはわかっている。

「美馬さん。そのことと犯行映像を仮出ししたこととの間にはどういう関係が？」

「……記事には、落合に共犯者がいることをほのめかす一文が載っていたんだ。それを読んで驚いたよ。もちろん俺も取調べの前に、あの映像は細部まで漏らさず見たつもりだ。だがもしかしたら共犯者の存在を示すものを、自分は見落としていたのかもしれない。そう思って、あわてて保管庫からビデオテープを仮出しして、映像を精査しなおしたんだ」

共犯者説——。そのような記事が載っていたことは初耳だった。

美馬が眉間にしわを寄せながら、話を続ける。

「だがいくら映像を見なおしても、共犯者の存在をうかがわせるものは見当たらなかった。恐らく情報をリークした人間が話を盛ったか、記者がデマを書いたんだろう。あの手の夕刊紙では、読者の興味をあおるためによくやる手だ」

白石は繭子に目をやった。彼女がうなずいてみせる。今の美馬の話は筋が通っているように思えた。実際、与那嶺のリークで夕刊紙に犯行映像の記事が載ったのも事実だ。

「わかりました。それを確認するために、ビデオテープを仮出ししたということですね」

「ああ。納得したかな？」

「ええ。ご協力ありがとうございます」

白石は証拠物件出納表をブリーフケースにしまった。

「最後に聞いていいか？」美馬が白石と繭子の顔を見比べる。「一体おたくらは何を調べているんだ？」

美馬の目を見返す。彼は演技をしているようには見えなかった。

「国分寺女児殺害事件の犯行映像がネットの闇オークションで売りに出されたんですよ」

白石の言葉に、美馬の目が大きく見開かれる。彼が表情を大きく変えたのはこれが初めてだった。

「なんだと？　ニセモノじゃないのか」

「いえ。警視庁でその映像を入手して、本物のコピーであることは確認しています。その原本がどこから漏れたのかを我々は調べているわけです」

美馬が呆然とした表情になる。すでにネット上では国分寺女児殺害事件の映像ＤＶＤが流出したことが話題になっているが、美馬は知らなかったようだ。だが彼はすぐに我に返ると舌打ちして言った。「大方、落合のやつがどこかに映像媒体を隠し持っていて、今回それをネットで売りに出したんだろう」

美馬は横を向くと、苦々しげに吐き捨てた。

「相変わらず腐ったやつだ」

「美馬の話は筋が通っていましたね」

帰りの車内で、ハンドルを握りながら繭子がぽつりと言った。

「一応、な」

白石の返事に、繭子がちらりと目の端でこちらを見る。

「何か引っかかることでも？」

「ああ。闇オークションに犯行映像が出品されたと話したときの美馬の表情。それまでの落ち着いた態度からは一変して、かなり動揺していたように見えた」

「確かにショックを受けたようでしたけど……」

「そんなことなどありえない――そう考えている表情のように俺には思えた」

「……それは考えすぎでは？」

「かもしれないな」

白石はヘッドレストに頭を預けた。

「とりあえず美馬の話の裏を取る必要がある。本当に東都スポーツに共犯者説が載ったのかどうかを調べよう」

監察係に戻ると、デスクでパソコンに向かっていた人吉が立ち上がり、白石と繭子に寄ってきた。

「係長。これを見ましたか？」

そう言って、彼は手にした雑誌を掲げてみせた。硬派というよりは軟派な芸能ネタを中心に最近、部数を急激に伸ばしている週刊誌だった。

「いや。何か気になる記事でも？」

「国分寺女児殺害事件の少年Aのインタビュー記事が掲載されているんです」

「なんだって？」

白石は人吉の手からひったくるようにして週刊誌を奪い取った。インタビュー記事が掲載されたページを開く。肩越しに繭子ものぞきこんできた。

〈少年A直撃インタビュー！　僕は殺害映像を出品してない〉と大きく見出しが躍っている。

「……いったい何なんだ、この記事は？」

白石の問いかけに、人吉が神妙な面持ちで答える。

「ご存じだと思いますが、ネットで国分寺女児殺害事件の映像が闇オークションで取引されたとの情報が出回りはじめていまして」

「ああ、そのことなら知っている。誰か警察関係者が情報をもらしたんだろうか？」

人吉がかぶりを振る。「実際に闇オークションで犯行映像が出品されているのを見たネットユーザーが掲示板にそのことを書きこみ、噂が広まったようですね。そしてネット上では、映像を売りに出したのは少年Aに違いないとバッシングが巻き起こっているそうです」

「それで、どうして週刊誌に落合――少年Aのインタビュー記事が載ることになったんだ？」

「どうやら少年Aの方から週刊誌側に、ネットの中傷に対して反論したいからインタビュー記事を載せてほしいと売り込んだようですね」

白石はあらためて週刊誌の記事に目を通した。記事には元少年A――落合聖司と思われる男性の後ろ姿の写真が載っていた。白いシャツを着た背中からは、彼がどのような人間に成長したかはうかがえなかった。落合聖司は今では自分と同じ三十四歳になっているはずだ。

落合聖司こと元少年Aは、自分はすでに更生していっさい反社会的な行為はしていないと語っていた。そして犯行映像をダークウェブに出品したのも自分ではないときっぱり否定している。

彼はインタビューの最後をこう締めくくっていた。

――今はもう自分のことをそっとしておいてほしい、と。

14

その夜は雨が降っていた。

土砂降りに近い激しい雨だったが、猛暑日続きの熱気を冷ますまでにはいたらず、街にはむっとする湿気がたちこめていた。

江梨子は傘を畳み水滴を切ると、狭いエレベーターに乗り込んだ。この雑居ビルの三階に目当ての店は入っていた。エレベーターを降りると、クーラーの冷気とにぎやかな笑い声に出迎えられた。

『居酒屋　源八《げんぱち》』とペンキ書きされたガラスドアを前にして、中に入ろうかどうか躊躇する。腕時計に目を落とすと、時刻は夜の八時を回っていた。すでにオフ会は始まっているはずだ。

結局あれから二、三日迷った末に、江梨子は〈自警団〉サイトの管理人にダイレクトメッセージを送った。オフ会に参加する旨を伝えると、その日のうちに返信がきた。そこには歓迎の言葉と、オフ会の日時と会費、それに会場が記されていた。

その時点でも、江梨子はオフ会に参加するかどうか迷っていた。一度も会ったことのない人たちと飲みに行くことに少なからず抵抗があった。いや、それよりもこのようなサイトに集っている人たちがどういう種類の人間なのかわからず不安だった。

だがその一方で、オフ会に参加すれば龍馬に会えるのではないかという期待もあった。

それでもなお店の前で躊躇していると、非常階段に通じるドアが開いて、紫煙の匂いをまとった中年女が入ってきた。どうやら階段で煙草を吸っていたらしい。女は江梨子に気がつくと、値踏みをするように目を細めた。

「……もしかしてオフ会に来た人？」

「え……ええ」

「だったら中に入りましょ。別に怖いことなんかないから」

中年女は江梨子の胸中を見透かしたように言うと、さっさと店の中へと消えた。江梨子も心を決めて、その後に続いた。オフ会は、奥の座敷で行われていた。

ざっと見たところ十五、六人ほどが参加している。ほとんどが男性だが、女性も三人ほどいた。先ほどの中年女は、奥の席について早くも会話の中心に収まっていた。

江梨子が空いた席を探していると、「よかったらここどうぞ」と声をかけられた。手前にいたサラリーマン風の中年男性が体をずらして、スペースを作ってくれる。他に場所もなさそうなので、言われるがままに、そこに腰を下ろした。

「オフ会に参加されるのは初めてですか？」

中年男性が、江梨子の手にしたコップにビールを注いでくれる。メタルフレームの眼鏡をかけた一見、穏やかそうな男性だ。

「ええ……来るかどうか迷ったんですけど……」

はははは、と男性がほがらかに笑う。「わかりますよ、その気持ち。僕も初めて来たときはおっかなびっくりだった。でも、みんないい人たちです。怖いことなんかありません。普通の人たちですよ」

ただ、と男性が言葉を継ぐ。

「他の人たちよりも若干、正義感が強いかもしれませんけどね」

江梨子は周囲を見回した。男性が言うように、ほとんどの参加者は普通の人たちに見えた。学生風の若い男もいれば、禿頭《とくとう》の老人もいる。

その後はいくぶんリラックスして、他の人たちとも話をした。自己紹介から始まり、仕事や趣味、芸能ネタについて会話が弾んだ。てっきり「さらし」のことばかり話すものと思っていたので、すこし拍子抜けだった。

だが酒が入って酔いが進むと、その手の話題がちらほらと顔を出すようになった。

「いや、俺が一番許せないのがね、歩きスマホだよ。この前も若い男がスマホに熱中しながら前も見ずに歩いてきたんで、思いっきりぶつかってやったよ」

江梨子の真正面に座っていた五十代と思しき白髪まじりの男性がそう息巻く。それをきっかけにして、周りの参加者たちも競うように不満話をぶちまけはじめた。行列に割り込む中年男性やベビーカーでセール会場にやってくる母親への不平など、どれも他愛のないものだった。確かに江梨子自身、そうしたことに腹が立つこともある。

だが〈自警団〉サイトの住人ならば、そんな些《さ》細《さい》なことではなく、もっと重大な不正行為に目を向けてほしかった。例えば、宇津木のように生活保護を悪用して私腹を肥やすような行為に対してだ。

少し酔いが回ったせいか、江梨子は宇津木をさらしたのが自分であることを告白したくなった。あなたたちと違って、自分はもっと社会的に許せない行為を働いた人間を告発したのだと自慢したかった。

そのときになって江梨子は思った。自分は宇津木をさらした行為を称賛してもらいたくて、今日ここにやってきたのではないだろうか——。

意を決して江梨子が口を開こうとしたそのとき、ビールを注いでくれたメタルフレームの男がぼそりと言った。

「僕が今許せないのは、あのロリコン男ですよ」

「ロリコン男?」男に視線が集まる。

「ほら、二十年前に国分寺で小学生の女の子を殺した少年Aのことですよ。殺害映像まで撮っていたやつ」

ああ……と江梨子はうなずいた。事件があったのは江梨子がまだ幼いころだったから、リアルタイムでその記憶があるわけではない。だが平成を代表する猟奇的な事件ということもあって、若干の知識はあった。

「あいつ最近、その犯行映像をネットオークションに出品したでしょう? マジで世の中なめてますよね」

「でも、本人は週刊誌のインタビューで否定したんですよね」はす向かいの若い男性が言う。

「あんなの嘘っぱちですよ」メタルフレームが激しくかぶりを振る。「少年A以外に誰があんな映像をネットで売りに出すっていうんですか」

江梨子も元少年Ａが犯行映像を闇のオークションに出品したらしいという噂は、ネットで見て知っていた。ただ週刊誌のインタビュー記事で、その事実を否定したことまでは知らなかった。

「わたしも思う。犯行映像を出品したのは少年Ａだって」

左側からの醒めたような声に、江梨子はそちらを振り向いた。いつの間にか、隣に先ほどの中年女が座っていた。水割りの入ったグラスを手に、テーブルに頬杖をついている。煙草と強い香水の入り混じった匂いをさせていた。

「ほら、あいつって自己顕示欲の塊みたいな男でしょ。あの国分寺女児殺害事件からもう二十年もたつじゃない。今じゃ世間はそんな事件があったことなんかすっかり忘れてる。多分、少年Ａはそれが耐えられなかったんだと思うよ。それでもう一度、自分に注目を集めるために犯行映像を出品したんじゃないかな」

「さすが管理人さん。鋭い見方ですね」メタルフレームの男が我が意を得たりとばかりにうなずく。

管理人——という言葉に驚いて、江梨子は隣の中年女を見つめた。この女性が〈自警団〉サイトの管理人なのか。てっきり管理人は男性だと思い込んでいたので、意外だった。

管理人だという中年女を、江梨子はあらためて観察した。

年の頃は四十代半ばだろうか。その年代の女性にありがちなゆるんだ体型ではなく、締まった体つきをしている。化粧気はほとんどないが、よく見ると整った顔立ちをしていた。

「わたしはリアルタイムであの事件を見聞きした世代だからね。事件が起こった当時はずいぶんマスコミで取り上げられたもんだよ。中には少年Aをもてはやす女性ファンみたいな連中もいたっけ」

「ふうん、そんな感じだったんですね」

「結局、あの少年Aって医療少年院か何だかに、四、五年入ってただけでしょ？　その程度で罪を償ったなんて言えないよね」

冷ややかな口調でそう言うと、管理人は水割りを飲み干した。

「ですよねえ」メタルフレームの男が嬉しそうに言う。「少年Aは結局、更生してなかったってことですよね？」

「多分あいつ、捕まらないって思ったらまた人を殺すよ」

管理人は吐き捨てるように言った。

「いや、ホント、その通りですよ」メタルフレームが顔を紅潮させる。「あんなケダモノを野放しにしちゃいけなかったんです。まあ、今回、少年Aが週刊誌のインタビューで反論したことで、さらにネット住民は怒りまくってますよ。どんどん炎上して社会的制裁を食らったらいいんですよ」

唾《つば》を飛ばして熱弁するメタルフレームの顔からは、最初の穏やかなイメージはすっかり消え去っていた。

飲み会は十時過ぎまで続いた。

二次会に行くという参加者たちと別れ、江梨子は明日も仕事が早いので帰ることにした。酒臭い息を吐いている会社員や若者の間を縫うように新宿駅へと歩を速める。雨に濡れたアスファルトからは熱気が立ちのぼっていた。

途中、大型書店の前を通ると、まだ明かりが点いていた。中を覗くと、ちらほらと客の姿が見える。一応、開いているらしい。

ふと思いついて、江梨子は店内へと足を踏み入れた。レジ横に、目当ての雑誌が積まれていた。元少年Aのインタビュー記事が掲載された週刊誌だ。雑誌を手に取ると、あたりの目を気にしながら、記事の載ったページを開く。

元少年Aと思しき男性の背中を写した写真が大きく載っていて、その上に〈少年A直撃インタビュー！　僕は殺害映像を出品してない〉との見出しが躍っている。

ざっと記事に目を通していく。元少年Aは、事件当時、捜査関係者に殺害映像はすべて没収されたので、自分が今回ネットに出品できるわけはないと否定していた。

どうなのだろう。江梨子は首をかしげた。

そのとき不意に背後から肩を叩かれた。

江梨子は思わず声をあげそうになった。弾《はじ》かれるようにして振り返ると、同じように驚いた顔をした管理人の女性が立っていた。

「ああ……ごめんなさい。そんなに驚くなんて思わなかったから」

「いえ……」

そそくさと江梨子は雑誌を棚に戻した。管理人の視線が、江梨子の動きを追って週刊誌の表紙へと注がれる。

「あら、その雑誌、買うつもりだったの？」

「いえ」あわててかぶりを振る。「そうじゃないですけど、さっきの飲み会で管理人さんの話を聞いて興味を惹《ひ》かれて……」

「少年Aのインタビュー記事ね」

「はい。本当に彼が殺害映像を売りに出したのかどうか気になって……」

「あなたはあの事件があった当時はまだ小さかったんじゃない？」

「ええ。でも残虐な事件だってことは知っています。幼い女の子の目をくり抜くなんて信じられない……」

彼女の瞳が猫のように細められる。「えっとあなた、お名前は何だっけ？」

「……江梨子です」

なんとなく苗字まで教えるのははばかられた。

管理人がうなずく。「わたしは山本弥生《やまもとやよい》」

力強く言い切ったその口調に、江梨子は自分だけが苗字を名乗らなかったことに後ろめたさを感じた。弥生が週刊誌の表紙をぴしりと叩く。

「こんなインタビューにのこのこ応じる少年Aも糞だけど、それを載せる出版社も糞だよね。それを読んだわたしも糞だし」

「そんなことは……」

「そんなことあるよ。少年Aは自己愛を満たすためにインタビューに応じて、出版社は金を儲けるために記事にして、読者は好奇心と野次馬根性を満たすためにその記事を読むんだよ。それぞれが醜い欲望を満たしてるってわけ」

そう言って弥生は整った顔をゆがめた。なんとなく彼女に興味が湧いた。

弥生はいったいどのような人間なのだろう。結婚はしているのか、子供はいるのか。どうして〈自警団〉サイトの管理人などをしているのか――。

偽悪的な物言いをするものの、弥生は下品な人間には見えない。ただひとつ言えるのは、彼女は自分にはない鋼のような強さを秘めているように見える、ということだった。

「あの……山本さんは何がきっかけで〈自警団〉サイトを運営するようになったんですか？」

「それは一言では言えないわね」

そっけない口調に、江梨子はあわてた。たいして親しくもないのに踏み込みすぎた。

「ごめんなさい。詮索《せんさく》するつもりは」

「いいのよ、別に」

「わたし……知りたかったんです。あのサイトに集まってくる人はみんな、わたしのように鬱屈を抱えているのかなって」

ふっと弥生が微笑む。「今の時代に、鬱屈を抱えてない人なんかいるかしら」

「でも、わたし鬱屈だらけなんです。仕事のストレスとかもいっぱいで。だけど、あのサイトでさらすことで、その鬱屈が少し解消されたような気がして……」

「あなたも、何かさらしたの？」

弥生の目に興味の色が浮かぶ。宇津木の薬の不正転売と援助交際の動画をアップしたのが自分であることを告げると、彼女は目を見開いた。

「そうだったの。あなたが、あれを……」

弥生が少なからず感銘を受けたのがわかった。それだけでも、宇津木をさらした甲斐があった気がした。強い女性に見える弥生に自分が認められた気がして嬉しかった。

「ねえ」

弥生が柔らかい声で言う。

「酔いが醒めたらお腹空《す》いてきちゃった。どこかで何か食べていかない？」

弥生がたまに行くという、路地裏にある薄汚いラーメン屋に入った。

入り口で食券を買い、油でねっとりとしたカウンターに腰をおろす。夜遅くにもかかわらず、店は繁盛していた。江梨子たちと同じように、酒のシメにやってきたサラリーマンが多いようだった。

「へえ、督促の仕事やってるんだ」

ラーメンが出来上がるまで、江梨子は自分の境遇について話した。カード会社で督促をしていることを話すと、弥生は感心したようだった。

「ホント、大変なんですよ。自分が滞納したのが悪いくせに、被害者面する顧客が多くて……」

「わかる。そういう人たちって、自分が悪いとは認めずに、すぐに人のせいにしたがるんだよね」

「そうなんですよ。それがすごく不条理な気がして」

「そう、それ。不条理」

弥生が大きくうなずき、顔を近づけてくる。同じ女性なのに、なぜかどぎまぎした。

「わたしね、〈自警団〉サイトでそういう不条理を正したいって思ってるの。不正行為をして得をしている人間や、悪いことをしても法律で裁かれない人間。そうした連中に鉄槌《てっつい》をくだすのがわたしの使命だと思っている」

そう言う弥生の顔はどこか殉教者のように見えた。

ラーメンが運ばれてくると、弥生は箸を割り、勢いよく麵《めん》をすすった。豪快に食べるその様はまるで男のようだが、江梨子には魅力的に思えた。

「わたしね……」

ぽつりと弥生が言う。

「え？」彼女の顔を見る。

「むかし、交通事故でひとり娘を亡くしたの」

突然の告白に江梨子は絶句した。弥生がどこか遠い目になって続ける。

「小学校からの帰りに横断歩道を渡っているところに車が突っ込んできてね。その車、盗難車で、窃盗犯がパトカーの追跡を逃れるために赤信号を無視して交差点に進入してきたの。娘は頭を強く打って即死だった。車はそのまま走り去ったわ」

「結局、犯人は捕まらなかったんですか？」

弥生がかぶりを振る。「翌日に警察に出頭してきた。だけど十六歳の少年だったから、保護観察処分ですんだ。窃盗でも、娘をひき殺した罪でも実刑を食らうことはなかった。ひどい話よね」

弥生が不条理にこだわる理由がわかった。大事なひとり娘を殺されたのに、その加害者が未成年という理由だけで罰せられなかったのは不条理の一言に尽きるだろう。

その事件が弥生を〈自警団〉サイトに向かわせる原因になったのだろうか。

「そういえば」その時になって、江梨子は大事なことを思い出した。「龍馬は今日のオフ会に参加していたんでしょうか？」

「わたしの知る限りでは、彼はいなかったわ。これまでも参加したことはないと思う。あまり人とつるむのが好きじゃないんじゃないかな」

「弥生さんは会われたことは……？」

「ないよ。龍馬の素顔を見たって人に会ったこともない。彼は囲いとも無縁だから接触する術《すべ》もないし」

「囲いって、なんですか？」

聞き覚えのない単語に戸惑い、訊ねてみる。

「龍馬に限らず、ネットで過激な動画を配信して、それで金を稼いでいる人たちはたくさんいるわけ。そうした人気のある配信主には熱狂的なファンがついていて、中には金銭的な援助をしている人たちもいるの」

「それが囲い、ですか」

「そう。高額の金を援助すれば、限定映像を見せてもらえるといった特別待遇を受けられたりもするそうよ。時には囲いのほうからお金を出す見返りに、撮ってほしい動画をリクエストすることもあるみたい」

江梨子はなかば呆れ、なかば感心しながら聞いていた。

「ただ、龍馬はそうして〈囲われる〉ことは好きじゃないみたいね。たぶんお金を受け取ることで、自分の好きなように行動できなくなることが嫌なんじゃないかな」

彼は今まで独力で、様々な突撃取材を成功させている。取材対象の身許を特定するリサーチ力とどこにでも取材に行く行動力は、あまたいる動画配信者の中でも飛びぬけた存在だと言っていい。

ますます龍馬に会いたい気持ちが高まってきた。だが彼とコンタクトを取る手段はなさそうだった。

15

スツールに腰かけた繭子が手首にはめた腕時計に目を落とした。

「もう時間を三十分過ぎてますよ。時間にルーズな男って嫌い」

隣でウーロン茶を飲んでいた白石がなだめるように言う。

「まあ、記者というのは忙しいんだろう」

「でも、時間を指定してきたのはあっちですよ」

繭子が口をとがらせて、ウーロン茶に口をつける。

そのときドアが開き、店に小柄な男が入ってきた。短くした髪の毛をワックスで逆立て、白シャツの袖をまくっている。どこかネズミを思わせないでもない風貌だ。彼が夕刊紙記者の松木だろう。繭子を見つけると、カウンターに近づいてきた。

「あんたが電話くれた人？」

繭子がスツールから降り、松木に軽く頭を下げる。「警視庁の泉と申します。こちらは白石」

松木は白石の存在に気がつくと、顔をしかめた。「電話では、二人きりで会うという約束だったはずだけど」

　繭子がにこやかに笑ってみせる。「いえ、こちらは二人で参りますとお伝えしたはずです」

　渋い顔になる松木に、白石は声をかけた。「奥にボックス席を取ってあります。そちらに移りましょう」

　照明の届かない奥のボックス席に移り、白石と繭子は松木と向かい合った。

「で、聞きたいことって何？」松木が横柄な口調で言う。

「電話でも少しお話ししましたが、二十年前の国分寺女児殺害事件の報道についてです。おたくの東都スポーツさんは、マル秘だった殺害映像の存在をすっぱ抜きましたよね」

「ああ、あれねえ」にやりと松木が奥の銀歯を光らせる。「あの時は局長賞をもらったっけ」

「つまりあの記事は松木さんが書いたんですね？」

「まあね」運ばれてきた水割りをぐいと飲む。

「誰が松木さんにあの情報をリークしたんでしょうか？」

「それは教えられないなあ。わかるでしょ？　ブン屋にとって、情報源の秘密を守ることは最低限のマナーだって」

「あの情報は警察が意図的に伏せたものです。犯人だけが知りうる情報を確保するために。それを外部に漏らしたということは、捜査妨害にあたります。そして松木さん、あなたはそれに加担したことになりますよ」

「はは、そんな脅しには乗らないよ」

さすがに松木も長年、夕刊紙の記者をやってきただけあって、簡単な揺さぶりではびくともしないようだ。ネズミを思わせる狡猾《こうかつ》そうな目が光っている。その視線は露骨に繭子の胸もとに注がれていた。

繭子が飴色に変色したブリーフケースから、書類の束を取り出す。それをめくりながら彼女は言った。

「松木さんはメインバンクとは別に、あかね信用組合にも預金口座をお持ちになっているようですね」

水割りを飲もうとした松木の手がぴくりと止まる。

「預金額は二千万円超……ですか。メインバンクでもないのに、ずいぶんと多額の預金をされていますね。失礼ですが、このお金はどこから？」

松木はグラスをテーブルに置くと、繭子を睨みつけた。すっかり白石の存在は忘れているようだ。

「あんた、俺の銀行口座を勝手に調べたのか？　それは個人情報保護に反するんじゃないのか？」

「ちゃんと正当な手続きは踏んでいますよ」繭子は涼しい顔だ。「裁判所の令状はとってあります」

「……別にあの金はやましいもんじゃない。三年前に宝くじが当たったときの当籤《とうせん》金だ」

繭子はうなずいた。その事実は彼女も把握しているようだ。

「ただ当籤金をメインバンクに入金されなかったということは、奥さまや娘さんは松木さんが宝くじに当たったという事実を知らないんじゃないですか？」

松木の顔が険しくなる。「家族の間でも秘密はある。そんなもんだろ」

「しかし口座の取引を確認したところ、毎月定期的に二十万円の金額がアシダエリナという女性の口座に送金されていますね。この女性は一体……？」

今では松木の顔は蒼白になっていた。対して繭子の顔は能面のように冷ややかだ。

「……あんた、俺を強請《ゆす》ろうというのか？」

「まさか。我々は警察ですよ。ただ、このアシダエリナという人物の存在が気になりまして。もしかしてこの人物は幼い孤児か何かで、松木さんがあしながおじさん的な援助をしているということでしょうか。もしそうなら、わたしとしてはその立派な行いをぜひ奥さまや娘さんにお伝えしたいと思うんですが……」

とぼけた繭子の口調に、白石はかすかに苦笑をもらした。一方の松木はおしぼりで額の汗をぬぐっている。

「……わかったよ。なにが知りたい？」松木が歯嚙みして言う。

「さっきも言ったように、犯行映像の存在をリークした人物の名前です」

「……与那嶺。下の名前は知らない」

藺子がうなずいてみせる。その横顔を白石は頼もしく見守った。

松木が座席から腰を浮かせる。

「話が終わったなら、俺はこれで……」

「慌てることはないでしょう」藺子がにっこりと微笑んでみせる。「まだ水割りが残っていますよ」

警戒するような表情で、松木が座りなおす。

「さて、あなたが書いたという特ダネ記事についてもう少し聞きたいんですが、記事の中であなたは共犯者説に言及しましたね。それについても与那嶺から聞いたんですか？」

「いや……」松木がふてくされたように答える。「あれは俺が勝手に話を盛っただけだ。その手の記事をウチの読者は喜ぶんだよ」

「つまりはガセネタですね」

「ほのめかして書いただけで、共犯者がいたと断言はしてない」

「なるほど。ただ、ひとつ引っかかる点があります」

藺子の言葉に、松木だけでなく白石も思わず彼女の顔を見た。

「少年Aが殺害映像を所持していたという事実だけでも、読者の興味を引くのに十分な特ダネです。それなのに松木さん、あなたはなぜわざわざ共犯者説まで盛り込んだんですか？」

松木が眉根を寄せる。「どうやら勘違いしてるようだな」

「勘違い？」

「俺が共犯者説を書いたのは、少年Aの特ダネが載った日の新聞じゃない。それから二日後の新聞だ」

藺子の左の眉がわずかに動くのが見えた。だがそれ以外にはほとんど表情を変えずに、彼女は訊き返した。

「それ、確かですか？」

「ああ。夕刊紙は毎日毎日、新しい魅力的なネタを載っけないと、読者は買ってくれない。犯行映像のネタが受けたのはせいぜい二日間。だから二日後の新聞に、共犯者の存在をうかがわせる記事を書いたんだ」

そう言うと、松木は苦々しげな顔で水割りをあおった。

近くのコインパーキングに停めてあった車に乗り込むと、白石は言った。

「いい着眼点だった」

運転席に座った藺子が、軽く頭を下げる。「ありがとうございます。滅多にほめてはくださらない係長にそう言っていただけると光栄です」

白石はふっと笑った。「共犯者説の記事が載ったのは、犯行映像の特ダネから二日後の新聞だった。つまり、少年Aがすでに送検された後のことだ」

「ええ。送検にともない、証拠品も検察に送られたはずです。つまり共犯者説が夕刊紙に載った時点では、すでにあのビデオテープは検察に送られていた。逆に言えば、美馬がビデオテープを仮出しした時点では、共犯者説は出ていなかった」

白石が腕を組む。「となると、美馬が共犯者説を検証するためにビデオテープを仮出ししたという話は嘘になる。なぜ、やつは嘘をついた？」

繭子が眉根を寄せる。「やはり美馬が犯行映像を持ち出したんでしょうか？」

「とりあえず美馬に行確をつけよう」

「わかりました」

「それに」と白石がつけ加える。「共犯者説が掲載されたのが本当に二日後の紙面だったのか確認する必要があるな」

繭子がうなずく。「国会図書館に過去の紙面がマイクロフィルムで保存されているはずです。明日にでも部下に調べに行かせましょう」

繭子がエンジンをかけ、車を出す。白石はついあくびをした。

「寝不足のようですね？」繭子が目ざとくつっこんでくる。

「俺だけじゃないさ。今はウチの係の全員がそうだろう」

口には出さないが、繭子も目の下の隈《くま》が化粧でも隠しきれないでいる。

「ところで玲奈ちゃんの件はどうなりましたか？」

その質問に胃がキリリと痛んだ。「……例の監視アプリを仕込んだよ」

「ついに一線を越えましたね」繭子が大きくため息をついた。「それで玲奈ちゃんの動きは？」

「それが最近忙しすぎて、全然アプリをチェックしてないんだ」

「それじゃ意味ないじゃないですか。リスクを冒しているだけですよ」

確かに繭子の言うとおりだ。急に玲奈のことが心配になってきた。

白石は眠気覚ましにスマートフォンを取り出すと、監視アプリを立ち上げた。しばらくして画面上に地図が表示される。玲奈の現在位置を示すアイコンがその中央付近に現れた。

それを見て白石は思わず眉間にしわを寄せた。

「どうかしました？」

「玲奈のやつ、こんな時間に渋谷界隈《かいわい》をうろついているようだ」

手首にはめた腕時計に目を落とすと、すでに夜の九時を回っている。女子中学生がこんな時間まで渋谷あたりをうろついているのは好ましいことではない。最近、白石が帰宅するのは毎日のように日付けが変わってからだ。玲奈はそれに乗じて、夜遊びをするようになったのだろうか。

「係長」繭子が真顔になる。「すぐに行ってみた方がいいですよ。車で送ります」

白石はうなずいた。「悪いがそうさせてもらおう。本庁に戻ったら、みんなにも今夜は早く帰るように言っておいてくれ」

「わかりました」

それから二十分後、白石は渋谷の東急百貨店の前で車を降りた。ウインドウ越しに繭子は軽く手を振ってみせると、走り去った。白石はスマートフォンに目を落とした。位置アイコンによると、玲奈は東急百貨店前の大通りから一本裏に入った通りにいるようだ。

白石は酔っぱらったサラリーマンや外国人旅行者の間を縫うようにして進んでいった。夜の渋谷は昼間よりもさらに人が増えているようだった。かなり近い位置にいるようだが、この手のアプリはどうしても誤差が出る。ここからは目視で、玲奈を見つけるしかないだろう。

人ごみの中に自分を埋没させるようにして、あたりに目を配りながら進んでいく。行く手に若者の行列ができているのが見えた。こんな夜中になんだろうと思って見てみると、タピオカドリンクの店だった。若者たちが次々とドリンクを買っては、飲みながら立ち去っていく。

ふと、その店の横のシャッターがしまった店先に、二人の若い男女が座りこんでいるのが見えた。女の子は——玲奈だった。白石が見たこともないオフショルダーのブラウスを身につけている。玲奈は男が手にしたスマートフォンをのぞきこんでいた。時折、楽しそうに笑い声をあげている。

白石は行列に隠れるようにして、玲奈と男の様子を観察した。男はまだ少年のように見えた。Tシャツに色落ちしたジーンズ。さらさらとした茶色の髪の毛をしていて、どこか幼さを残した顔をしている。年の頃は十五、六歳といったところか。

少年が玲奈とほとんど顔をくっつけるようにしてしゃべっているのを見て、白石はすぐにでも二人を引き離したい衝動に駆られた。

これからどうするべきなのか。偶然を装い、玲奈に気づいたふりをして連れ帰るか。だが玲奈は頭のいい子だ。白石がたまたま、ここを通りかかったとは信じないに違いない。

このまま二人の様子を見守った方がいいのだろうか。この近くにはラブホテル街もある。もし二人がそちらに向かうようなら、そのときは実力行使もやむを得まい。

その時だった。玲奈が手首に巻いていた腕時計に目を落として、あわてたように立ち上がる。少年に向かって「ごめんね」と言うと、名残惜しそうに立ち去った。少年は立ち上がり、玲奈の後ろ姿を見送っていた。玲奈の背中が渋谷駅の方へと消えて行く。恐らく、知らない間に時間が遅くなっているのに気づいて、あわてて帰宅しようというのだろう。

とりあえず見た限りでは、玲奈と少年がいかがわしいことまではしていなかったことに白石は安心した。このまま玲奈の後を追って帰宅するのを見届けるべきだろうか。だが少年のことも気になった。

結局その場にとどまり、少年の様子を観察することにした。少年はシャッターにもたれ、けだるそうにスマートフォンに目を落としている。

不意にタピオカドリンク店の行列で若者同士が言い争いを始めた。列の順番でいさかいになったようだ。どちらの若者も野獣のような獰猛《どうもう》な雰囲気を発散させている。言い争う声は大きくなる一方で、双方とも引く気配がない。ついに一方の若者が相手のシャツの胸ぐらをつかんだ。

そのとき、玲奈としゃべっていた少年が黒いハンディカメラを彼らに向けているのに白石は気がついた。言い争っていた若者たちも同様に気づいたようだ。

「おい、てめえ、何撮ってんだよ」

怒りの矛先が少年へと転換される。それでも少年はひるむ様子もなく、撮影するのをやめようとしない。

「ふざけんな、このガキ！」

争っていたはずの若者たちが同調するように少年に詰め寄る。その片方が、少年の手にしたハンディカメラを叩き落とした。

思わず白石は止めに入った。

「おい、おまえたちやめろ」

こめかみに青筋を立てた若者たちが白石を振り返る。

「……なんだよ、おっさんは引っ込んでろ。怪我すんぞ」

ジャケットの内ポケットから警察手帳を抜き、若者たちの眼前につきつけた。

「警察だ。さっさと散れ。こんなところで喧嘩《けんか》されたら、他の人たちに迷惑だ」

若者たちは警察手帳を見て、どうしたものかとしばらく思案をめぐらせていたが、舌打ちすると別々の方向へと立ち去った。

周囲にできていた野次馬の群れもどこか拍子抜けしたように方々へと散っていく。少年に目を向けると、彼はハンディカメラを拾い上げて故障していないかどうかチェックしていた。

「おい、大丈夫か？」

「わかんない。レンズに砂が入ったかもしれない」

「カメラのことじゃない。きみのことだ。怪我はなかったか」

「俺？」少年が意外そうな表情になる。「俺は大丈夫だよ。おじさん、あんたこそ気をつけた方がいいよ。下手に喧嘩の仲裁に入ったりしたら、いつ刺されても文句言えないからさ」

白石は少年の顔をまじまじと見つめた。どこか変わった少年だった。童顔だが、飄々《ひょうひょう》とした雰囲気を漂わせている。

「どうしてカメラを回したりしたんだ？」

「もちろん映像に撮るためだよ」

「ああ、わかったぞ。きみはYouTuber《ユーチューバー》だろ。今の喧嘩を動画に撮ってそれをネットにあげるつもりだったんだろう？」

少年が鼻を鳴らす。「俺をYouTuberと一緒にしないでくれるかなあ」

「じゃあ、なんなんだ？」

「そうだね……さしずめ私刑執行人ってところかな」

「なんだって？」白石は眉根を寄せた。

「社会的に許されないことをしながら法では罰せられない連中をネットでさらすのが俺の役目さ」

それでわかった。

「なるほど。きみは、〈ネット自警団〉ってやつか？」

「へえ」少年が感心した顔になる。「おじさん、よく知ってんじゃん」

「つまりきみは私的制裁をやっているってことか。警察の人間としては、そういう行為は感心しないな」

「別におじさんに感心してもらおうってつもりはないよ。俺は自分の正義感に照らし合わせてやってるだけだし」

「……どういう意味だ？」

「おじさんも警察官ならわかってるだろ。法律にはいくつもの抜け穴がある。ずる賢い人間はそうした法の穴をすり抜けて、悪事に手を染める。あるいはモラルには反することでも合法ならば、平気でそうしたことをやる連中もいる。俺はそうした人間が許せないんだ」

そう言う少年の態度には、その歳に似合わず厭世《えんせい》的で冷めたところがあった。

「なるほど。感心はできないが、きみのやっていることはわかった。だけどさっきの喧嘩は自警団的行動とは関係ないだろう？」

「喧嘩してたうちの片方の男、ジーンズの尻ポケットからナイフの束が覗いていた。喧嘩になったら、あれを使ってたはずだよ。そして相手を傷つけるか殺すかして逃げたかもしれない。そのときは俺が撮った動画で逃げた男の正体をつきとめることができるってわけさ」

どうやらこの少年はそこまで先を読んでいたらしい。それにしても、人が刺される可能性を見越していながら、止めようとしなかったその冷徹さには、薄ら寒ささえ感じる。

白石はあらためて少年の顔を見なおした。小ぎれいにしているが、若いわりには肌に艶《つや》がなく、手の爪が伸びている。履いているスニーカーの底はすり減っていて、ジーンズにはダメージ加工ではなさそうな穴が開いていた。

「きみは学校に行ってるのか？」

「そんなもの必要ないよ」

「家族は？　どこに住んでいるんだ？」

少年の目に警戒の色が浮かぶ。「なんだよ、俺のストーカーになる気？」

「きみが何者かを確かめたいだけだ」

「どうして？」

「さっき女の子と仲良くしゃべっていただろう？」

はっとした表情になる。「もしかしてあんた、玲奈の親父さん？」

「保護者だ。玲奈はまだ中学二年生だ。俺には彼女を監督する責任がある」

「そっか……中学生とは知らなかったよ。ＪＫだって自分では言ってたから」

「どこで知り合った？ 出会い系か？」

「違うって。一か月前、駅前のＴＳＵＴＡＹＡで知り合った。俺がお気に入りのミュージシャンの新曲を試聴してたら、文句言ってきたんだ。いつまで一人で独占してんのよって。それがきっかけで仲良くなった」

気の強い玲奈らしい話だった。

「それで玲奈とは何もないんだな？」

「何もって？」

「とぼけるな。その歳ならわかるだろ」

「セックスはしてない。キスは軽いのをちょっと」

「なんだって？」動揺する。

少年は呆れたように目をぐるっと回してみせた。

「おじさん。最近は小学生だってキスぐらいするって」

「そんな話は聞きたくない」

少年は外国人のように肩をすくめた。「安心しなよ。中学生だってわかったから、もう手出しはしない」

「その言葉信じていいんだろうな」

「なんならもう会わないってメールをしてもいいけど」

白石は少し考えた。この少年は一見、生意気だが、どこか憎めないところがある。それに彼との交際を禁止すれば、玲奈は傷つくに違いない。

「どうする、おじさん？　玲奈に金輪際、会わないようにしようってメールしようか？」

あらためて少年の顔を見る。彼は——澄んだ目をしていた。

「……そこまでする必要はない。ただ、玲奈は中学生だ。会うなら昼間にしろ」

「確かに中二の女の子が夜の渋谷をうろつくのはリスキーだしね」

「玲奈だけじゃない。きみもせいぜい高校一年か二年ってとこだろ。こんな夜中に繁華街をうろついているのは感心しない」

「俺は高校生じゃないよ。高校なんか行ってない」

「どうして？」

「行っても意味ないからさ」

「家族は？　親御さんはいないのか？」

少年の顔がわずかにゆがむ。

「そんなもの、こっちから捨ててやったよ」

家出をしたということか。家庭に何か問題があるのだろう。どこで寝泊まりしているのかはわからないが、最近はネットカフェやマンガ喫茶など、一夜を過ごす場所には困らない。この少年はそうした場所を渡り歩いているのかもしれない。

白石は名刺入れを取り出し、少年に名刺を差し出した。名刺を見た少年の片方の眉が上がる。

「警視庁の監察係？　それって身内をスパイする部署じゃないの？」

「警視庁の規律を守るための部署だ」白石はきっぱりと訂正した。「とにかく困ったときには、連絡をくれ」

少年の目が疑わしげに細められる。「どういうこと？　なんで俺のことを気にかけてくれるわけ？」

「きみはまだ子供で、庇護《ひご》が必要に見えるからだ」

「俺は自分で自分の面倒は見れるさ」

「そいつはどうかな。今日みたいにトラブルに巻き込まれる恐れもある。きみの行動を快く思わない連中もいるだろう」

「そんな連中怖くないさ。やつらはただの間抜けだ」

白石はため息をついて、首を左右に振った。

「……自分の行動にはくれぐれも注意しろ。きみに何かあったら玲奈が悲しむかもしれない」

少年が白石を見る。「それって、玲奈との交際を続けてもかまわないってこと？」

「俺の言うことを守るならな。だが、もし玲奈にひどい真似をしたら、ただではおかない。それだけは頭に叩き込んでおけ」

「わかったよ。こえーおじさんだな」

「いいか。トラブルに巻き込まれそうになったときにはいつでも遠慮なく連絡しろ。それから俺がきみに会ったことは玲奈には内緒だぞ」

「わかってるって。おじさんが玲奈をこっそり監視していたことは黙っておくよ」

茶目っ気たっぷりにウインクしてみせる少年に、白石は思わず苦笑した。

「じゃあな」白石は踵を返そうとして、少年の名前すら知らないことに気がついた。

「そうだ。きみの名前をまだ聞いてなかったな」

少年がにやりと笑う。「ネット住民からは〈龍馬〉って呼ばれてるよ」

第二章　狩人たち

1

この数日、雨が降り続いていた。だが幸い、今日は厚い雲の隙間から、太陽が覗《のぞ》いていた。

　この日、江梨子は弥生に頼まれて、彼女が冷蔵庫を買うのにつきあっていた。なんでも今使用しているものは故障して使い物にならなくなったらしい。家電量販店で買うよりもリーズナブルということで、弥生と江梨子は近所のリサイクルショップに向かった。運よく、新品同様の単身者向けの冷蔵庫が格安で見つかった。

　弥生は車を持っていなかったので、江梨子のコンパクトカーで、購入した冷蔵庫を彼女の家まで運んだ。

　あの飲み会以来、弥生とは何度か会ってお茶や食事をしていた。年齢こそ離れているものの、なぜか彼女とは気が合った。

二人で何度か「さらし」行為もやった。万引きの常習犯である中年女性や、自宅をゴミ屋敷にして近隣住民からの苦情を歯牙《しが》にもかけない高齢者男性の身許《みもと》をネットで公開した。

だが今の江梨子は、その程度の小物をさらす程度では満足できなくなっていた。それは弥生も同様だったようだ。彼女はしきりにぼやいていた。

「なんか、しけてるね。やっぱり、もっと大物を相手にしなきゃだめだね」

その物言いは、弱いクスリでは満足できないジャンキーのようだった。実際、自分も弥生も「さらし」中毒者になりつつあるのかもしれない。

「そこに置いてくれる？　うん、じゃあ、下ろすよ」

弥生の合図で、狭い台所の片隅に冷蔵庫を設置する。小さいタイプのものだが、さすがに女二人で運ぶのは骨が折れた。冷蔵庫を下ろした後も、肘《ひじ》のあたりの筋肉がぷるぷると痙攣《けいれん》している。

「ホント、ありがとう。助かったよ。そのへんに座って、休んでて。今、お茶淹《い》れるから」

弥生の言葉に甘えて、江梨子はその場に腰を下ろした。彼女の自宅を訪れるのは今日が初めてだった。リビングとして使っているのであろう六畳間は掃除が行き届いており、ほこりもほとんどない。中央に置かれたローテーブルの周りに、夏にもかかわらず毛足の長いラグが敷いてあるのが目についた。

窓の外には小さな庭が見えていて、そのすぐ向こうには隣の家のひさしが迫っていた。一軒家だけあって、他にも部屋はあるようだが、家の中はがらんとして人の気配はない。弥生はここに一人で住んでいるのだろうか。そう言えばひとり娘を交通事故で亡くしたと言っていた。

ラグの上で足を崩す。室内には、お香の匂いが強く漂っていた。

「お待たせ」

弥生が缶ビールと枝豆を盛った大皿を手に部屋に入ってきた。

「お茶よりお酒のほうがいいかなと思って。枝豆は昨日の夜ゆでたものだけど、よかったら食べて」

そう言うと、弥生は缶ビールのプルタブを引き、豪快にあおった。相変わらずの飲みっぷりだ。江梨子も缶ビールを手にして、ひと口喉《のど》に流し込んだ。帰りも車の運転があるが、二時間ほど休めば酔いは醒《さ》めるだろう。

そのとき、ニャーという鳴き声がした。驚いて顔をあげると、簞笥《たんす》の上に黒い猫が鎮座していた。金色の目が光っている。

「猫を飼っているんですね」江梨子は訊《き》いた。

「その逆よ。飼われているのはわたし」

「え？」

「わたしがこの家に引っ越してきたとき、もうこの子は庭に住みついていたの。だからこの子のほうが先住者ってわけ」

弥生がキャットフードの缶詰を開けてやると、猫は箪笥から下りてきた。だがにおいを嗅《か》いだだけで、そっぽを向いて窓際に行き、外を眺めはじめた。

「外に行きたいのね。行ってらっしゃい」

弥生が窓を開けると、猫は勢いよく飛び出していった。弥生が苦笑する。

「もともとが野良だから、すぐに外に行きたがるのよね。時々、ヤモリなんかを捕まえてくるのには参っちゃうけど。それに猫を飼っているとおしっこの臭いが部屋に染みつくし。あ、大丈夫？　この部屋臭くない？」

「平気です。お香の香りがいい感じだし」

「よかった。お香の匂いって落ち着くよね」

江梨子は大皿から枝豆をひとつ取り、口に入れた。塩加減が絶妙で美味しい。弥生は料理も苦手ではないようだ。家事もてきぱきとこなしそうに見える。

「あの、ひとついいですか？」

「何？」ビールに口をつけながら、弥生が視線をこちらに向ける。

「弥生さん、ここに一人暮らしなんですか？」

「まあね」相変わらず口調はそっけない。

「ご主人は？」

弥生がぼんやりと遠い目になる。「……別れたよ。娘が亡くなった後、なんだかぎくしゃくしちゃってね」

「そうだったんですか……」

あらためて室内を見渡す。開け放した引き戸の向こうには奥に向かって薄暗い廊下が伸びている。女ひとりで、このようなだだっ広い一軒家に住むのは危ないような気がした。

「弥生さんは何かお仕事はされているんですか？」

「もちろんしてるよ。清掃のパート」弥生が端整な顔に苦笑いを浮かべる。「仕事は大変だしお給料は安いけど、時間の融通は利くからね」

弥生がテレビを点《つ》けた。昼のワイドショーをやっていた。江梨子も暇な時はたまに見ている番組だ。画面には司会を中心としたスタジオの光景が映し出されていた。

「いや、しかしとんでもないニュースですね」

司会の言葉に、一体何のことを言っているのだろうと江梨子は身を乗り出した。画面の隅に〈国分寺女児殺害の犯行映像流出か？〉というテロップが出ている。はっとして弥生を見ると、彼女も食い入るように画面を見つめていた。

テレビに視線を戻す。少年Aが撮影した犯行映像が、ネットの闇オークションで売買されたらしいと進行役の女性アナウンサーが説明している。

テレビ画面が切り替わり、実際にその映像が売りに出されているのを見たというネットユーザーの話では、興味本位でダークウェブにアクセスしたところ、犯行映像をおさめたという触れ込みのＤＶＤが闇のオークションサイトに出品され、高額で落札されるのを目撃したということだった。

画面がスタジオに戻る。司会がコメンテーターたちに話しかけた。

「いや、しかしですよ。この話が本当だとすると、誰がいったい何の目的で、このような悪質な映像をオークションに出品したんでしょうか」

神奈川県警ＯＢという肩書きの男性コメンテーターが、嘆かわしそうに首を振る。

「わかりませんね。そもそもこの映像が本物なのかどうかという疑問があります。もしかしたら、真っ赤なニセモノかもしれない」

「しかし、実際にこういう映像が存在することは事実なんですよね？」

「ええ……当初、犯行映像の存在はマスコミには知らされていなかったんですがね。ある夕刊紙がその事実をスクープしたために、警視庁もやむなくその事実を認めたという経緯があるんです」

実はですね……と、コメンテーターはテレビで全国放映されているにもかかわらず、なぜか声を潜めた。

「当時からこの映像はその手のマニアの間では垂涎《すいぜん》ものの幻のビデオとして噂されていたんですよ」

「えっ、そうなんですか？」

「ええ。喉から手が出るほど欲しがっているマニアも少なくはないという噂です。そしてこれまでも、たびたびネット上で、国分寺女児殺害映像ビデオという触れ込みのものは出回っていた。だけど、それらはやはりすべてがニセモノだったようでしてね」

「だとすると」司会が眉根《まゆね》を寄せる。「今回、出品されたDVDもやはりニセモノなんでしょうか」

「それがですね。警察関係者からの情報によると、警視庁が今回、オークションに出品されていたDVDを独自に入手して本物だと確認したとの話もあるんですよ」

スタジオ内からざわめきが起こった。空気が静まるのを待って、司会がコメンテーターに訊く。

「仮にこの映像が本物だとしたら、どこから流出したと考えられますか」

「殺害映像をおさめたビデオテープなどの証拠品は、警察あるいは検察で厳重に保管されているはずです。そこから流出したとは、元警察の人間としては考えたくないですね」

「だとすると他の可能性は？」

「そうですね。元少年Aが押収されたビデオの他にも犯行映像を隠し持っていた可能性が考えられます」

「つまり、映像を闇のオークションに出品したのは元少年A本人だと？」

「その可能性はあると思います」

ただ……と、コメンテーターが言葉を継ぐ。

「先日、発売された週刊誌のインタビュー記事で、元少年Aは自分が映像を出品したことを否定しています」

「その言葉を信じていいんでしょうか？」

「何とも言えませんね」

「仮に元少年Aが流出させたのが事実ならば、それはお金目当てだったんでしょうか」

いや、とコメンテーターがかぶりを振る。「それよりも私は、元少年Aが自己顕示欲を満足させるために出品したのではないかと考えています。あの事件から二十年が経ち、もはや人々の記憶から忘れ去られつつあります。元少年Aは世間の注目を再び浴びたいがために、映像を流出させたのかもしれません」

「ちょっと待ってください。元少年Aはそれではあの犯行についてまったく反省してないってことですか？」

「もちろんすべては推測にすぎません。ただ、その可能性も完全には否定できないということです」

息を詰めてテレビを見ていた弥生が吐き捨てるように言う。

「ホントにクズ野郎だね」

元少年Aのことを言っているのだろう。弥生はテーブルからメンソール煙草を手に取ると、火を点けた。煙の輪を吐く彼女に、江梨子は訊《たず》ねた。

「映像を出品したのは、本当に少年Aなんでしょうか？」

「そうなんじゃない？　このコメンテーターの言ってることはうなずけるし」

江梨子は眉をひそめた。元少年Ａがエゴを満たすために、被害者の殺害映像をネットで売りに出したということが事実ならば、世間をなめているとしか思えない。

「……許せない」

江梨子が思わず漏らしたつぶやきに、弥生が視線を向けてくる。

「許せないって、何が」

「少年Ａのことです。彼が少年院から出てこられたのは更生したと認められたからですよね。それなのに今さら殺人の映像をネットに売りに出すなんて……」

自分でも意外なほど心の奥底から怒りの感情がわきあがってくる。宇津木に抱いたよりもはるかに大きな怒りを覚えていた。元少年Ａに比べれば、宇津木の悪事などかわいく思えてくる。

「弥生さん。少年Ａこそ、実名をさらして社会的制裁を受けさせるべきなんじゃないですか？　自分が撮った犯行映像をネットに出品するなんて、更生していない証拠ですよ。法律が彼を裁けないんなら、わたしたちがさらすべきです」

弥生は短くなった煙草を灰皿でもみ消すと、鋭い目で江梨子を見つめた。

「そうね。そう考えているのは多分あなただけじゃないはずよ。他にも少年Ａの実名をさらしたがっている人は大勢いるはず。でも、そう簡単にはいかないの」

「どうしてですか？」

「江梨子ちゃん。あなた歳いくつだっけ？」

「二十五ですけど……」

「じゃあ、あの事件が起きたときはまだほんの子供だったってわけね。だったら知らないのも無理ないけど、実は二十年前の事件が起こった当時、少年Aは実名も顔写真もさらされているの」

「そうなんですか？」

初耳だった。

「ええ。少年Aの本名は落合聖司。今でもネット上には彼の顔写真とともに、個人情報が消えることなく拡散しつづけている」

だったら今さら、自分たちがさらす必要もないということになる。

でもね、と弥生は言葉を継いだ。「落合聖司は少年院を退院する際に、養子縁組をしたそうなの。名前も戸籍もまっさらにしたらしくて、新しい彼の名前を知っているのは、一部の関係者だけだそうよ。さすがのネット住民たちも、落合聖司の新しい名前はいまだにつきとめられていない」

「だったら、さらすのは不可能ってことですか」

「そうね。わたしたち一般人にはつきとめる手段はないんじゃないかな」

そう言う弥生の口調は無念そうだった。

江梨子はぼんやりとテレビ画面に目を戻した。脳裏には龍馬のことがよぎっていた。

2

翌日、白石が出社するといつものように繭子はすでに先に来ていた。立ったままスマートフォンで誰かとしゃべっている。その表情はいつになく真剣だ。

彼女はスマートフォンを耳から離すと、白石に言った。

「係長。美馬の行動確認をさせていた係員から連絡がありました」

「何かあったのか？」

「美馬は今朝早くボストンバッグを手に、川口市の自宅を出たそうです。そして今、JRの大宮《おおみや》駅にいると」

「大宮？」

大宮駅には北海道や東北、北陸地方に向かう新幹線のホームがある。

「ボストンバッグを持っているということは、新幹線に乗る気かもしれないな」

白石たちが訪問した次の日に、美馬が通常とは違う行動パターンを取ったということが気になった。

「係長。どうしましょうか」

「引き続き行確をさせろ。そして俺も行くと伝えておけ」

繭子が目を瞠《みは》る。「係長が？」

「ああ。今から上野《うえの》駅に向かう。もし美馬が新幹線に乗るなら、俺もその後を追うつもりだ」

繭子はうなずくと、スマートフォンの向こうに白石の命令を伝えた。その間に白石はノートパソコンをブリーフケースに詰める。電話を切った繭子に声をかけた。

「一緒に来るか」

「もちろんです」繭子は大きくうなずいた。

上野駅へと向かう車内で、行動確認をしている係員から連絡があった。美馬は大宮駅の窓口で、山形までの新幹線のチケットを買ったという。

「山形……か」

繭子から伝え聞いた白石はバックシートで腕を組んだ。美馬の出身は埼玉県で、山形とは特にゆかりはなかったはずだ。

白石はスマートフォンを取り出し、人吉の電話番号にかけた。二回のコールの後に、人吉の声が聞こえてくる。

〈係長。どうかしましたか？〉

背後では係員たちの話し声が聞こえている。人吉もすでに出社しているようだ。

「忙しいところ悪い。捜査対象のひとり、美馬宗樹。彼に関して〈山形〉というキーワードが引っかからないか調べてくれないか」

〈東北地方の山形県ですね〉

「ああ」

〈美馬宗樹と山形、と……〉

早速、データベースで検索をかけているようだ。

「それと、国分寺女児殺害事件との絡みで山形が引っかかってこないかも調べてくれ」

〈わかりました。何かわかりしだい折り返し連絡します〉

「頼む」

通話を切ったときには、行く手に上野のターミナルが見えてきていた。

上野駅に着くと、出発間際の新庄《しんじょう》行きの山形新幹線に飛び乗った。自由席は混んでいたものの、何とか二人分の席をキープすることができた。とりあえずこのまま山形まで向かうつもりだった。

まだ昼食には早かったが、乗車前に売店で買った駅弁を食べることにした。尾行に際してはいつ食事をとれるかわからない。駅弁をたいらげ、冷えたウーロン茶で喉を潤すと、繭子に合図して席を立った。デッキに出る。すぐに繭子もやってきた。

「美馬が山形へ向かう理由は何だと思う？」質問をぶつける。

「それはまだわかりませんが、わたしたちの昨日の訪問が関係していると見て間違いないでしょうね」

繭子の部下が今朝方、国会図書館で二十年前の東都スポーツの紙面を確認したところ、共犯者説は落合聖司が送検された後になって初めて記事になっていたことがわかったという。

つまり美馬が共犯者説を確認するために保管庫からビデオテープを仮出ししたという話は嘘だったということになる。

「嘘をついたということは美馬が犯行映像をコピーして持ち出したと考えるのが妥当だろうな」

「ええ。だけど彼は犯行映像がダークウェブに売りに出されたことについては知らないようでした」

白石は目をつむり壁にもたれた。「つまり二十年前に犯行映像をコピーして持ち出したのは美馬だが、今回ダークウェブに映像コピーのＤＶＤを出品したのは別の人間ということか」

「だけど動機は何でしょうか。小遣い稼ぎ？　自分の欲望を満たすため？」

白石は目を開けた。「今回の捜査を始めるにあたって、二十年前にビデオテープを流出させた人物の動機はそのいずれかだと俺たちは思っていた。だが別の動機があったとしたら？」

「別の動機――ですか？」

「俺にはあの美馬という男が小遣い稼ぎや自分の欲望を満たすために、犯行映像をコピーして持ち出したとは思えない」

そのとき、白石のジャケットの内ポケットでスマートフォンが振動した。ディスプレイを見ると、〈人吉〉の名前が浮かんでいる。

「もしもし、白石だ」

〈係長〉と人吉の声が聞こえてくる。どこか興奮を抑えきれないような口調に、期待が膨らむ。

〈今のところ山形と美馬のつながりは見つかっていませんが、国分寺女児殺害事件とはかかわりが見つかりました〉

「山形とのかかわりがあったというのか？」

〈はい。被害者少女、伊東美月の母親の伊東弘美は事件の一年後に夫と離婚しています〉

「それで？」

〈伊東弘美の実家が山形にあるんです。彼女は離婚後、実家に戻ったようです〉

「人吉。その情報は確かなんだな？」

〈ええ。係長から、美馬と比較的仲のよかった人物として阿波野の名前を聞いていましたから、彼に電話で聞いてみたんです。山形と聞いて何か思い出すことはないかと〉

「わざわざ阿波野に電話したのか？」

〈ええ、国分寺女児殺害事件の一年後に伊東弘美からハガキをもらったことを思い出してくれましたよ。事件の際にお世話になったお礼を述べるとともに山形の実家に戻るこ

とが書かれていたそうです〉

「伊東弘美の住所もわかったのか？」

〈はい。あとでメールします〉

「それで彼女は今も山形の実家にいるのか？」

〈そこまではわかっていません。引き続き調べてみます〉

「頼む」

通話を切り、繭子に人吉から聞いた情報を話す。彼女の頬が興奮のためか紅潮した。

「美馬は伊東弘美に会いに山形へと向かっているということでしょうか」

白石がうなずく。「今のところ、彼が山形へと向かう理由はそれしか考えられない。そしてこのタイミングで美馬が伊東弘美に会おうとする動機はひとつしかないだろう」

繭子の涼しげな目が鋭くなる。

「美馬が保管庫から仮出ししてコピーした映像を渡したのは、被害者少女の母、伊東弘美だったんですね」

「ああ。美馬は二十年前の捜査の際、伊東弘美から数度にわたって事情聴取をしている。その過程で美馬はひとり娘を失った彼女に深く同情していたようだ。被害者に肩入れするあまり、取調べでは少年A——落合に暴力さえ振るっている」

「つまり美馬が犯行映像を仮出ししてコピーしたのは……」

「伊東弘美に頼まれたからだろう。なぜ彼女がそんなものを要求したのかはわからない。

だが伊東弘美はあの夕刊紙を読んで犯行映像の存在を知り、顔見知りの刑事である美馬に犯行映像を見せてほしいと頼んだんじゃないだろうか」

恐らく美馬も最初はその依頼を断ったはずだ。証拠物件の持ち出しは規則に反するし、娘が殺害される残酷な映像を実の母親に見せることへのためらいもあったに違いない。だが伊東弘美が映像を見せてほしいと強く要求したとしたら――。

被害者遺族に深く同情していた美馬は最終的にはその依頼に応《こた》えたのではないだろうか。そして犯行映像を仮出ししてコピーし、それを伊東弘美に渡した――。

美馬は悪意からではなく、善意から映像をコピーして持ち出したのだ。

「俺たちからDVDがダークウェブに出品されたことを聞かされた美馬は、それが、自分が伊東弘美に渡した犯行映像をコピーしたものではないかと疑ったんだろう。そして伊東弘美が何か事情を知っているかもしれないと考え、彼女に会いに行くことにしたんじゃないだろうか」

恐らく美馬も阿波野と同様、伊東弘美からハガキを受け取っていて彼女の実家の住所を知っていたのだろう。そして彼女が流出にかかわっているのか確認するために山形へと向かった――。

山形駅の改札口で、繭子の班員である熊井《くまい》と徳野《とくの》が待っていた。美馬の行動確認につけていた刑事たちだ。大柄の熊井が身を縮めて申し訳なさそうに報告する。

「すみません。改札を出たところで撒《ま》かれてしまいました。どうやら尾行に気づいていたようで」

美馬は元刑事だ。監視されていることはわかっていたのだろう。

「気にするな。行先はわかっている」

二人をねぎらい、そのまま山形駅に待機させ、白石と繭子はタクシー乗り場へと急いだ。タクシーに乗り込み、人吉からメールで送られてきた伊東弘美の実家住所を運転手に見せる。

「ここへ行ってもらえませんか？」

白髪の運転手はスマートフォンの画面に目を走らせると車を出した。しばらくして彼が肩越しに振り返る。

「おたくら山内《やまうち》さんのところへ行くのかね？」

山内というのは伊東弘美の旧姓だ。

「どうして住所を見ただけでわかったんですか？」

繭子の質問に、運転手が肩をすくめる。「山内さんはうちの近所だからね」

「すると、あの家族のことはよくご存じなんですね」白石も身を乗り出す。「娘さんが二十年近く前にこちらに戻ってきたということですが」

「ああ、弘美ちゃんのことだね」よく知っているような口ぶりだ。

「彼女は今もこちらに？」

運転手がルームミラー越しに白石を見る。「何だ知らんのかね？」

「何をですか？」

「弘美ちゃんは亡くなったよ」

呆然《ぼうぜん》として白石と繭子は顔を見合わせた。

「亡くなったというのはいつ？」

「さあ……もう十年も前になるかねえ。葬儀をやらなかったから詳しいことは知んないけどさ」

「葬儀をやらないというのは異例ですね」

運転手が声を潜めた。

「どうやら自殺だったらしいからね。世間体が悪いから葬儀も内輪だけですませたんじゃないの？　ほら家族葬ってやつ」

「自殺したというのは確かなんですか？」

「詳しいことは俺も知んないよ。ただ、弘美ちゃんこっちに帰ってきてからも不安定な精神状態だったらしいからね。ほら、あんたたちもあの事件のことは知ってんでしょ？」

国分寺女児殺害事件のことを言っているのだろう。「ええ」

「娘さんを殺されたっちゅうのがさぞかしショックだったんだろうね。時々、弘美ちゃんを見かけることがあったけど、いつも暗い表情をしとったなあ」

そこでさらに声を潜める。

「なんでも精神科に入退院を繰り返していたらしいよ」

結局、伊東弘美は娘を失ったショックから立ち直れなかったということか。そして最後には自殺を選んだのか。もし、そうだとすると今回、ダークウェブに犯行映像を流出させたのは彼女ではないということになる。

そのとき向こうからタクシーが走ってくるのが見えた。反射的に、白石と繭子は身をかがめた。すれ違いざまに対向車に目をやる。バックシートには、美馬の姿が見えた。一瞬のことだったが、彼はずいぶんと険しい顔をしていた。

「見たか？」繭子に訊ねる。

「ええ。美馬でしたね。もう伊東弘美の実家に行って、駅へと戻るところでしょうか」

「かもしれない。向こうで美馬も、彼女の死を知らされたんだろう」

「どうしましょう？　美馬を追いますか？」

「いや、それは駅に残してきた二人に任せよう。とりあえず伊東弘美の家族から話を聞いてみたい」

「わかりました」

すぐに繭子はスマートフォンを取り出して電話をかけ始めた。熊井たちに美馬の尾行をするよう指示を出しているのだろう。白石はバックシートに身を沈めた。

伊東弘美の実家である山内家は、昔ながらの立派な日本家屋だった。敷地内には大きな蔵も見える。白石と繭子が家屋を眺めていると、不意に表玄関がひらいた。初老の男性が黒い大型犬を連れて、家から出てくる。白髪まじりの男で、眼鏡の奥の目は鋭い。

「ウチに用かね？」

そう訊ねる男の口調には警戒する色があった。白石は軽く頭を下げた。

「突然お邪魔します。私は警視庁の白石と申します。こちらは泉」

男は胡散臭《うさんくさ》いものを見るような目つきで、白石と繭子を順に見た。

「おかしなこともあるもんだな。ついさっきも警視庁にいたとかいう人間が訪ねてきた」

「それはもしかして、美馬という男でしたか？」

「ああ、そんな名前だった。妹に会いたいとやってきたよ」

どうやらこの男は伊東弘美の兄らしい。やはり美馬は彼女に会いに来たのだ。

白石は男をあらためて観察した。伊東弘美は美人だったという話だが、目の前にいる男も整った顔立ちをしている。

犬が白石のスラックスに鼻を近づけてくんくんと臭いを嗅いでいた。

「いい犬ですね。面構えがいい」

「雑種犬さ」そっけなく言う。

犬の尾がかすかに揺れていた。白石に興味を抱いているようだ。人差し指と中指の腹で、しめった鼻の上を軽く触ってやると、しっぽの揺れが大きくなった。

「犬の扱い方を知っているようだな」値踏みするような視線だった。

「子供のころ、同じような犬を飼っていたことがあるんですよ」

「ふむ。犬好きに悪人はいないと言うが、あれは嘘だな。ヒトラーも愛犬家だった」

そう言った彼の顔には相変わらず笑みはない。

白石は本題に入ることにした。

「小耳に挟んだのですが、妹さんは亡くなられたとか」

目が鋭さをおびる。「誰に聞いた？」

「それはちょっと……」

口を濁すと、彼は鼻を鳴らした。「まあいい。大方、近所の連中が話したんだろう。ああ、そうさ。妹は死んだ」

やはり伊東弘美は死んでいたのか。覚悟はしていたとは言え、白石は少なからず衝撃を受けた。

美馬も彼女の死を知らされ、ショックを受けて帰ったのだろうか。先ほど車がすれ違ったときに見えた彼の険しい横顔を思い出した。

「美馬はどういったことを訊いて行きましたか？」

白石の質問に、伊東弘美の兄は眉根を寄せた。

「いったいあんたたちは今ごろになって何をひっかきまわしているんだ？」

「申し訳ありませんが、そのことについてはお話しできません」

「あんたもあの美馬という男も、妹に用事があって来たんだろう？」

「ええ。少し確認したいことがあったのですが、亡くなられていたとは残念です」

伊東弘美の兄は深々とため息をついた。

「実を言うとな、最近、マスコミの連中も大挙してここに押しかけてきたんだ」

「マスコミが……ですか？」

「ほら、あの少年Aが事件の犯行映像をネットで売りにだしたとかいう話じゃないか。その件について妹の意見を聞きたいとか言って、マスコミが次から次へとやってきた。妹が死んだと話したら、今度はその事情を根掘り葉掘り聞きだそうとする始末さ」

たび重なる無神経なマスコミへの対応で、伊東弘美の兄もうんざりしているのだろう。

「今さら二十年前の事件のことを蒸し返すような真似をしてすみません」白石は深く頭を下げた。「ただ、我々もそれに関することで調査しなければいけないことがありまして」

伊東弘美の兄が腕を組む。「私に協力できるようなことがあるとは思えんな」

確かにそうだろう。仮に伊東弘美が美馬から犯行映像のコピーを受け取っていたとしても、そのことを兄に話したとは思えない。白石がどうしようか考えていると、繭子が訊ねた。

「妹さんは、やはりあの事件のショックを引きずっていたんでしょうか？」

「もちろんそうさ」彼の顔が険しくなる。「結局、妹はあの悲劇から立ち直れなかった。こちらに戻ってきて一年後に、心中事件を起こしたよ」

「心中事件？　じゃあ妹さんはそれで？」

　いや、と伊東弘美の兄は首を横に振った。「幸いそのときは未遂に終わったよ。妹も由紀夫《ゆきお》も無事だった」

「由紀夫さん、というのは確か——」

「妹の息子だよ。ほら、殺された美月の兄だ」

　伊東夫妻には、殺害された娘の美月だけでなく、長男がいたことを白石は思いだした。

　伊東弘美は離婚後、息子の由紀夫を連れて山形に戻ってきたのだろう。

「幸い二人とも一命はとりとめたがね、妹は精神が不安定だったので病院に入院させた。何年も入退院を繰り返したが、症状がよくなることはなく結局は……」

　伊東弘美の兄は言葉を詰まらせた。

「それで、その後由紀夫さんは？」藺子が訊く。

「私たち夫婦が育てたよ。頭のいい子でね。だが母親に似て、繊細なところがあった。妹がいなくなった後はずいぶんと荒れてね、地元の大学を卒業した後、家を出て行ったよ。東京に行くと言い残してそれっきりだ」

　由紀夫は今、三十歳を少し過ぎたところだろうか。白石が訊ねる。

「由紀夫さんは、それ以来ここには一度も戻ってきていないんですか？」

「いや、それが三か月ほど前にふらりと姿を現してな。近くまで来たからついでに寄ってみたとか言ってたよ。ずいぶんと様子が変わっていた」

「変わっていたというと、どういうふうに？」

そのときのことを思い出したのか、彼は顔をしかめた。

「ちんぴらみたいな身なりをしていたな。髪の毛を金髪にして、耳にはピアス。顔色も悪くて、目だけが異様にぎらぎら光っとった。麻薬のたぐいにでも手を出しとるんじゃないかと心配になったもんだ」

「由紀夫さんはしばらくここに滞在されていったんですか？」

「いや、蔵の中を漁《あさ》るとすぐ帰って行った」

ほら、と伊東弘美の兄は背後に見える立派な蔵を指さした。

「あれがその蔵さ。江戸時代からあるものだ」

そう言って誇らしげに胸を張ってみせる。

「いったいどうして由紀夫さんは蔵を……？」

「あそこには妹の遺品がしまってあってな。由紀夫のやつ、急にそれを見たいと言い出した。一人で蔵にこもってごそごそしとったよ」

白石ははっとした。

「由紀夫さんは遺品を持って帰ったんでしょうか？」

「さあ。注意して見とらんかったな。まあ大きいものだったら目についただろうが、見たところ手ぶらで帰って行ったよ」

ビデオテープなどのたぐいならば、こっそり持ち出すことも可能だっただろう。

伊東弘美の兄は、眼鏡の奥の目を細めた。

「美馬という男も、妹の遺品を気にしておったよ。由紀夫が蔵の中を漁っていたことを話すと、興味を惹《ひ》かれたようだったな」

恐らく美馬も、伊東由紀夫があの映像を蔵から持ち出したのではないかと考えたのだろう。

「それにしてもわからん」伊東弘美の兄は首をかしげた。「今になってあんたら警察は何を調べとるんだ？」

「さっきも申し上げたように、それをお話しすることはできません」

「由紀夫が何か悪さをしたんじゃないといいが」

そう言って、伊東弘美の兄は探るような視線を向けてきた。白石はその視線をすっと外し、繭子とともに頭を下げた。

「ありがとうございます。役に立ちました」

「結局、肝心なことは教えてくれんのだな」深いため息をつく。

「申し訳ありません」

「あんたらはいつもそうだ。あの事件のときも、少年Aの名前すら教えてくれんかった」

彼の口調は責めるものというよりは、あきらめに似た感情がこもっていた。

「すみません」

もう一度、白石は頭を下げた。顔をあげたときには、すでに伊東弘美の兄は犬を連れて屋敷のほうへと戻っていくところだった。その両肩は寂しげに落ちていた。

3

スマートフォンが鳴ったのは、新宿のファッションビルで試着をしているときだった。仕事が休みの今日、江梨子は朝から服を買いに新宿に出てきていた。ローテーションで回している服のうち一着が汗染みで、もう一着が脇の下が破れて着られなくなったために、急きょ補充する必要に迫られたのだ。

だが夏のセールもそろそろ終わりかけで、すでに売り場は秋服で埋め尽くされていた。今すぐ着ることのできそうな夏服は隅に追いやられ、しかも碌《ろく》なものがない。それでも店を数軒はしごして、ようやく着られそうな紺色のブラウスをつかんで試着室にこもったときに、スマートフォンが着信音を鳴らしたのだった。

ディスプレイには、弥生の名前が浮かんでいた。応答ボタンを押して電話に出る。

「もしもし？」

〈わたし、弥生です〉

「どうされたんですか？」弥生とのやり取りはもっぱらメールで行っていたので、電話は珍しい。緊急の用件なのだろうか。

〈今、あの龍馬がね、ネットで生中継配信してるの〉

「えっ、一体何を？」

〈ほら、少年Aのインタビュー記事を載せた出版社の前に今いるみたい。これから記事の担当者に直撃インタビューをするんだって〉

背筋に衝撃が走った。ついに龍馬は元少年Aを「さらし」のターゲットに定めて動き出したのだろうか。それにしても相変わらずのフットワークの軽さだ。

〈江梨子ちゃん、今どこにいるの？〉

「新宿ですけど……」

〈だったらちょうどよかった。龍馬が生中継している『欅《けやき》出版』は四谷《よつや》三丁目にあるの。新宿からならすぐ近くだから、あなた今から行ってくれない？〉

「……龍馬に接触しろって言うんですね？」

〈ええ。本当だったらわたしが行きたいところだけど、急に仕事が入っちゃって〉

弥生に頼まれなくても、龍馬には一度会ってみたかった。この機会を逃せば、いつ龍馬に接触できるかわからない。

「わかりました。今からすぐに行ってみます」

〈悪いけどお願い〉

通話を切ると、試着室を出た。店員に服を返し、地下鉄の駅へと急ぐ。ちょうどホームに入ってきた電車に飛び乗り、空いていた席に腰かけた。

四谷三丁目駅までは五分ほどで着くはずだ。

龍馬が生中継配信しているという動画共有サイトに早速アクセスしてみた。放送を視聴するにはアカウントが必要だったが、すでに江梨子はこのサイトの会員だったため、すぐに龍馬の生中継を見ることができた。

画面に、サングラスにマスク姿の若い男の顔が映しだされる。はっきりとした顔はわからないが、彼が龍馬のようだ。どうやら出版社のあるビルの前から、ハンディカメラで生中継しているらしい。

「えっと、今日はいつもと違って、先方にはアポを取っています。今回、生放送という形をとったのは、相手側からの要望によるものです。多分、都合のいいように編集されるのを怖れているんじゃないかな」

カメラ目線で話す龍馬の声はいつもよりもトーンが高い。さすがの彼も心の昂《たか》ぶりを抑えられないようだ。

「時間は三十分程度という約束です。短いけど、仕方ないね。どうしてあんな殺人鬼のインタビュー記事を掲載することになったのか、徹底的に問い詰めてやりたいと思っています」

彼は手首のスポーツウォッチに視線を落とした。

「おっと、そろそろ約束の時間だ。じゃあ、中に入ってみますか」

そこからは龍馬の視点でカメラが移動していく。ビルに入り、エレベーターホールへと画面が目まぐるしく移っていく。

そのとき、電車が四谷三丁目駅に着いた。江梨子はあわてて閉まりかけたドアからホームに降りた。地上に上がり、スマートフォンで出版社の位置を確認しながら五分ほど歩いていくと、先ほど映像で見た建物が現れた。このビルのワンフロアに欅出版が入っているはずだ。

あたりに龍馬の姿は見当たらなかった。すでにビルの中に入って、インタビューを始めているようだ。江梨子は建物の陰に移動して、再びスマートフォンで動画共有サイトにアクセスした。

突然、画面に、白いフレームの眼鏡をかけ無精ひげを生やした中年男がアップで映し出された。ワックスで逆立てた短髪、チェックの派手なジャケット。応接間のような場所で彼はソファに腰かけ、こちらに鋭い視線を据えていた。

「えっと……金城《かねしろ》さんでしたっけ？」カメラの外から龍馬の声がする。「今日はインタビューに応じていただきありがとうございます」

どうやら画面に映っているこの金城という中年男が編集者のようだ。金城は軽く頭を下げたが、どこか人を見下したような目をしているのが印象的だった。

「こちらこそよろしく」

「さっそくですけど、時間がないので単刀直入に聞きます。どうして元少年Aのインタビュー記事を載せようと思ったんですか？」

「彼の方から知人のつてを頼ってコンタクトを取ってきたんですよ。最近、ネットの闇オークションで国分寺女児殺害事件の犯行映像が売りに出されていてそれを自分のせいにされて困っている、と言ってね。反論の場を与えてほしい。そういうことでした」

「それであっさりとOKしたというわけですか？」

「もちろん事実関係についてはきちんと調べましたよ。彼が普段使っているというパソコンも見せてもらいましたが、犯行映像が売りに出されたというダークウェブにアクセスした形跡はありませんでした」

「形跡なんかいくらでも消せるでしょう。専門家が調べたらわかるかもしれないですけど。そこまで徹底的に調査したんですか？」

金城がやや不快そうな表情を見せる。「まあ、さすがにそこまではしませんでしたけどね。だけど彼も今では更生して真人間として社会に復帰しているんです。その彼を一方的にネットで叩《たた》くのはいかがなものでしょうか。そこで彼に反論の場を与えてあげたい、そう思ったわけです」

うそつけ。生中継を見ていた江梨子は心の中で毒づいた。

こうした下世話な週刊誌が元少年Aのインタビューを掲載する気になったのは、それが売れるネタだと踏んだからに違いない。それ以外の理由などないはずだ。

龍馬が質問を続ける。

「今回、元少年Aのインタビュー記事を載せるにあたって、被害者遺族の了解は取ったんですか？」

「いえ、その必要はなかったと思います。今回のインタビューの焦点は、元少年Ａが犯行映像を売りに出したかどうかで、遺族の方とは関係のない話だと思いましたので」

「ま、とりあえずその話はいいです。なぜこのインタビューで、元少年Ａは匿名を使ったんですか？　彼ももういい大人でしょう。いつまでも少年法の陰に隠れていないで、名前を名乗って出てくるべきじゃないですか」

「少年法とは関係ありませんよ。今回、元少年Ａはネットでの中傷の被害者となったわけです。ここで実名や顔を出せば、彼により深刻な被害が及ぶ恐れがある」

「それも仕方ないんじゃないですか？　そもそも元少年Ａが少女を殺してその様子を映像に撮っていたのが元凶なんですから。そりゃ元少年Ａが闇オークションに自ら映像を出品したと疑われても無理ないでしょ」

　金城が咳払いをする。「お言葉ですが、元少年Ａが自ら映像を出品した可能性は低いでしょう。彼には映像を売りに出すメリットがない」

「単純にお金目当てだったんじゃ？」

　金城はかぶりを振った。「インタビュー記事でも元少年Ａが話しているように、彼は金に困っている状況ではありません」

「と言うことは金持ちなんですか？」

「金に不自由しているわけではないとだけお答えしておきましょう」

「じゃあ金以外の動機はどうですか？　例えば再び世間の脚光を浴びたいがために、みずから犯行映像を売りに出したんじゃ？」

金城が乾いた笑い声を立てる。「注目されたいならYouTubeにそのまま動画を出した方が早いでしょう。わざわざ知っている人が少ないダークウェブでこそ出す必要はないはずです」

「YouTubeだったら、発信元がすぐわかるじゃないですか。だけどダークウェブなら匿名性が高く誰が出品したかは調べようがない」

金城が言葉に詰まった。咳払《せきばら》いをする。「まあ、そう言われればそうだが……」

今まで不敵に構えていた金城だが、余裕がなくなってきたように思える。ふと江梨子は思った。なぜ、この金城という編集者は龍馬の突撃取材に応じたのだろうか。

少し調べれば龍馬がネットでは有名な私刑執行人ということはすぐわかるはずだ。下手をすればネット住民たちが注目する中で、吊《つ》るし上げを食う可能性も高い。それなのにどうして、あえてそのようなリスクを取ってまで、取材に応じたのか。

「金城さん。俺、ちょっとある噂を耳にしたんですよね」

龍馬の思わせぶりな口調に、金城の眉間《みけん》にしわが寄る。

「ある噂？」

「今回のインタビューをきっかけにして、御社が元少年Aの手記を出版しようとしてるんじゃないかって噂ですよ」

「一体何のことやら……」

「国分寺女児殺害事件に関する元少年Aの赤裸々な告白を記した手記ですよ。今じゃ、あの事件と元少年Aはワイドショーでも大々的に取り上げられている。このタイミングで手記を出せば爆発的に売れるんじゃないですかね」

なるほど。江梨子は心の中でうなずいた。

それで金城が龍馬の取材に応じたわけがわかった。龍馬はネット上で絶大な影響力がある。その龍馬の突撃生中継ともなれば、ネット住民たちの注目も集まる。たとえその取材で編集者が反感を買うようなことになっても、これから出版される元少年Aの手記の売り上げには貢献するだろう。いわゆる炎上商法というやつだ。

映像に目を向けると、金城の額からは大粒の汗が噴きだしていた。

4

生中継が終わってしばらくして、正面口からサングラス姿にマスクをした若い男が出てきた。背中に大きなリュックを背負っている。龍馬に違いない。

江梨子はビルの陰から出ると、彼に声をかけた。

「龍馬さん」

弾《はじ》かれたように龍馬は振り向いたが、サングラスとマスクに覆われていて、その表情はわからなかった。サングラスの奥の目が細められる。

「……誰、あんた？」

「生中継見てました。すごく良かったです」

「ああ。まさか、出待ちがいるとは思わなかったな。それじゃ」

龍馬は映画スターのように軽く手を振って、歩きだす。江梨子はその後に追いすがった。

「ちょっとお話しできませんか？」

「悪いけど忙しいから」

立ち止まることなく龍馬は歩き続ける。江梨子もあきらめずに歩調を合わせた。

「これからどうするんですか？　少年Aの実名をつきとめてネットでさらすつもりですか？」

不意に龍馬が足を止めた。江梨子を振り返り、サングラスを取る。マスクもはずしたその顔を見て、江梨子ははっとした。まだ少年と言ってもいい顔立ちだった。

「あんた、そんなこと聞いてどうするわけ？」

「〈自警団〉サイトのことは知ってますよね？　わたしもあそこで人をさらしたことがあるんです」

「誰を？」

「宇津木っていう生活保護受給者です。自己負担ゼロで手に入れた向精神薬を不正に転売して、その金で未成年を買っていた男」

「ああ……あれね」

てっきり感心してくれるものと思っていたが、龍馬の反応は思いのほか鈍かった。彼は目をすがめて、江梨子を見た。

「言っちゃ悪いけど、あんた卑怯だよね」

「えっ？」

「だってさ、あんた、あの宇津木っておっさんの名前も顔も伏せて投稿したじゃん。あれって名誉毀損《きそん》で訴えられることを心配したんだよね？　そうして本名を伏せてイニシャルだけネットにあげて、他のネット住民が実名をさらしてくれるのを期待してたんでしょ。つまり自分は安全圏にいて、他の人に危ない仕事をやらせたわけじゃん。それってなんかずるいよね」

反論できなかった。龍馬の言う通りだった。

「人をネットでさらそうって言うのならさ、やっぱりそれなりの覚悟と責任を持ってやるべきじゃないかな」

「ごめん……なさい」

気がつくと素直に謝っていた。不思議と怒りはわかなかった。それは相手が龍馬だからかもしれない。彼がこれまでやってきたことを考えれば、その批判も素直に聞くことができた。

「まあ、でもあんたが撮った動画なかなか良かったよ」

　そう言って、龍馬は一転してさわやかな笑みを見せた。叱られた後に褒められて、江梨子は少し舞い上がった。

「……ありがとう」

「あんた、少年Aのことが気になるの？」

　江梨子はうなずいた。「あんな卑劣な人間を放っておくわけにはいかない」

「まあね。ただ、あの映像を流出させたのが少年A——落合聖司かどうかはまだわからないけど」

「だけどさっきのネット中継でも言ってたじゃない？　少年Aが、また世間の注目を浴びたいがために映像を売りに出したんじゃないかって」

「あくまでも噂だよ。ひとつの見方であって事実かどうかはわからない」

　意外とこの龍馬という少年は冷静のようだ。やはりカメラの前では意識的に挑発的な態度を取っているのだろう。

「でも少年Aじゃないなら、一体誰があんな映像を？」

　江梨子の疑問に龍馬が肩をすくめる。「それは俺にもわかんないよ。ただ、なんかヤバい気はする」

「ヤバいって？」

「国分寺少女殺害事件はまだ終わっていない。そんな嫌な予感がするんだ」

　江梨子は眉をひそめた。龍馬の言っていることがいまいちぴんと来なかった。

「俺もはっきりと何かわかっているわけじゃないよ。だけど、こうした感覚は大事にしなきゃね」

「もしかして落合がまた誰かを殺すつもりじゃないかって思っているの？」

龍馬の目が鋭さをおびる。

「たぶん落合は更生なんかしていない。あいつがまた同じことをやっても全然驚かないね」

その言葉は飲み会で弥生が口にしたのとほとんど同じものだった。

「そう言えば落合は養子縁組をして名前を変えたんでしょ。つまり近所に住んでいても、彼だとは気づかないわけよね」

ネットの噂じゃ、と龍馬が言う。「落合のやつ、顔もいじってるらしいよ。事件当時、あいつの顔写真はネットでさらされたけど、今じゃまったくの別人だって」

「龍馬くんでも、少年Ａの今の身許を特定することは無理なの？」

龍馬の目が猫のように細められる。「やつの身許を知ってるのは、保護観察にかかわった一部のごく限られた人間だけだってね。マスコミもさすがにそこまでつきとめてはいないみたいだし」

「だけど、さっき龍馬くんがインタビューした編集者は当然、落合の今の身許を知ってるんだよね？」

「だろうね。まあ、聞いても教えてくれないだろうけど」

「じゃあ、やっぱり身許をつきとめるのは難しいか……」

「いや、そうとも言えない」

龍馬の顔には不敵な笑みが浮かんでいた。


「へえ、思っていたより若いんだ」

龍馬を見るなり、弥生は目を丸くした。

「そう言う管理人さんこそ」龍馬が鋭い眼光で弥生を見返す。「女の人だったなんて意外だよ。てっきり男だって思ってた」

出版社の前で龍馬と出会った後、江梨子はなかば無理やり龍馬を弥生の家に連れてきた。どうしても二人を引き合わせたかったのだ。最初は渋っていた龍馬だが、〈自警団〉サイトの管理人が彼に会いたがっていることを話すと、最後には折れた。

弥生の家に着くなり、龍馬はパソコンの前に陣取った。

「へえ。最新式じゃん。ここが管理人さんの城ってわけだ」

「管理人さん、なんて水臭い。弥生って呼んで」

「じゃ弥生さん。それに江梨子さん」

龍馬が、弥生と江梨子に順に目を向ける。

「二人とも、少年A――落合聖司の今の身許をさらしたいんだね？」

「ええ」弥生がうなずく。「〈自警団〉サイトをやっていて、彼をさらさないなんて選択肢はありえない。龍馬くん、あなたもそうでしょ？」

「いや。実を言うとそうでもないんだ」

「どういうこと？」

「正直言って最近まで、少年Aの素性をさらすことには興味がなかった。だって二十年前の事件のときに、あいつはすでに一度ネットでさらされているからね」

「だけど」江梨子は口を挟んだ。「そのさらされた名前を少年Aは捨てて、今では新しいアイデンティティーを手に入れてる」

龍馬の目が鋭さを帯びる。

「ああ。今では善良な一市民のふりをして社会にまぎれこんでいる。それに今回、犯行映像をネットに売りに出した疑いまである。このまま放っておくとさらにエスカレートするかもしれない。さすがにこれ以上、指をくわえて見ているわけにはいかないだろ」

「少年Aをさらすつもりになったのね？」弥生が期待に満ちたまなざしで龍馬を見る。

彼はうなずいた。「だけど、やつの今の個人情報をつきとめるのは簡単じゃない。そのあたりの無防備なバカと違って、やつは徹底的に自分の身許を隠しているし」

「わたしがネットで告発した宇津木のことはどうやって実名をつきとめたの？」

江梨子の質問に、龍馬がにやりと笑う。

「あれは簡単だったよ。ほら、江梨子さんのあげた動画」

龍馬はマウスをすべらせると、パソコン画面に江梨子のアップした動画を映しだした。

宇津木が薬局でひと悶着《もんちゃく》起こしているあの映像だった。恫喝《どうかつ》された薬剤師が宇津木にやむなく薬袋を差し出すシーンで、龍馬は動画を停止した。

「ほら、ここ見なよ」

龍馬が薬袋の部分をズームする。〈八千代《やちよ》薬局〉と〈宇津木俊樹〉という文字が記されているのがはっきりと確認できた。思わず江梨子は呆気《あっけ》にとられた。龍馬が楽しそうに言う。

「これで宇津木のフルネームはわかったから、次にやつがSNSをやっていないか調べてみた。案の定、宇津木俊樹の名前で該当するフェイスブックが一件ヒットした。問題はこのフェイスブックの宇津木俊樹が俺の捜してるやつかどうかってことだった」

龍馬が、その画面を表示させる。江梨子も知る宇津木の顔写真が現れた。

「運がいいことに、この宇津木俊樹は住所や生年月日まで公開していた。練馬区在住の四十二歳。俺の捜してる宇津木俊樹にあてはまった」

「それで彼の家まで行って、あとをつけて、突撃取材したってわけね」

「そういうこと。こうやってSNSに平気で個人情報をのっける連中が相手だと楽なんだけどさ。もちろん少年Aはそこまでバカじゃない。そもそもやつの今の名前すら、わからない」

その時にゃーという鳴き声とともに部屋の奥から黒猫が姿を現した。新参者である龍馬の様子をしばらくうかがっていたが、恐る恐るその足もとに近寄ると、顔を龍馬の脚にこすりつけ始める。

「おいおい、なんだよ。人懐っこい猫だな」

そう言いながらも龍馬はまんざらでもなさそうに猫の頭をなでてやる。江梨子は少し驚いた。自分も弥生の家にはもう何度か来ているが、この黒猫は一向に自分になつこうとしない。だが龍馬に顎《あご》の下をなでられた黒猫は気持ちよさそうに目を細めていた。龍馬には人だけではなく、動物をもひきつける魅力があるのだろうか。

龍馬と猫がじゃれあうのを無言で見ていた弥生が口をひらく。

「龍馬くん。じゃあ、やっぱり少年Aの身許をつきとめるのは無理なの？」

「まったく手段がないわけじゃない。例えば今日の編集者のおっさんを利用するとか」

そう言って、龍馬はにやりと大人びた笑みを浮かべた。

5

伊東弘美の兄と会った後、白石と繭子はタクシーで山形駅へと戻ってきた。改札口を抜けると、熊井と徳野が音もなく忍び寄ってくる。

「美馬は？」

繭子が訊ねると、二人とも弱り切ったような表情になった。

「それが、駅には現れませんでした」

「それ確かなの？」

「はい」熊井がうなずく。「新幹線の改札の前で見張っていましたが、姿を見せませんでした」

美馬が新幹線ではなく飛行機を利用するため山形空港へと向かったという可能性も考えられる。彼は尾行をまこうとしたのだろうか？　それとも何かを企《たくら》んでいるのか。

「とりあえず俺たちも東京に戻ろう」

熊井と徳野は美馬の自宅を張るために、途中の大宮駅で降りた。白石と繭子は本庁へと戻った。

「さて、これからどうしましょうか？」

監察係のシマへと向かいながら繭子が訊ねる。

「そうだな……」白石は考えながら言った。「美馬が伊東弘美に会うつもりだったことからみて、彼が二十年前に犯行映像をコピーして伊東弘美に手渡したと考えてほぼ間違いないと思う。問題は今そのコピー映像がどこにあるのかということだ」

「やはり一人息子の伊東由紀夫が持ち去ったんでしょうか。そして彼がダークウェブで映像を出品した。でも、そうだとすると動機は何なんでしょう？　妹が殺される映像をオークションに出品するなんて、普通の人間のやることとは思えません」

「とりあえず伊東由紀夫の身許を洗おう。きみは彼の現住所を調べてくれ。俺は前科前歴を洗う」

「了解」

それぞれ自分のデスクについて、作業を始める。白石は情報管理課に電話をかけて伊東由紀夫の前科前歴を調べてもらうよう頼んだ。しばらくして折り返しの電話がかかってきた。

〈先ほどの伊東由紀夫の照会についてですが〉

「ご苦労様です」

〈彼には前科がありました〉

「どういうものですか？」

〈児童ポルノの所持ならびに提供罪です〉

白石ははっとした。

「実刑を食らっているということですか？」

〈ええ。再犯でしたので六か月の懲役刑に服しています。三か月前に出所していますね〉

三か月前——。伊東弘美の兄は、由紀夫が戻ってきたのは三か月ほど前だったと言っていた。彼は出所後、すぐに実家に戻ったということか。

受話器を置いて、腕を組んでいると、繭子がプリントアウトを手に近づいてきた。それを白石のデスクに置く。

「免許証データから伊東由紀夫の住所を割りだしました。東京の狛江《こまえ》市になっていますね」

伊東由紀夫が住むアパートは、多摩川の土手を下ったところにあった。比較的新しい住宅が立ち並ぶ一帯で、そのアパートだけが昭和の香りを色濃く残していた。二階建ての建物の屋根は青い煉瓦《れんが》で覆われ、くすんだ色の外壁にはところどころ亀裂《きれつ》が入っている。

白石は建物の入り口にある集合ポストを確かめた。伊東由紀夫の部屋である二〇五号室のポストからはチラシがあふれ出ていた。

錆《さび》の浮いた鉄製の外階段を上って二階に上がると、二〇五号室の前で禿頭《とくとう》の初老の男が部屋の窓をのぞきこんでいた。一瞬、空き巣狙いかと思ったが、それならこのようなアパートは狙わないだろう。白石は繭子と顔を見合わせてから、老人に声をかけた。

「あの、何をされているんですか？」

老人は驚いたように窓から飛びのいた。

「なんだ、びっくりさせんでくれ」

ドア横に〈伊東〉と記されたプレートがかかっているのを確かめてから、老人に問いかける。

「ここにお住いの伊東さんのお知り合いの方ですか？」

「私が？　まさか」老人はしかめ面をして手を振る。「私はここの大家だ」

「大家さんが何をされていたんですか？」

「家賃の督促に決まってるだろうが。この伊東という男、入居してから一度も家賃を入れとらん。直接、部屋まで催促に来てもいつも留守だ」

黙って話を聞いていた繭子が玄関ドアをノックする。

「伊東さん。警察です。いるなら返事をしてください」

だが応答はなく、あたりは静寂に包まれたままだった。老人が物珍しそうに白石と繭子を見比べる。

「あんたら本当に警察の人？」

「ええ。もし伊東さんと連絡が取れたら、お知らせ願えますか？」

そう言って白石は老人に名刺を渡した。

とりあえず今日のところは引きあげることにして、白石たちは老人に頭を下げ、階段を下りた。もう一度、集合ポストを覗いてみる。二〇五号室のポストの隙間から水道料金の請求書がはみ出ていた。それを引っ張り出して確かめる。

「見てみろ」

繭子に請求書を見せる。水道料金の検針は一昨日《おととい》にされたばかりのようで、今回分の使用料金は三千四百五十円となっていた。都内で日常的に水道を使っていれば、これぐらいの金額になるだろう。

「伊東由紀夫はずっとこの部屋に帰っていないというわけではなさそうだな」

「どうしましょうか？」

「誰かに部屋を張らせよう。今は留守でも、近いうちに戻ってくるはずだ」

その場で藺子が、美馬の自宅の張り込みをしているはずの熊井と徳野に電話をかけた。彼らの報告によると、まだ美馬は自宅に帰っていないという。白石は腕時計に目を落とした。すでに夜の八時を過ぎている。山形で姿を消した後、美馬はどこに行ってしまったのだろう。

とりあえず美馬宅の張り込みは続けつつ、伊東由紀夫の行方も捜さなくてはいけない。

人手が足りないので別の班も動員する必要があった。車に戻り、白石は班長のひとりである毛利《もうり》に電話をかけて、彼の部下に伊東由紀夫のアパートを張らせるよう指示を出した。

スマートフォンをジャケットのポケットにしまおうとしたとき、ブーッ、ブーッと警告音のようなものが鳴り響いた。眉根を寄せて、スマートフォンを見る。画面には〈アプリが解除されました〉の文字が浮かんでいた。

「どういう意味だろう、これは？」

藺子にスマートフォンの画面を見せると、藺子は「ああ……」と嘆息をもらした。

「玲奈ちゃんのスマホに仕掛けた例の監視アプリがアンインストールされたことを知らせる警告文ですよ」

「アンインストール？　つまり玲奈が監視アプリの存在に気づいて……？」

玲奈は馬鹿ではない。アプリを仕込んだのは白石だとすぐに悟ったはずだ。

白石が天を仰ぐのを見て、繭子が気の毒そうに言った。

「家に帰るまでに、玲奈ちゃんにどう謝ればいいか考えておいた方がいいですよ」

鍵《かぎ》を使って家に入ると、玄関口の明かりは灯《とも》っていたが、リビングは暗かった。部屋にあがり電灯を点ける。テーブルの上にはマクドナルドの空き袋が放置してあった。玲奈が夕食に食べたのだろう。普段、玲奈はできる限りは自炊をするようにしている。出来合いのもので夕食をすませたことが、彼女の怒りを表しているように思えた。

階段を上り、玲奈の部屋の様子をうかがう。ドアの下の隙間から明かりが漏れていた。深呼吸してからドアをノックする。予想通り、応答はなかった。

「玲奈？　いるんだろ？　ドア開けてもいいか？」

相変わらず反応はない。白石はそっとドアを開けた。玲奈はベッドの上で膝《ひざ》を抱えて座っていた。幼い時から大事にしているクマのぬいぐるみに顔をうずめているため、表情はわからない。そのぬいぐるみには玲奈が流した涙の痕《あと》が無数についていることを、白石は知っていた。両親が事故で亡くなって白石に引き取られた当時、玲奈は毎晩のように泣いていた。

「玲奈。謝らせてくれ」

ようやく彼女はぬいぐるみから顔をあげた。目は赤かったが、涙はない。ただ表情がこわばっていた。挑むかのように、白石に視線を向けてくる。

「……あのアプリ、叔父《おじ》さんなんでしょ？」

「ああ……。誤解しないでくれ。玲奈のことが心配で」

「わたしを見張ってたの？」

「仕事で遅くなった時なんかに、玲奈がどこにいるのか確認したくて使っただけだ」

「つまり叔父さんは、わたしのことを信用してないってわけだ」

反論できなかった。

「内緒でこっそりあんなものを仕掛けるなんてサイテーだよ。変態のストーカーみたい」

「玲奈。俺はおまえのことを思って……」

「出てって」

「玲奈……」

「しばらく顔を見たくない」

再び玲奈はぬいぐるみに顔をうずめた。姪《めい》が自分に負けず劣らず頑固であることはわかっていた。今はどう弁解しても聞く耳を持たないだろう。仮に自分が子供だとして親に同じことをされたら、裏切られた気がするに違いない。玲奈の反応は無理もないと思った。

「わかった。……おやすみ」

白石はドアを閉めた。階段を下り、リビングに向かった。酒を飲みたい気分だったが、かろうじて我慢した。明日も早起きしなければいけない。一度、玲奈と膝をつきあわせて話し合う必要があるだろうが、伊東由紀夫の行方をつきとめるまではその時間はなさそうだった。

6

冷えた缶コーヒーを三本とサンドウィッチ三個を買い物かごに放り込んだ江梨子は、コンビニのガラス越しに店の外を見た。

向かいには、欅出版がテナントとして入っているビルがそびえている。

レジで会計をすませて、江梨子は店を出た。ビルを横目で見ながら、路肩に停めたバンへと歩いていく。あたりを見回して誰も見ていないことを確かめてから、後部ドアをノックする。開いたドアに、江梨子はすばやく乗り込んだ。

バックシートでは龍馬がタブレット端末の画面をにらんでいた。

「動きは？」

江梨子の質問に龍馬は首を横に振った。

運転席では、今日も化粧気のない弥生があくびをしていた。江梨子は缶コーヒーとサンドウィッチを袋から取り出し、弥生と龍馬に渡した。

「わたし無糖がよかったんだけどね」缶コーヒーを見て、弥生がぼそっと言う。

「ごめんなさい。替えてこようか」

「いいよ。面倒くさいし」

弥生はプルタブを引き、缶コーヒーに口をつけた。けだるそうな雰囲気だ。江梨子も龍馬の横に腰を下ろし、サンドウィッチの包みを開く。

このバンは弥生がレンタルしたものだ。今日の午前中からすでに五時間近く、路肩に停めたこのバンから、欅出版の入っているビルを見張っていた。そろそろ三人とも集中力と忍耐が切れ始めている。

龍馬の脇からタブレット端末をのぞきこむと、画面にはあたりの地図が表示され、その中央に輝点が光っていた。動く気配はない。

弥生からケータイに電話がかかってきたのは早朝のことだった。いきなり今日、時間はあるかと問われた。幸い会社は休みだった。そう告げると、三十分もしないうちに、彼女は龍馬と一緒にバンで現れた。

走る車の中で、龍馬は得意げに二枚組のＤＶＤを見せた。

「これは？」

「少年Ａ——落合聖司へのプレゼントさ」

「プレゼント？」意味がわからず、江梨子は眉根を寄せた。

「中身は俺から落合聖司へのビデオレター。俺のインタビューを受けてほしいっていう熱烈なラブコールが入ってる。さらに俺の今までの輝かしい経歴を説明して、落合がインタビューに応じないなら、こっちにも考えがあるって脅しも付け加えてある」

「そんなインタビューに落合が素直に応じるとは思えないけど……」

「ビデオレターはダミーさ」

「えっ？」

「このDVDにはGPS発信装置を仕込んであるんだよ」

「ウソ？　一体どこに？」

見たところそのような大掛かりな装置が仕込まれているようには見えない。

「ケースの間に埋め込んでいる。最近のこの手の装置は、ずいぶん小型化されてんだよ。この前、インタビューをした編集者に頼んで、落合に渡してもらうつもりさ。もちろん編集者には、GPSを仕込んでいることは話さない」

「つまりこのプレゼントに仕込まれたGPSを追跡して、落合聖司の居所をつきとめようってわけ？」

「ああ」龍馬がタブレット端末を見せる。「この端末からリアルタイムで追跡できる。編集者がこのDVDを落合に手渡しするなり送るなりすれば、やつの居所は一目瞭然《りょうぜん》ってわけさ」

それが龍馬の考えたプランだった。

欅出版の見える路上にバンを停めると、龍馬はプレゼントの入ったショッピング袋を手に飛び出していった。ビルに姿を消して十分ほどしてから、龍馬が再び姿を現した。

顔には笑みが浮かんでいた。

「うまくいったよ。渡してくれるって」

バンに乗り込むなり、龍馬は上機嫌で言った。

「あの編集者のおっさん、最初は渋ってたけどさ。もし落合との対談が成立したら、おっさんの雑誌にそのレポをのっけてもらってもいいって言ったら俄然《がぜん》乗り気になってさ」

それが午前十時過ぎのことだった。だが五時間近くたった今になっても、DVDに動きはない。タブレット端末の画面にはプレゼントの現在位置を示す輝点がむなしく光り続けている。

「その編集者さあ、ゴミ箱にプレゼント、ポイしたんじゃないだろうね」

運転席の弥生が煙草をくゆらせ、いらだたしげに言う。

「責任持って渡してくれるって言ってたけど」

そう言う龍馬はいつになく自信がなさそうだった。

「もしかしたら編集者は落合に連絡を取ったかもしれない。だけど落合は受け取りを拒否したんじゃないの?」弥生が煙の輪を吐きだす。「たぶん失敗だね」

そのときビルの前に、ネコのマークで有名な宅配便のトラックが停まった。制服姿の宅配ドライバーが降りてきて、カートを押してビルに入っていく。

しばらくしてタブレット端末上の輝点が動き出した。江梨子と龍馬は顔を見合わせた。

なおもビルの入り口を見張っていると、先ほどの宅配ドライバーが集荷したカートを押して出てきた。トラックに荷物を積むと、排気ガスをまき散らして走り去る。その動きと呼応するように、タブレットの画面上の輝点も動き出した。

「あのおっさん、宅配便でプレゼントを送ったみたいだな」龍馬がつぶやく。

弥生が運転席から振り返った。「どうする？　追跡する？」

「その必要はないよ。端末から追跡できるから。明日にでも落合の居場所をつきとめられるはずだ」

その日は結局、そこで解散した。元少年AのもとにあのＤＶＤが配達されるのは明日以降だろうから、それまでは気長に待つしかない。一応、龍馬がタブレット端末で時々ＧＰＳを追跡してみるということだった。バッテリーの持続時間を持たせるためにも、頻繁に位置情報を検索しない方が良いらしい。

龍馬から連絡があったのは、次の日、午前の仕事が終わって昼休憩に出かけるときだった。

「江梨子さん。動きがあったんだけど、今から来られる？」

受話口から聞こえてきた龍馬の言葉に、江梨子は一瞬、逡巡《しゅんじゅん》した。午後も仕事があったからだ。だが元少年Aを一目見たいという気持ちが、仕事に対する義務感を上回った。

リーダーの城戸に早退する旨を告げ、会社を出た。龍馬と弥生は昨日のバンに乗り、新宿五丁目で待っているという。ＧＰＳを追跡したところ、プレゼントはそのあたりに配達されたらしい。

ちょうどここからは新宿駅を挟んで反対側だ。タクシーを拾うには微妙な距離だったので、歩いて現地に向かうことにした。

地下道を抜けて新宿駅の東口に出る。伊勢丹の前を通りすぎてなおも進んでいくと、雑居ビルが立ち並ぶごみごみとした一帯に出た。住宅街とはかけ離れた雰囲気に、江梨子は首をかしげた。こんなところに落合は住んでいるのだろうか。

正確な場所を確認するために、スマートフォンを取り出して龍馬に電話をかけようとしたとき、路上の向こうに停められたバンのヘッドライトが点滅した。昨日のバンだと気がついた。

そちらへ歩いて行くと、バンの後部ドアが開いて、龍馬が出てきた。今日もオーバーサイズのTシャツに、膝の抜けたジーンズといういでたちだ。

「遅いじゃん」

「ごめん。歩きだったから」江梨子は周囲を見回した。「落合の自宅はこのあたりなの?」

「あのビルにプレゼントは配達されたみたいだ」

龍馬が指さしたのは、はす向かいの五階建ての雑居ビルだった。外壁は汚れ、かなり古い建物のように見える。一階にはラーメン屋の看板が上がっているが、昼時にもかかわらず店内が暗いところを見るとすでにつぶれてしまっているようだ。

「ただGPSじゃ、どの階に届けられたかまではわからないんだよね」

江梨子はそのビルを見上げた。

「人が住んでいるようには見えないけど」

「ああ、ほとんどのテナントがどこかの会社の事務所や倉庫になっている」

「どういうこと？　落合は会社を経営していて、その事務所がこのビルに入ってるってこと？」

「俺も最初はそう思った。だけどテナントの案内板を見たら、ひとつ気になるテナントがあったんだ。江梨子さんも自分の目で確かめてみなよ」

そう言って、龍馬は通りを横切り、雑居ビルに入っていく。元少年Aにうっかり出くわしたらどうするのか、と江梨子は心配になりながら、あわてて龍馬の後を追う。

ビルを入ってすぐのところが狭いエレベーターホールになっていて、壁にテナント名を記したアクリル板がかけられていた。

「ほら、この三階」

龍馬が三階に入っているテナント名を指さす。


【東京セカンドポスト】

その名前からはどういったテナントなのか、想像がつかなかった。江梨子が眉根を寄せるのを見て、龍馬が説明する。

「実際に上まで行ってどんなところか確かめてきた。どうやら私設の私書箱屋らしい」

「私設の……私書箱屋？」聞き慣れない言葉に戸惑う。

「ほら郵便局に私書箱ってあるだろ。留守がちな人や家族に内緒で荷物を受け取りたい人が利用するやつ。あれと同じようなことを最近、民間の業者がやっているんだよ。ここもそのひとつさ」

「つまり……どういうこと？」

「落合も多分、ここの私書箱を利用してるんだろうね。自宅の住所を知られるリスクを減らすためだろうな。あの編集者にもこの私書箱の住所しか教えてないんだろう」

それで編集者に託したプレゼントはここに配達されて、今は私書箱に留め置かれているということのようだった。

「じゃあ、近いうちに落合が取りに来るはずよね」

ああ、と龍馬がうなずく。「バンで張っていよう」

路上に停めたバンに乗り込み、待機していた弥生とともに張り込みを開始した。龍馬たちはクーラーボックスを用意していて、そこにジュースや弁当などをストックしていた。

「こうなったら持久戦ね。絶対に少年Aの身許をつきとめてやる」

そう息巻く弥生の頬は上気していた。彼女だけではない。江梨子自身も今までに感じたことのない興奮を覚えていた。獲物を追いつめた猟犬はこのような心境なのだろうか。だが日が暮れるころになっても、龍馬のタブレット端末に表示されるＧＰＳの輝点は少しも動かない。

不意に尿意をもよおした。もじもじしている江梨子を見て、弥生が言う。

「簡易トイレだったら用意してるよ。貸してあげよっか？」

さすがに異性である龍馬の目の前でそんなものを使うのはためらわれた。

「弥生さんも使っているの？」

「わたしは介護用のおむつをしてる。さっきから垂れ流しだよ」

弥生がかすかに唇の端をつりあげて、平然と答えた。すごいなあ弥生さんは、と龍馬が感心したように笑う。

「そう言う龍馬くんはどうしてるの？」

「俺は男だから、そのへんの建物の陰で立ちションすればいいだけだし。江梨子さん、ここは俺らに任せて、どこか近くのトイレ探してきなよ。落合のやつが現れたらメール入れるからさ」

その言葉に甘えることにした。後部ドアを開けようとしたとき、ふらりと通りの向こうから一人の女性が歩いてくるのが窓越しに見えた。グレーのパンツスーツを身にまとったキャリアウーマン風の美女だった。この界隈《かいわい》では、どこか浮いて見える。

彼女が私書箱屋の入ったビルに消えるのを見て、龍馬がつぶやく。「まさか、あの女が落合だってことはないよね」

「女装しているってこと？」

「あるいは性転換したとか」

「まさか。今の人、どう見ても生まれついての女って感じだったし」

なんとなく気になって、トイレに行こうとしていたことも忘れて、そのままバンに居残った。五分もたたないうちに先ほどの女性が颯爽《さっそう》とビルから出てきた。江梨子ははっとした。彼女は右手に見覚えのある袋を抱えていた。間違いない。昨日、龍馬がプレゼントを入れたのと同じショッピング袋だ。

「弥生さん、龍馬くん、あの袋……」

江梨子が指摘するまでもなく、二人とも女性が手にした袋には気がついていたようだ。タブレット端末に視線を落とした龍馬が押し殺した声で言う。

「見てよ。輝点が移動し始めた。間違いない」

女性の後ろ姿が通りの向こうに小さくなっていく。

「弥生さん、車を出して適当に走らせてよ」

弥生がうなずき、エンジンをかけバンを出す。江梨子と龍馬はタブレット端末の画面に見入った。ゆっくりと、だが着実に輝点は移動している。

「移動速度から考えて、あの女性は歩き続けているみたいだね。ってことは、落合がいるのはここからそう遠くない場所のはずだ」

龍馬がひとりごとのようにつぶやいた。ハンドルを握りながら、弥生がちらと振り返る。

「ねえ。あの女にちょっとニアミスしてみない？」

「尾行はヤバいって」龍馬が顔をしかめる。

「尾行じゃない。後方から追い抜くだけ」どこか弥生は楽しげだ。狩りを満喫しているようにも思える。

「好きにしなよ」

「端末貸して」

弥生は龍馬からタブレット端末を受け取ると、助手席に置いた。

江梨子がウインドウの外に目をやる。今バンが走っているのは靖国《やすくに》通りだった。マルイの手前の角で、弥生は車を左折させ南方へと走らせる。すぐに新宿御苑《ぎょえん》の緑が前方に見えてきた。

「あれ、さっきの女じゃない」

弥生が顎でフロントガラスの向こうを指し示す。彼女の言う通り、先ほどのパンツスーツの女性の背中が見えた。女は背筋を伸ばして、新宿御苑に面した通りを歩いて行く。

弥生がバンの速度を落とした。

「弥生さん。気をつけなよ。下手すると気づかれるよ」

「わかってるって。ゆっくり追い抜くよ」

追い抜きざま、江梨子は女性の顔を盗み見した。美しい女だった。歳は三十前後。知的で、意志の強そうな顔をしている。リアウインドウ越しに、彼女が通り沿いの雑居ビルへと入っていくのが見えた。

「ビルに入った。弥生さん。そのあたりで停めて」

しばらく行ったところで、弥生がバンを路肩に停めた。三人でタブレット端末の画面をのぞきこむ。輝点は止まっていた。位置から見て、女が入っていった雑居ビルに間違いない。

「あのビルに落合がいるんだ」龍馬がつぶやく。

先ほどまでの高揚感は嘘のように消えて、緊張感がそれにとって代わっていた。あの猟奇殺人の犯人が手の届くところにいる。気がつくと、江梨子の手はじっとりと汗で濡《ぬ》れていた。


女が入っていった雑居ビルのはす向かいの路肩にバンを停め、車内から様子をうかがうことにした。

ビルは四階建てのいわゆるペンシルビルと呼ばれる細い建物で、ワンフロアにつき、テナントがひとつずつ入っているようだ。一階には整体マッサージの店が入り、二階と三階を〈新宿ガーデン法律事務所〉が占めていた。四階の窓には『テナント募集中』の看板が上がっている。

一階のマッサージ店は入り口が道路に面していて、そこから入るようになっている。女は店の脇にあるビルの入り口に消えて行った。その奥はエレベーターホールになっているようだ。つまり彼女は法律事務所で働いていると考えていいだろう。だとすると、元少年Aもそこで働くスタッフなのだろうか。

「ウソだろ」呆《あき》れたように龍馬が言う。「もしかして、少年Aは弁護士になってるんじゃないだろうな」

「まさか。だって過去に人を殺してるんだよ」

弥生の言葉に、龍馬がかぶりを振る。

「確かに禁錮《きんこ》刑《けい》以上の前科があると弁護士にはなれない。だけどあいつは医療少年院送致になっただけで、それは前歴にはなっても、前科にはならないんだ。だから弁護士になることは不可能じゃない」

それは初耳だった。龍馬の言葉に、江梨子も弥生も押し黙った。

幼い少女を惨殺した男が、今では司法の側にまわっているという事実は衝撃だった。てっきり元少年Aは、ろくな仕事にもつけず社会の片隅でひっそりと暮らしているものと思い込んでいた。あるいはそれは願望だったのかもしれない。自分が犯した罪を背負って生きているものと思いたかった。

「出てきた」

声をひそめて龍馬が窓の外を指さす。ビルの入り口から、先ほどの女性が出てくるのが見えた。その後ろから、濃紺のスーツをまとった男が続いて現れる。その襟には、ヒマワリの花をかたどった弁護士バッジが光っている。この男が元少年Aなのか——。二人は入り口横で煙草を吸い始めた。よく見ると女性の方が吸っているのは電子タバコのようだ。

仲睦《なかむつ》まじく談笑している二人の姿は、仕事を超えた関係に見えた。

江梨子は煙草の煙をくゆらせている男を凝視した。中肉中背で特徴のない男だった。二重まぶたに薄い唇。ネットでさらされていた元少年Aの顔写真と似ているようにも似ていないようにも思える。

女が男の耳もとに何かささやいた。男が不自然なほど真っ白な歯を見せて笑う。その姿は殺人の過去を背負った男とは思えない。華やかな成功者にしか見えなかった。

「あいつがマジで少年Aならさ」無言で二人の様子を見ていた龍馬が冷ややかな口調で言う。「さらしがいがあるってもんだよ」

7

昨夜はあまり眠れなかった。

仕方なく早めにベッドを出て、いつもより深煎《ふかい》りのコーヒーを二杯淹れて飲んだが、あまりその効果はなかった。白石が家を出るときも、まだ玲奈は部屋から姿を見せなかった。

車を運転していてもひっきりなしにあくびが出る。若いころは三日三晩徹夜をしても平気だったが、さすがに最近はきつくなってきた。

ジャケットの内ポケットでスマートフォンが振動した。ディスプレイを見ると、伊東由紀夫のアパートの張り込みを任せた二宮《にのみや》という若手からだった。

「もしもし？」

〈係長。おはようございます〉きびきびとした二宮の声が聞こえてくる。

「動きがあったのか？」

〈ええ。先ほど伊東由紀夫がアパートに戻ってきました〉

「と言うことは今、部屋にいるのか？」

〈はい。ただカーテンを閉め切っているため、中の様子はうかがいしれません。どうしましょう、確保しましょうか？〉

「いや。今から俺もそちらに向かう。それまで目を離すな」

「わかりました」

車を伊東由紀夫のアパートのある狛江方面へと向ける。しばらく走らせたところで、また二宮から連絡が入った。

〈係長。伊東由紀夫がまたリュックを背負って外出しました〉

「なんだって。戻ってきたばかりだろう？」

〈荷物を取りに帰ってきただけなのかもしれません。小田急の狛江駅方面へと向かっています〉

駅から電車に乗り、どこかに向かうつもりだろうか。まったく行き先が読めない。二宮に伊東由紀夫を確保させた方がいいかもしれないが、何も罪を犯していない状況では拘束するわけにもいかない。それに彼を用心させる前に自分が接触したかった。

「よし。後をつけろ。絶対に見失うな」

〈わかりました〉

車を適当に走らせながら、随時、二宮からの連絡を受ける。伊東由紀夫は電車で都心に向かっているとのことだった。白石もそちらへと車を向ける。

〈係長。伊東は渋谷で電車を降りました。道玄坂《どうげんざか》方面へと向かっています〉

車のスピードを上げ、代々木《よよぎ》公園の横を突っ切り、東急百貨店の裏側に出る。コインパーキングに車を停め、道玄坂へと足を速めた。また二宮から連絡が入る。

〈伊東が今、雑居ビルに入りました。道玄坂二丁目です〉

二宮が送ってきたビル名をグーグルマップで検索し、地図を表示させる。スマートフォンに目をやりながらラブホテルとマンションが混在する通りを進んでいくと、自動販売機の陰で携帯をいじっている二宮の姿が見えた。白石に気がつき、そっと近づいてくる。彼は向かいの薄汚れた雑居ビルを指さした。

「このビルに入っていきました。エレベーターの表示盤で確認したところ、三階で降りたようです。三階に入っているのは〈JKヘブン〉というリフレ店だけです」

リフレ店というのは若い女性が簡単なマッサージなどをしてくれる店で、建前上は性的なサービスは含まれていない。だが裏オプションと称して様々な性的サービスを提供している店がほとんどなのが実態だ。

「よし俺が確認してくる。ここで待機しておいてくれ」

二宮にそう指示して、白石は雑居ビルに入った。すえた臭いのするエレベーターに乗り三階で降りると、そこがすぐ店の入り口になっていた。入り口わきの壁に、〈JKヘブン〉と印字された紙が貼ってある。

部屋をのぞくと、弾けるようなダンス音楽とともに、若い女性の笑い声が聞こえてきた。受付カウンターがあるが、そこには誰もいない。

腕時計に視線を落とすと、朝の九時前だった。まだ開店前だろう。だとすると伊東由紀夫はここに遊びに来たわけではなく、店の従業員に違いない。

白石がカーテンの奥に向かって声をかけると、笑い声がやみ、髪の毛を茶色に染めた制服姿の若い女がカーテンをかきわけ顔を出した。幼い顔立ちだが化粧は濃い。女は白石を見て、首をかしげた。

「お客さん？」

「いや、人に会いに来たんだ。ここで伊東という男性が働いているだろう？」

茶髪の若い女は首をかしげた。「イトウ？　誰それ？」

「伊東由紀夫という男なんだが」

「ああ。ユッキーのこと」

そう呼ばれているらしい。

「彼はここで働いているんだな」

「まあね、一応、店長。たった今コンビニに買い出しに行ったとこ」

「たった今？　途中で誰とも会わなかったが」

先ほどの二宮の話では、伊東由紀夫はビルに入ってから出て来た形跡はないということだった。

「そこの非常階段から出てったんだよ」女がエレベーター横の鉄製のドアを指さす。

「そこからなら建物の裏手に出られてコンビニに近いから」

「すぐ帰ってくるかな？」

「さあ。あいつ、マイペースだからね。雑誌でも立ち読みしてんじゃないかな」

白石はスマートフォンを取り出し、二宮にかけた。「伊東はビルの裏手のコンビニに向かった。確保してくれ」

通話を切ると、首をかしげている女と目が合った。どう見ても十八歳未満に見えた。つけまつげと派手なメイクを施しているが、肌は透き通るようになめらかなのが、若さを物語っている。この店は十八歳未満の少女を働かせているのかもしれない。

「きみもここで働いているのか？」

「まあね。小遣い稼ぎ。おじさんも遊んでいく？」

目の前の少女と玲奈の姿が重なり気分が沈んだ。

白石は女に手を振ると、ドアを開けて外付けの非常階段を下りた。道路の向こうにコンビニが見える。次の瞬間、店から金髪の男が飛び出してきた。続いてスーツ姿の二宮が走り出てくる。

舌打ちして白石は非常階段を駆け下りた。地上に降り立った時には、すでに伊東由紀夫らしき金髪の男と二宮の背中は、道玄坂の方へと小さくなっていた。白石も後を追って走りだした。二宮がつまずき、路上に転がる。その上を飛び越え、伊東由紀夫を追った。

大通りに出た彼はこちらを振り返った。白石の姿を認めると、行きかう車列の間を縫うようにして通りを横切っていく。白石も後を追おうと通りに飛び出す。だがすぐに右から走ってきた軽自動車にぶつかりそうになりクラクションを鳴らされた。怒声が飛ぶ。それでもなお後を追おうとしたが、また別の車にさえぎられ立ち往生した。視線を前に向けると、伊東由紀夫の姿はすでに見えなくなっていた。

「くそっ」

白石は悪態をつくと、荒い息を整えながら、来た道を戻った。ズボンの膝に穴を開けた二宮が情けない表情で向こうから歩いてくる。

「すいません。コンビニで声をかけた瞬間に逃げられました」

「仕方ない。俺も駆けつけるのが遅かった」

白石は二宮をその場において、再び店へと取って返した。受付カウンターの後ろで先ほどの女が爪にマニキュアを塗っていた。

「ユッキーと会えた？」顔をあげて訊いてくる。

「ああ、逃げられたよ」

「あんた借金取りかなんか？」

「そんなんじゃない。警察だ」

「ウソでしょ」女の目が丸くなる。

「本当さ。伊東の持ち物はどこにある？」

「どうするつもり？」

「ちょっと確認させてもらう」

「ダメだって。そんなことしたらウチが怒られる」

「きみは十八歳未満だろ？　つまりこの店は違法営業ってわけだ。パクられたくないだろ？」

女は足りなそうな脳みそを懸命に絞ってしばらく考えていたが、奥に引っ込むと黒いリュックを手に戻ってきた。

「ほら、ユッキーのリュック」

女から受け取ったリュックの中身を確かめていく。着替えや下着類。洗面用具。ケータイや財布は伊東が持ち歩いているのだろう。さらにリュックを漁ると、底からぐしゃぐしゃになったクーポン券が見つかった。渋谷にあるネットカフェのものだった。着替えや洗面用具をリュックにいれているところを見ると、伊東由紀夫は大家に督促されるのを避けるために時々、ネットカフェで寝泊まりしているのかもしれない。

白石はリュックの中身を戻すと、女に向き直った。

「もとあった場所に返しておいてくれ。それと俺がリュックを見たことは伊東に言うなよ」

「口止め料は？」

女がほっそりとした掌《てのひら》を差し出す。

「お金が欲しければ家に帰って親御さんに小遣いをねだるんだな」

そう言い捨てると、店を出た。

8

「一致率七十七・八パーセント」

パソコンから振り返った龍馬が江梨子に言った。画面は二つに分割され、右側には二十年前にネットに流出した元少年A——落合聖司の当時の顔写真。左側には先日、龍馬が隠し撮りした落合と思われる弁護士の顔写真が映っている。

龍馬がネットから不正入手した怪しげな顔認証システムを使って、二枚の写真の人相を比べた結果、出た数字がそれだった。

二人は今、弥生の家でパソコンに向かっていた。弥生はパートに出かけていて留守だ。

パソコン画面を睨《にら》んで、江梨子は首をかしげた。「七十七・八パーセントって、確率的にはあまり高くないんじゃないの？」

「仕方ないよ。子供のときの写真と比べてるわけだし、それに落合のやつは整形もしてるだろうしさ」

「そもそもこの顔認証ソフトも胡散臭くない？」

龍馬は肩をすくめた。「まあ、このソフトの結果は置いといてさ、一橋《ひとつばし》誠司《せいじ》が少年Aなのは間違いないって」

一橋誠司。

それがこの前、江梨子たちがつきとめた法律事務所の所長の名前だった。

あの日、江梨子たちは弥生の家に戻ると、パソコンで新宿ガーデン法律事務所の情報を検索した。事務所のホームページがすぐに見つかった。民事訴訟を専門に扱っているらしい。所属弁護士は一橋誠司という男ただひとりだった。

龍馬のタブレット端末でGPS発信装置を追跡したところ、今もあの宅配物は新宿ガーデン法律事務所にあることがわかった。

事務所のホームページに記載された一橋弁護士のプロフィールによると、彼は一九八四年東京生まれとなっている。元少年Ａと同じだ。プロフィールに顔写真が入っていないのは、用心のためなのかもしれない。

「確かに、あの一橋って弁護士が少年Ａである可能性は高いと思う。だけど、ネットでさらす前に本当に本人なのかどうか確かめた方がいい」

江梨子が言うと、龍馬はうなずいた。「わかってる。万一、人違いだったら大変だもんね」

「それだけじゃない。一橋が少年Ａだったとしたら、本当に更生したのかどうかを知りたい」

元少年Ａが今は弁護士になっていることをつきとめた瞬間は、江梨子も達成感に満たされていた。誰もつきとめることができなかった元少年Ａの身許を自分たちが見つけたことに興奮さえ覚えた。

だが弥生と龍馬が前のめりになっているのを見て、ふっと我に返った。確かに少年Ａ――一橋がやったことは許せない。しかし自分は彼から直接、被害を受けた関係者ではない。そんな赤の他人である自分たちに一橋を裁く権利があるのか。そんな迷いが生まれた。

もし彼が更生しておらず再び罪を犯す可能性があるのならば、彼をさらすことにためらいはない。

だが彼が事件のことを心の底から悔い、被害者に対して謝罪の念を持っているのなら、第二の人生を歩むことを邪魔する権利など自分たちにはないのではないか——。

「おいおい」龍馬が呆れたように目をぐるりと回してみせる。「あいつは医療少年院に三、四年入っていただけなんだよ？　そんなので更生できるわけないだろ」

「だから実際に会って確かめたいの」

「そんなことしても無駄だって」

龍馬の足もとで丸くなっていた黒猫が顔を起こした。玄関の方へと歩いて行く。ドアが開き、両手に買い物袋を提げた弥生が帰ってきた。

「ただいま——。二人とも来てたんだ？」

「お邪魔してるよ」軽く龍馬が頭を下げる。

江梨子は弥生から買い物袋を受け取ると、中身を冷蔵庫に入れていった。弥生が黒猫を抱き上げ、愛《いと》おしそうに頬ずりする。彼女はこの猫をまるで娘のように可愛がっている。だが、いまだに名前をつけていないのが弥生らしかった。

そのとき江梨子は、弥生がいつもよりもさらに強い香水の匂いをまとわせていることに気がついた。ふと思う。弥生は清掃のパートなどではなく、風俗店のようなところで働いているのではないだろうか。

ただ彼女がそのような仕事をしているからと言って、そのことについてとやかく言う権利は自分にはない。このところ頻繁に会っているものの、彼女は赤の他人にすぎない。

その夜は、弥生がスーパーの安売りで買ってきたという肉ですき焼きをすることになった。三人で家族のように鍋《なべ》を囲む。いつもはあまり感情を表に出さない弥生もどこか楽しそうに鍋をつついていた。もしかして彼女は失ってしまった家族の姿を、龍馬と江梨子との触れ合いに重ね合わせているのかもしれない。

一方の龍馬も軽口を叩《たた》きながら肉を頬張っていた。年齢よりも大人びた言動をする彼も、こうしているとごく普通の少年だ。

話題は自然と、元少年Aのことに移っていった。江梨子が今さら元少年Aをさらすことをためらっていると龍馬は非難した。思わず江梨子も反論する。

「別にためらっているわけじゃないわよ。ただ、さらすときには慎重になるべきだって言ってるだけ。もしかしたら彼は心から反省してるかもしれないし」

「だからあいつは更生なんかしてないって」

「わたしも江梨子ちゃんに賛成……かな」

黙って聞いていた弥生がぽつりと口をひらいた。

「弥生さんまで……」龍馬が眉をひそめる。

「確かに少年Aがやったことはサイテーだと思うよ。だけどあいつが本当に反省しているのかどうか、更生したのかどうか。それを知りたい」

「更生していたら、どうするつもり？」

「わからない。ただ、更生したかどうかは確かめるべきだと思う」

龍馬が難しい顔になり腕を組む。しばらく無言で宙をにらんでいたが、ため息を吐きだした。

「わかったよ。あいつが本当に真人間になったのか確かめてやろうじゃん」

9

運転席のヘッドレストに頭を預けた江梨子は窓の外を眺めていた。闇夜だった。細かい雨がフロントガラスを叩いている。その向こうには新宿ガーデン法律事務所の入っている雑居ビルがぼんやりと浮かんでいた。事務所の窓にはまだ明かりが点いている。

腕時計に目を落とすと、夜の八時を回ったところだった。

助手席では弥生が煙草をくゆらせている。彼女の視線はまっすぐ前方に据えられていた。

先《さっき》から何度話しかけても弥生は黙りこくっている。深く物思いに沈んでいるようだ。

後部ドアをノックする音に、はっとしてロックを解除した。髪の毛を雨に濡らした龍馬と少女がバックシートにすべりこんでくる。

「お待たせ。彼女は玲奈」龍馬が少女を紹介する。

江梨子は振り返って、玲奈と呼ばれた少女を見た。瞳《ひとみ》が大きく可愛らしい顔立ちをしている。

「こんばんは、玲奈ちゃん」

玲奈が少し緊張した面持ちで軽く頭を下げる。龍馬が彼女の気持ちをほぐすように軽くその肩を叩いた。

「ほら、彼女可愛いだろ。これで計画はバッチリうまくいくって」

弥生がバックミラー越しに玲奈に視線を注ぐ。「玲奈ちゃん。あなた、歳はいくつ」

「十六です」

「うそ」即座に弥生が言う。

「……本当は十四歳です」玲奈が目を伏せて答えた。

弥生が眉間にしわを寄せ、龍馬を振り返る。「女子高生を連れてくるって話じゃなかったっけ？」

龍馬が肩をすくめる。「仕方ないじゃん。小学生に見える高校生なんていないって。それに玲奈は中学生だけど、そのへんの大人よりよっぽどしっかりしてる。頭もいいしさ。俺は玲奈がこの役目に適任だと思う」

龍馬のきっぱりとした口調に、玲奈が嬉《うれ》しそうに頬を紅潮させた。龍馬とはどういう関係かはわからないが、そこまで断言するということは信頼できる女の子なのだろう。それに玲奈は中学生にもかかわらず、幼げな顔立ちをしているせいか小学校の高学年に見えないこともない。

「こんな夜遅くに外出して、ご両親は心配してないの？」

江梨子が訊ねると、玲奈は無表情に答えた。

「親なら死にました。二年前に」

「ごめんなさい。知らなかった」

「別に謝ることなんかないですよ」少女の口調は淡々としていた。

弥生が口を挟む。「親はいなくても保護者はいるんじゃないの？」

「あの人のことなら大丈夫です」玲奈の口調がとげとげしくなる。「少しぐらい心配させてやった方がいいんです」

あの人というのは誰のことだろう。玲奈の家庭環境はなかなか複雑なようだ。

「訳ありみたいね」弥生が心中を見透かすように、玲奈の顔を見つめた。

玲奈は気が強い性格なのか、その視線を真正面から受け止めて言った。

「事情はすべて龍馬くんから聞きました。少年Aがやったこと……わたしも許せない。そいつを懲らしめるのにわたしがお手伝いできれば嬉しいです」

「言っておくけど、危険な目にあうかもしれない」

「大丈夫です。わたしは龍馬くんを信じています」

それを聞いて、龍馬が玲奈の手をぎゅっと握る。彼女の頬が再び赤らんだ。

「やっぱりこんなことやめた方が」江梨子は弥生に言った。

龍馬が頬を膨らませる。

「ちょっと待ってよ。少年Aが更生したかどうか確かめたいって言ったのは江梨子さんだろ」

「だけどあまりに危険すぎる」

元少年Aこと一橋弁護士が更生したかどうかを確かめる。そのための方法を考え出したのは龍馬だった。

彼のプランは、魅力的な少女を一橋弁護士のもとに一人で行かせて彼の反応を見るというものだった。もし元少年A――一橋が更生していれば、少女にいかがわしいことや危害を加えるような真似はしないはずだ。だが更生していなければ――。

「……やりましょ。危険なことが起きそうになったら、すぐにわたしたちが駆けつけるから」

その弥生の一言で計画は動き出した。玲奈の持参したピンク色のミニショルダーに龍馬が小さな隠しカメラを仕込む。ネット通販で購入したものだという。

これでバンの中にいながらにして、玲奈と一橋のやり取りを見聞きすることができる。

準備ができると、後は待つだけだった。三十分ほどが過ぎたころ、パラリーガルの女性が建物から出てくるのが見えた。タクシーを呼び止めて走り去る。

彼女がいつもこれぐらいの時間に帰宅するのは調査済みだった。この後、一橋弁護士は一時間ほど事務所に居残るのが日常のパターンだ。

「玲奈、準備はいい？」

さすがに彼女の顔は緊張のためか蒼《あお》ざめていた。だが、力強くうなずくと車を降り、雑居ビルへと歩いて行く。その姿が建物の中へと消えた。

龍馬がノートパソコンを立ち上げる。玲奈のミニショルダーに仕込まれた隠しカメラの映像が画面に映し出された。玲奈が弁護士事務所のドアをノックする音。しばらくして、紺色のスーツ姿の男がドアを開けて姿を現した。カメラの位置が低いため、男の顔の部分が見切れていて、表情はうかがえない。

『おや、こんな夜遅くに何の用？』

『相談があって来たんです』

江梨子たちは固唾《かたず》を飲んで、パソコン画面に映し出される映像を見つめた。一橋弁護士は何と答えるだろうか。

『悪いけど、今夜はもう相談時間を過ぎているんだ』

『大事な相談なんです』

一橋が答えるまでに少し間があった。そのときカメラのレンズが少し上を向いたのか、一橋の顔が画面に映る。彼の顔はほとんど無表情だったが、その唇の端がすこしめくれている。生まれつきのものなのか整形したときの名残りなのかはわからないが、その口もとが少し笑っているようにも見えた。

『……わかった。三十分だけ特別に話を聞こう』

そう言って、一橋は玲奈を事務所に招き入れた。江梨子は弥生と顔を見合わせた。一橋が相談時間外にもかかわらず玲奈を招き入れたのは単純な親切心からなのか、それとも下心があるのか――。

画面に目を戻すと、一橋がソファに腰を下ろすところだった。玲奈と応接セットで向かい合っているらしい。一橋が無意識なのかネクタイをゆるめる。

『で、相談というのは？』

『同居している叔父のことなんです』

『ほう』

『叔父が時々、わたしに触ってくるんです』

一瞬、画面の中の一橋の目が鋭くなったような気がした。

『触ってくると言うと、どういうふうに？』

『だから胸とかお尻《しり》とか……』

唐突に、一橋が立ち上がった。ローテーブルをまわりこむようにしてカメラ――玲奈のほうに近づいてくる。

『いやっ、やめて！』

突然、画面が揺れ、暗転した。玲奈の悲鳴が上がるよりも先に、龍馬は車から飛び出していた。間を置かずして弥生も助手席のドアを開けて出て行く。あわてて江梨子もエンジンキーを抜き、雑居ビルへと駆け込む二人の後を追った。エレベーターを待っている時間はない。一段飛ばしで階段を駆け上がる。

弥生と江梨子が事務所に飛び込むと、龍馬と一橋がもみ合っていた。その脇では玲奈が呆然《ぼうぜん》と立ちつくしている。目には涙が浮かんでいた。弥生が彼女を抱き寄せる。

「大丈夫？　怪我はなかった？」

「この人、いきなり襲い掛かってきて」玲奈が泣き声になる。

龍馬にねじ伏せられた一橋が顔を起こして叫んだ。「嘘を言うなっ」

「嘘を言っているのはあんたの方だろ」龍馬が一橋の襟もとを絞めあげる。

「嘘じゃないっ。この子のバッグからカメラのレンズが覗いているのが見えたから、変に思って確かめようとしただけだ！」

思わず江梨子たち三人は顔を見合わせた。一橋は龍馬を押しのけると、立ち上がった。スーツについたほこりを払い、江梨子たちを睨みつける。

「いったい誰なんだ、きみたちは？　この娘に盗撮をさせたのはきみたちか？　いったいなんのつもりなんだ？」

三人は押し黙った。ただ、玲奈のすすり泣きだけが室内に響いている。

「答えられないのか？　きみらを不法侵入で訴えてもいいんだぞ」

「そいつはどうかな」

不敵な笑みを浮かべた龍馬を一橋が振りむく。

「どういう意味だ？」

「この件で騒ぎ立てるのはあんたの損になるんじゃないかってことだよ」

「……いったいおまえは何者なんだ？」

「俺の顔に見覚えあるだろ。まさか、あのビデオメッセージまだ見てないわけじゃないよね？」

一橋がはっとした表情になる。彼は髪の毛をかきあげ、ネクタイを締め直した。気持ちを整えているように見えた。

「……あのビデオメッセージなら見た。よくわからないな。どうしてあんなものを私によこしたのか」

「とぼけんのもいいかげんにしなよ。あんたが少年Aだってことはわかってんだよ」

「どうやら誤解があるようだね」弁護士の口調には落ち着きが戻っていた。「あの郵便物はうちの女性スタッフが間違えて受け取ったみたいでね。私は少年Aなどではない」

「おいおい。あんた弁護士なんだろ？　そんな説得力のない話しかできなくて、よく仕事が務まるね？　俺が罪を犯したときには、あんたに弁護は頼みたくないな」

「きみたちと話す必要はない。帰ってくれ」

一橋がドアのほうに歩いて行き、大きく開いて退室をうながす。

「ネットにさらされてもいいの？」

それまで黙っていた弥生の一言に、一橋の表情が固まった。弥生が玲奈を抱きしめながら、一橋を睨みつける。

「弁護士の一橋誠司が国分寺女児殺害事件の少年Aだってばらされたら、仕事に差支《さしつか》えがあるんじゃない？」

「……そんなことをすれば名誉毀損で訴えるぞ」

「事実ならば名誉毀損にはならない。弁護士なら当然知ってるでしょ」

弥生の言葉に、一橋はたじろいだようだった。

弥生がさらにたたみかける。「あのパラリーガルの女性、ずいぶん親密な関係みたいじゃない？　彼女はあなたの過去を知っているの？」

一橋が唇を嚙《か》む。弥生は氷のような口調で言葉を継いだ。

「彼女、事実を知ったらびっくりするでしょうね。あなたがいたいけな少女を殺して、目をくり抜きその様子を映像におさめていた鬼畜野郎だって知ったら」

しばらく一橋は肩で荒い息をついていた。やがて額に浮かんだ汗をぬぐって言う。

「……いったいきみたちは何者なんだ？」

「ビデオレターを見たんなら、わかってるだろ？」龍馬が言う。「俺たちはネット自警団だ。法では裁けないやつらをネットでさらして社会的制裁を受けさせる」

一橋はデスクにもたれると、ダンヒルのライターを取り出し、煙草に火を点けた。事務所内は禁煙のはずだが、今はそんなことには構っていられないようだった。ため息と煙を同時に吐きだす。

「……私はすでに罪は償った。今さら社会的制裁を受ける必要なんかないはずだ」

江梨子は龍馬と弥生と顔を見合わせた。ついに一橋は自分が元少年Aであることを認めた。龍馬が腕を組む。

「おいおい、あんた、医療少年院でのんきに三、四年暮らしただけで罪を償えたなんて本当に思っているわけ？　それはちょっと甘すぎるんじゃないの？」

「私は法に定められたようにきちんと自分の贖罪《しょくざい》を果たした。責められる筋合いはない」

彼には謝罪しようとする意志はないようだった。もっとも自分たちは事件の被害者遺族ではないから、謝ってもらっても仕方がない。それでも彼の口から反省の言葉すら出てこないことに軽い怒りを覚えた。

龍馬が首を左右に振る。「あんたを裁いた法律自体が不完全なものなんだよ。あんたが犯した罪に対する罰は見あっていなかった。国民の大多数はそう思っているはずだ。みんなあんたが正当な裁きを受けることを望んでいるんだよ」

一橋の目が危険な光を帯びる。

「……本当に私をネットでさらす気か？　それは少年法の趣旨に反するぞ」

「あんたはもう少年じゃないじゃん。立派なおっさんだよ」

「今の年齢は関係ない。あの事件を起こしたとき、私は未熟な子供だったんだ。少年法に守られて当然だ」

「そもそも少年法で犯人の氏名や顔を公表することに対する罰則があるわけじゃない。俺があんたの個人情報をネットでさらしても誰も罰したりできない。罰せられるのはあんたの方だ。すぐにあんたの今の名前と顔写真がネット上に拡散し、あんたは外を出歩くことすらできなくなる。そうなったら弁護士も廃業だろうね」

一橋の顔は怒りでこわばっていたが、なぜか急にその表情がやわらいだ。

「……わかった。取引をしようじゃないか」

「取引？」

一橋は奥のドアを開けて、その向こうに消えた。思わず江梨子たちは顔を見合わせた。取引というのはどういう意味だろう。

しばらくして一橋が戻ってきた。手には札束を抱えていた。それをデスクの上に無造作に放る。札束は全部で三束あった。一束で百万円だろうか。

「……何よ、このお金は？」

弥生の問いかけに、一橋がせせら笑う。

「きみらはネット上で自警団的活動をしているんだろう？　その活動費用に充ててくればいい」

弥生の目がつりあがる。「あんた、わたしたちを買収する気？」

「買収とは人聞きが悪いな。私はきみたちに援助を申し出ているだけだ。この金を使って、どんどん他の無法者たちをネットでさらしてくれればいい。もし三百万で足りないというのなら、もう少し上積みしてもいい。ただ私のことは絶対にネット上にさらすな」

そう言う一橋の顔は商談をまとめようとする怜悧なビジネスマンのようだった。相変わらず反省や後悔の念はみじんも感じられない。

江梨子は唇を噛んだ。本当にこの男は血のかよった人間なのか——。

「……よくわかったわ」押し殺した声で、弥生が沈黙を破る。

「取引成立ということか」

弥生は一橋に歩み寄ると、その顔を睨みあげた。

「あんたは二十年前の事件をまったく反省していない。弁護士にはなれたかもしれないけど、あんたは怪物のままよ。更生なんかしていない」

「私はちゃんと贖罪は果たしたつもりだ」

一瞬、弥生の顔がゆがんだかと思うと、彼女は一橋の顔めがけて唾《つば》を吐いた。

「何をするんだ？」一橋がハンカチを取り出し、顔を拭《ふ》く。

弥生は一橋に背を向けると、玲奈の肩を抱き、「さ、行きましょ」と言って部屋を出て行こうとした。

「おい、待て」一橋が血相を変える。「本当にネットで私をさらす気か？　私が人生をやり直そうというのをぶち壊す気か」

弥生が振り返る。その顔は、能面のように表情がなかった。

「あんた自身がすでに一人の人間の人生をぶち壊しているのよ。伊東美月の人生を」

弥生の突き刺すような言葉に、一橋がたじろいだように見えた。彼女は言葉を継いだ。

「殺された人間はそこで人生を断ち切られるのに、殺した方は人生をやり直すチャンスを与えられる。そんな不公平が許されていいわけがない」

弥生は玲奈を連れて部屋を出て行った。江梨子と龍馬も顔を見合わせ、それに続いた。

部屋を出て行き際に、龍馬が一橋に声をかけた。

「今のうちに考えといた方がいいよ。カノジョにどんな言い訳をするか」

江梨子たちは路肩に停めておいた車に乗り込んだ。今夜、江梨子は自分の車に乗ってきていた。運転席に座り、ふうとため息をつく。まだ動悸《どうき》がしていた。助手席の弥生を見る。彼女の顔は少し蒼ざめていたものの、比較的落ち着いているように見えた。バックミラー越しに後部座席を見ると、龍馬が玲奈の肩を抱いている。玲奈はうつむきすすり泣いているようだった。

「江梨子さん。とりあえず玲奈の家まで送ってくれる？」

龍馬の言葉に、江梨子はうなずきエンジンをかけた。その時だった。フロントガラスの向こうに黒い影が現れた。一橋だった。窓の向こうに見える彼の形相はすっかり変化していた。血走った眼はかっと見開かれ、こめかみには青筋が浮き出ている。思わず江梨子は悲鳴をあげた。

一橋の手にはゴルフクラブが握られていた。

「貴様ら！　俺の邪魔をするんじゃねえよっ」

そう叫ぶとゴルフクラブを大きく振りかぶる。次の瞬間、クラブを打ちつけられたフロントガラスが大きな音を立てた。ひびが入る。幸い割れはしなかった。

「江梨子さん。ヤバい、早く車を出してっ」

龍馬が叫ぶが、体が硬直して動かない。玲奈が金切り声に近い悲鳴をあげる。

一橋が運転席側のドアにまわりこんできた。まなじりを決して、再びゴルフクラブを振りかぶる。次の瞬間、弥生が助手席から身を乗り出し、ギヤを入れてハンドブレーキを解除した。一橋を振り払うように、車は急発進した。

「江梨子ちゃん！　ちゃんとハンドル握って！」

ようやく体が動くようになっていた。ハンドルを握り、サイドミラー越しに背後を見やる。一橋が起き上がり、ゴルフクラブを手になおも追って来ようとした。怪我はないようだ。スピードをあげると、さすがに一橋は追いかけてくるのをあきらめたようだった。

ミラーから彼の姿が消えた後も、江梨子の動悸はおさまらなかった。

第三章　狩られる者

1

江梨子は冷えたミネラルウォーターを額に押し当てると、ソファにぐったりともたれかかった。今日も朝から蒸し暑かった。クーラーを低めに設定する。

平日だったが、朝起きるとめまいと頭痛がしたので、会社に電話して急きょ休ませてもらうことにした。もちろん出勤できないほど体調が悪いというわけではない。だがまだ昨夜の精神的なダメージが残っていて、仕事に行く気がどうしても起こらなかった。

昨日の夜、玲奈を自宅に送り届けてから、警察へと向かった。フロントガラスにひびが入った車を見せて、被害届を出した。警察は加害者と話をしてみると言っていたが、一橋とは連絡はついたのだろうか。

昨夜の一橋の形相が脳裏にこびりついて離れなかった。あの表情——。

昨夜、警察を後にした江梨子たち三人はいったん弥生の自宅に集まった。そして今後の方針を話し合った。龍馬と弥生はすぐにでも一橋をネットでさらそうと息巻いていたが、江梨子はどうも気が進まなかった。

やはりあの男は普通ではない。もし彼をネットでさらしたりしたら、厄介なことになるのではないか。そんな不安があった。もちろん一橋は自分たちの正体を知らない。龍馬のことはネットで調べればわかるかもしれないが、本名や自宅住所まではわからないはずだ。

それでも一抹の不安を感じずにはいられなかった。

結局、多数決で一橋をネット上にさらすことが決まり、江梨子もそれ以上、反対することはできなかった。

今ごろ龍馬たちは準備をしているのだろうか――。

不意に玄関口で何かがごとりと音を立てた。昨夜から神経過敏になっていた江梨子はぎょっとしてソファから腰を浮かせた。

恐る恐る玄関口を覗《のぞ》いてみると、玄関ドアの裏側に取りつけられた郵便受けに何かが入っているのが見えた。なんだ、郵便物か――。ほっと江梨子は胸をなでおろした。このマンションは集合ポストがないため、郵便物は直接、各戸に届けられることになっている。

郵便受けの下部分を開いてみた。茶色いものがぽとりと三和土《たたき》に落ちる。思わず江梨子は悲鳴をあげそうになった。

それは死んだ雀だった。首のまわりに猫にでも嚙《か》まれたのか血の跡がついている。誰がこんなものを――。

不気味さと同時に怒りが湧き上がってくる。江梨子は玄関ドアを開けると、廊下を見渡した。人の姿はなかった。

ただの悪戯なのか。それとも――。

もやもやとした感情を抱えながら、死骸《しがい》を片付けるためにゴミ袋をキッチンから取ってくる。雀を袋に入れようとしたとき、そのくちばしに折りたたんだ紙片が挟まれているのに気がついた。

死骸のくちばしから紙片を抜き、震える手で広げる。そこには次のように書かれていた。

〈雀の次はもっと大きな獲物を狩る〉

背筋が一瞬にして凍る。間違いない。この小鳥を郵便受けに放り込んでいったのは、一橋だ。

思わず江梨子は壁に手をついた。

なぜ彼はわたしの住所を知っているのか。しばらく考えてから、はっとする。昨夜、一橋は江梨子の車のナンバープレートを見たのではないか。ナンバーから江梨子の名前と住所を割りだしたに違いない。もちろん一般人にそんな真似はできないだろう。だが弁護士である一橋ならば、何らかの特権を使って車の所有者情報を役所から引きだすことも可能なのではないか。

江梨子は居間に取って返すと、警察署に電話をかけた。昨夜、被害届を受理してくれた警察官にとりついでもらう。

〈ああ、昨夜の方ですね〉すぐに江梨子のことはわかったようだ。

「あの……一橋弁護士とは連絡が取れたんでしょうか」

〈それがですね〉相手の声のトーンが下がる。〈事務所のほうに今朝がた電話してみたんですが、無断欠勤しているらしくて〉

「無断欠勤……？」

〈ええ。スタッフの女性の方とお話ししたんですが、本人のケータイにかけてもつながらないということで、ずいぶん心配されていました。これからちょっと自宅のほうに伺ってみようと思います〉

「そうですか……」

江梨子は呆然《ぼうぜん》として、通話を切った。一橋とあの女性は親密な関係に見えた。その女性とも連絡を絶って、一橋はどういうつもりなのか。

その時になって、雀の死骸の件を警察に話すのを忘れていたことに気がついた。あれを郵便受けに放り込んでいったのは一橋に違いない。あらためて江梨子は身震いした。

再びスマートフォンを手に取ると、今度は龍馬の電話番号にかける。

〈なんだい？〉龍馬の眠たそうな声が聞こえてくる。

「龍馬くん。あなた、もう一橋のことをさらしたの？」

〈ああ、昨日の真夜中に弥生さんのパソコンからアップしたよ。すぐに反響があった。今じゃ少年Aが弁護士の一橋だってことは数万、いや数十万人の人間が知ることになったんじゃないかな〉

遅かった——。江梨子は唇を噛んだ。これで完全に元少年A——一橋を怒らせてしまったはずだ。もう取り返しがつかないのだろうか。

「ねえ、さらした内容を消すことはできないの」

〈ええ？〉

訝《いぶか》しがる龍馬に、雀の死骸と脅迫状のことを話した。一橋が連絡を絶っていることも。

「あいつ、きっとわたしたちに仕返しする気だって。やっぱりあんないかれた男を相手にするべきじゃなかったんだよ。今からでも、アップした記事を消せないの？」

〈消すことはできるさ。でもすでに記事は他のまとめサイトなんかに転載されているはずだ。この間にも記事はどんどん拡散してるよ。元ネタだけ消しても無意味だ〉

龍馬の言う通りだった。一度、ネットにあげた情報を世の中から完全に抹殺することは不可能に近い。

〈江梨子さん、心配しすぎだって〉落ち着かせるように龍馬が言う。〈その脅迫状が一

橋の仕業だと決まったわけじゃないだろ。近所の変人の仕業かもしれないし〉

「近隣トラブルは起こしてない」

〈じゃあ会社の顧客がやったんじゃない？　江梨子さんってコールセンターで働いているんだよね？　逆恨みした顧客の仕業かもしれないじゃん〉

一瞬、生活保護を悪用していた宇津木の顔が脳裏に浮かぶ。確かに顧客の逆恨みによる可能性は否定できない。だが、彼らがそこまでやるだろうか。

「そんなに不安なら今からそっちに行くよ。痴漢撃退スプレー持ってさ。迷惑じゃなければ、しばらく用心棒がわりに一緒に住んでもいいし」

龍馬の言葉に少し落ち着きを取り戻した。

「ねえ、今、弥生さんの家にいるんでしょ？　彼女と電話代わってくれる？」

〈それが今ちょっと外出しててさ〉

「どういうこと？」江梨子は眉根を寄せた。

〈昨日の夜から黒猫の姿が見えないんだよ。それで弥生さん、心配して近所に捜しに行ってる。野良だから心配ないって言ったんだけど、気になるみたいでさ〉

弥生には悪いが今は猫どころではなかった。

「弥生さんが帰ってきたら、連絡がほしいって伝えて」

そう言って通話を切ろうとした。だが指が震えて、なかなか通話終了アイコンをタップすることができなかった。

2

自動ドアが開く音に、白石は読んでいた経済新聞から目をあげた。店に入ってきたのは、伊東由紀夫とは似ても似つかぬくたびれた中年男だった。

ため息をついて腕時計に目をやる。すでに夜の九時を過ぎていた。

伊東由紀夫を渋谷で逃してから毎日のように、白石は時間を見つけてはこのネットカフェへと足を運んでいた。彼のリュックにこの店のクーポン券が入っていたことから、ここの常連客ではないかと思ったのだ。だが、一向に彼は姿を現さなかった。

白石は新聞を畳むと、凝り固まった肩を手でもみほぐした。まるで体の中に鉄筋が入っているかのように硬直している。

美馬の行方も山形への出張以来、杳《よう》として知れなかった。自宅には見張りをつけているが、今のところ美馬は戻ってきていないという。いったい彼は今どこで何をしているのか。

白石はソファから立ち上がった。すでに顔なじみとなった店員に軽く手を振って、店を出た。

自宅への帰り道で、白石はコンビニに寄った。有名パティシエの監修によるというチーズケーキを二つ購入する。もちろん玲奈へのお土産だ。監視アプリの一件以来、彼女とはほとんど口をきいていない。これ以上、こんな状況を続けるわけにはいかない。今夜こそはきちんと玲奈と向き合って話をするつもりだった。

「ただいま」

玄関ドアを開けると、リビングの明かりは消えていた。最近はいつもこうだ。腕時計を見ると、時刻は十時近くになっていた。まだ玲奈は起きているだろうか。

玲奈の好きなコーヒーを淹れると、買ってきたチーズケーキを皿に移し盆にのせて、二階へと上がる。玲奈の部屋のドアの隙間から明かりが漏れているのを見て、白石はほっとした。軽くドアをノックする。やはり返事はない。

白石はドアに口を寄せて、言った。「玲奈。ケーキを買ってきた。一緒に食べないか」

応答はない。

「入るぞ」

そっとドアを開けて、中を覗きこむ。玲奈は窓際のデスクの前に座っていた。勉強でもしているのかと思ったが、よく見ると机に顔を突っ伏している。

「玲奈？　眠っているのか？」

盆をベッドに置き、玲奈に近寄り覗きこむ。彼女は顔を伏せたまま華奢《きゃしゃ》な肩を震わせていた。

「……どうした？」

白石が肩に手をかけると、玲奈はよろよろと顔をあげた。黒目がちの瞳は赤く充血して、頬には涙の跡がついている。

「玲奈……何かあったのか？」

堰《せき》を切ったように、彼女の両目から涙があふれ出す。白石の胸にしがみついてきた。

「叔父《おじ》さん、わたしとんでもないことに関わっちゃったかもしれない」

3

「あんたなあ、俺の話聞いてんのかよ？　機械的にしゃべってんじゃねえよ」

ヘッドフォン越しに顧客の怒声が飛んでくる。江梨子はため息を押し殺し、ひたすら電話の相手に謝った。一方的に怒鳴りつけた後、その顧客は通話を切った。結局、遅れている入金の約束を取り付けることはできなかった。

江梨子は椅子にもたれると、深く息を吐いた。

今ばかりは顧客が腹を立てるのも無理はない。最近、仕事に集中できておらず、顧客と話していてもどこか上の空だった。原因はわかっている。一橋の存在だ。昨夜は彼が部屋に侵入してくる夢まで見た。

視線をあげると、城戸が腕を組んでこちらを見ていた。江梨子はすぐに目をそらした。宇津木をさらした直後に感じていた全能感はすでに消えていた。最近は営業成績も落ちる一方だ。社内にいてもどこか冷たい視線を感じるのは気のせいだろうか。

まだ警察からは一橋と連絡がついたとの知らせはない。彼は姿をくらましたままだ。いつか自分や弥生、そして龍馬が危害を加えられるのではないかと思うと心配でならなかった。

あわただしく近くの定食屋で昼食を終えてオフィスに戻ってくると、江梨子のデスクの上に段ボール箱が置いてあった。昼休憩の間に配達されたものらしい。

自分のデスクでスマートフォンを見ていた城戸が顔をあげて言う。

「それ、三田さん宛にさっき届いたばっかりや。クール便やから、早く冷蔵庫にしまった方がいいで」

顧客から配達物が届くことはたまにある。入金が遅れた人たちが、お詫《わ》びの手紙とともに、お金の代わりに農作物やお茶といった現品を送ってくるのだ。それで許してほしいという意図らしいが、会社側としても受け取るわけにはいかないので、結局は顧客のもとに送り返すことになる。

江梨子は段ボール箱に貼られた伝票に目をやった。送り主の氏名は〈佐々木太郎《ささきたろう》〉。聞き覚えのない名前だった。

「なんやろな。開けてみいや」

いつの間にか、城戸が背後に来て、肩越しに段ボール箱をのぞきこんでいた。江梨子は引き出しからカッターナイフを取り出し、段ボール箱に貼られたガムテープに切れ目を入れていった。ふたを開けた瞬間、冷気とともに臭気が漂ってくる。

その嗅《か》いだことのないニオイに江梨子の背筋は総毛立った。魚が腐った臭いとはまた違う。もっと何かおぞましいものだ――。

「なんやこれ。腐ってんのちゃうか」

城戸も顔をしかめて鼻を押さえる。段ボール箱の中にはさらに発泡スチロールの箱が入っていた。臭気はひどくなる一方だった。激しく心臓が脈打っている。だが中身を確かめないわけにはいかない。

恐る恐る発泡スチロールのふたを取ると、ドライアイスに埋もれた猫の頭部が現れた。金色の目をかっと見開き、白い牙《きば》をむきだしている。江梨子は声にならない悲鳴をあげた。箱をのぞきこんだ城戸がのけぞる。

「うわっ、何や、これはっ？」

周囲の人間たちも異変に気づき、段ボール箱を覗きこんでは悲鳴をあげ、後ずさった。大きくなっていくざわめきを聞きながら、江梨子は呆然とその場に立ちつくした。

間違いない。段ボール箱に入っていたのは、弥生がかわいがっていた黒猫の頭部だった。

4

照りつける太陽のもと、白石は井《い》の頭《かしら》公園を奥へ奥へと進んでいった。日差しが強いこともあって、園内を歩いている人は少なかった。額から汗が流れ落ちるが、今はハンカチでぬぐう気も起こらなかった。

白鳥型のボートが浮かんでいる池に沿って道を進んでいくと、ベンチに龍馬が腰かけて、池めがけて小石を投げていた。放たれた石は水面を滑るように二度、三度跳ねてから見えなくなった。

振り返った龍馬が白石に気づく。「遅刻だよ、おじさん」

白石は無言でベンチに近づいた。龍馬が見上げてくる。

「こんなところに呼び出して何の用？　せっかくならもっと涼しい場所を指定してくれたらよかったのに」

沸きあがってくる怒りを抑えて、白石は言った。

「人がいない場所で話したかった」

白石の表情から、龍馬は話の内容を悟ったようだった。

「そっか。玲奈を夜中に連れ出したことを聞いたんだね？　それで怒ってるんだろ？」

「俺が怒っているのはそんなことじゃない。少年Aのもとへ玲奈を一人で行かせたそうだな。やつを罠《わな》にはめるために玲奈をおとりにしたって話じゃないか」

龍馬はゆっくりと立ち上がった。目をそらすことなく見返してくる。

「……それについては悪かったよ。でもリスクは低いって思ったんだ。玲奈に何かがあれば、すぐに駆けつける用意はできていたし」

「あの子はまだ十四歳なんだぞ。肉体的な傷は負わなくても精神的にダメージを受けるとは考えなかったのか」

龍馬が目を伏せた。「……正直言うと、そこまでは考えなかった」

「うそを言うな」白石は龍馬の胸を小突いた。「きみは馬鹿じゃない。少年Aが更生していなかった場合、やつが玲奈に暴行を加えることは予想できていたはずだ。いや、きみはむしろそうなることを期待してたんだろ？」

うつむいたまま無言でいる龍馬に、さらに言葉を投げつける。

「きみは結局、玲奈のことをその程度にしか見ていなかったんだ。利用できる都合のいい存在としか考えていなかったんだ」

龍馬が顔をあげる。「違うっ」

「何が違うんだ」

「……玲奈は素晴らしい子だ。頭もいいし、度胸もある。あの危険な役割を任せられるのは彼女しかいないって思ったんだ。玲奈にしかあんなことは頼めなかった」

白石は龍馬の顔を見なおした。目を伏せ、血が出そうなほど唇を嚙んでいる。彼なりに後悔しているのかもしれない。それでも白石の怒りはまだ収まらなかった。龍馬が言葉を続ける。

「……自分でも考えが甘かったって思ってる。玲奈だってフツーの女の子だ。あんなことをやらせるべきじゃなかった」

「反省しているのか？」

龍馬がうなずく。「玲奈はあれからＬＩＮＥで連絡しても返事をくれない。あの夜別れたときはかなり精神的に参っていたみたいだから心配してたんだ。……彼女、今どんな感じ？」

「いい状態とは言えないな」

龍馬の瞳が揺れる。

「一回会わせてくれない？」

「ダメだ。玲奈も今はきみの顔を見たくないだろう。会えば、あの夜のことを思い出す」

「……そうだね」

龍馬が首を垂れた。彼がこんなに気落ちしているのを見るのは初めてだった。力が抜けたように龍馬はベンチに腰を落とした。

そんな彼を見て、白石は言いすぎたかもしれないと後悔した。責任は龍馬だけにあるのではないことはわかっていた。玲奈が危険を承知しながらも龍馬の頼みを引き受けたのは、勝手にスマホにアプリを仕込んだ白石への反発もあったに違いない。

「俺は……少年Aをさらそうとして、頭の中がそれでいっぱいになっていた。玲奈のことまで気遣ってやる余裕がなかった」

「前に言っただろう。そんなことをしていればいつかしっぺ返しを食らうと」

「わかってる。だけどあいつだけは許せなかった。幼い少女を嬲《なぶ》り殺したくせに、ちゃんとした実刑も受けないで、今じゃ弁護士になっている。……そんなことは許せない」

白石は龍馬の横顔を見た。

「少年Aだけは許せない何か特別なわけでもあるのか？」

龍馬は答えなかった。ベンチの下から小石を拾うと、また池に向かって投げた。石は跳ねることなく、そのまま水中へと消えた。龍馬は唇を引き結び、じっと池を見つめていた。白石の質問に答える意思がないのは明らかだった。

龍馬がリュックから白い封筒を出した。白石に差し出す。

「これ、玲奈の調子がよくなったら渡してくれる？」

「これは……？」

「ＬＩＮＥがつながらないから、玲奈に対する気持ちを手紙に書いたんだ」

封筒の表には、たどたどしい字で『玲奈へ』と書かれている。苦労して書いたような筆跡だった。もしかしたら龍馬は小学校にも満足に行ってないのかもしれない。

「……わかった。折を見て、渡しておく」

そう言って、ジャケットの内ポケットに封筒をしまう。龍馬に対する怒りはいつの間にかしぼんでいた。

「きみは少年A――一橋弁護士をネット上でさらしたそうだな。世間じゃ大騒ぎだ」

龍馬が顔をあげる。「ああ、あいつが二度と世間に顔向けできないようにするのが目的だった」

「その行動が、どんなリスクをともなうのかちゃんと理解しているのか？」

「……仲間の自宅に雀の死骸と脅迫状もどきが送りつけられてきたよ」

白石は目を見開いた。「警察には届けたのか？」

龍馬が肩をすくめる。「おじさんだって警察の人間だったらわかってるだろ？　それぐらいじゃ警察は動いてくれないって」

龍馬の言う通りだった。

「……他に危害は？」

「今のところは別に」

「気をつけろ。雀を送りつけてきたのが少年Aなら、このままでは終わらないはずだ」

ふん、と龍馬は鼻を鳴らした。「自分の身は自分で守れるさ」

いつもの威勢のいい龍馬に戻っていた。だがどこか表情に翳《かげ》りがあるのは、一抹の不安を感じているからだろうか。

「とにかく玲奈を巻き込んだことは謝るよ。本当に悪かった」

そう言って龍馬は頭を下げた。しばらくしてあげた彼の顔には憂いの表情が浮かんでいた。

「もしかしたら……一橋は玲奈にも危害を加えようとするかもしれない」

「玲奈の心配はいい」白石はきっぱりと言った。「彼女のことは俺が守る。だからきみは自分を守ることに集中しろ」

「……そうだね」

そのとき振動音が響いた。龍馬がジーンズの尻《しり》ポケットからスマートフォンを抜く。

「友だちからだ」スマートフォンに出る。「もしもし……え、どういうこと？」

龍馬はしばらくスマートフォンでしゃべっていたが、通話を切ったとき、その顔は少し蒼ざめていた。

「どうした？」

「友だち――自警団仲間の勤務先に、猫の生首が送られてきたって……」

5

朝から湿った空気が体にまとわりついていた。

江梨子はラグの上に腰を下ろし、テレビをぼんやりと見ていた。ワイドショーでは、元少年Aが弁護士だったという話題を伝えていた。一橋の名前と顔こそ伏せられていたものの、彼の法律事務所前からリポーターが中継していた。

昨日も江梨子は警察に電話をしてみたが、相変わらず一橋とは連絡が取れないらしい。もっともこれほど騒ぎになれば弁護士業を続けていくのは無理だろう。

いま一橋はどのような心境でいるのだろう。新しい人生を絶たれたことの絶望と、彼をさらした江梨子たちへの怒りの両方を感じているに違いない。一橋のまったく反省をしていない言動を見た後では、彼への哀れみは感じなかった。さらしたことへの罪悪感もない。

ただ一橋の怒りの感情が気にかかった。ネットでさらすことで、彼が反発するだろうとは想像していた。だが、その怒りの度合いは予測をはるかに超えていた。

テレビを消すと、江梨子はウーロン茶を飲んだ。

この週末、江梨子は弥生の家に来ていた。先日、黒猫の生首が会社に届いた後、江梨子はすぐに弥生と龍馬にその事実を伝えた。

さすがの龍馬も顔色を失っていた。そして弥生もそれ以来、すっかり元気をなくしたように見えた。無理もないだろう。弥生はあの黒猫を亡くなった娘がわりにかわいがっていた。あまりにも弥生の落ち込みようがひどかったので、その日以来、江梨子は仕事帰りに頻繁に弥生の家を訪れ、彼女の様子を確かめるようになっていた。

弥生はめっきり口数が少なくなり、虚《うつ》ろな目で宙を睨《にら》んでいることが多くなった。食事もあまりとらず、頬がこけ顔がしぼみ、その分、目がぎょろりと大きくなったように見えた。

江梨子自身もかなり精神的に参っている。最初は雀の死骸、次は猫の生首。今となってはそれらを送りつけてきたのは元少年A——一橋だとしか思えない。そこまでやるのは彼でしかありえない。そして次に彼の標的になるのは——。

不意にローテーブルの上のスマートフォンが振動した。弥生のものだ。あいにく今、弥生はお腹を壊したと言って、トイレにこもっている。

スマートフォンのディスプレイに目をやると、〈社長〉という文字が浮かんでいた。

弥生のパート先の社長だろうか。

スマートフォンはずっと振動し続けている。弥生がトイレから出てくる気配がなかったので、やむなく代わりに電話に出ることにした。

「もしもし？」

一瞬の間を置いて、ざらついた男性の声が聞こえてくる。

〈……えっと、弥生のケータイにかけたと思ったんだが……〉

「あ、わたし弥生さんの知人です。彼女、ちょっと今手が離せなくて」

〈なんだよ困るなあ。仕事が入ったって言うのに〉

仕事――。

弥生は清掃のパートをしていると言っていた。あるいはそれは嘘で、風俗店のようなところで働いているのかもしれない。どちらにしろ今の弥生の精神状態では仕事どころではないだろう。

「失礼ですが、今の弥生さんには仕事は無理だと思います」

〈ん？ どういうこと？〉

「彼女、体調を崩しているんです。だから――」

不意に耳に当てていたスマートフォンが手からもぎ取られた。ぎょっとして振り返ると、いつの間にか弥生がそこに立っていた。彼女は無表情な顔のまま、スマートフォンに出た。

「もしもし、電話代わりました。……はい。……はい、わかりました、大丈夫です。今から向かいます」

スマートフォンを切ると、ふうと弥生は息を吐いた。

「ちょっとだめだよ、弥生さん。そんな体で仕事に行くなんて」

弥生が視線を向けてくる。虚ろだが、その血走った目に、江梨子は心の中で不気味なものを感じた。次の瞬間、弥生がふっと表情をゆるめる。

「大丈夫だって。仕事してる方が気がまぎれるし」

「そうかもしれないけど……」

着替えをしてバッグを手に出かける弥生を、江梨子は玄関先まで見送った。この数日間でずいぶんと痩《や》せた彼女の後ろ姿を見届け、家の中に入ろうとする。ふと、そのとき視線を感じた。あたりを見回す。だがそれらしき人影はない。

神経過敏になっているだけ。

江梨子は自分にそう言い聞かせて、家に入った。

月曜日――。

仕事を終えると、江梨子は麻衣の食事の誘いを断って、ひとり、駅へと向かった。さらし行為にはまってからは、すっかりつきあいが悪くなっている。だがそれも仕方がない。今夜も弥生の家に直行するつもりだ。

いまだに一橋は姿をくらましているという。いまやネットにとどまらず実社会でも、一橋誠司が元少年Ａだということが知れ渡っていた。一部の週刊誌でも、実名こそ出していないものの、元少年Ａが今では弁護士になっていたというネタをセンセーショナルに報じている。一橋が今後、弁護士を続けていくのはおそらく不可能だろう。となれば、彼に与えられた選択肢は多くない。

龍馬は、一橋はすでに自殺しているかもしれないと言っていた。

「もうやつが社会で普通に生活していくのは無理だよ。死ぬしかないんじゃないの。ま、自業自得だね」

龍馬はそう言ったが、江梨子にはその考えは甘すぎるように思えた。

一橋はむざむざと自ら死を選ぶような人間だろうか。仮に死を決意したとしても、その前に復讐を果たそうとするのではないか。

だが逆に言えば、一橋をそこまで追いつめたのも自分たちがネットで彼をさらしたからだ。反省の態度は見られなかったとは言え、医療少年院を出てからの彼の人生が平坦なものだったとは思えない。常に過去のあやまちを知られることの恐怖を抱えながら彼は生きてきたはずだ。そして簡単になれるはずのない弁護士の職に就けたのは、彼が人生をやり直そうと強い決意を持ち続けたからではないか。

はじめて江梨子は一橋に対して罪悪感を覚えた。第三者である自分には彼を罰する権利などなかったのではないか。

江梨子は足を止めた。

帰路である小田急線には乗らずに、代わりに地下鉄の改札へと向かった。

新宿ガーデン法律事務所のある一帯は、夜は人通りも少なくうら寂しかった。最近まではマスコミも大挙して事務所前に押し寄せていたようだが、一向に一橋が姿を見せないということもあってか、その影は今夜は見えなかった。

ビルの二階の窓に明かりが灯《とも》っているのが見える。誰かがいるようだ。

江梨子はエレベーターで二階に上がった。この前と違って、法律事務所のドアは閉まっていた。ドアをノックすると、しばらくしてパラリーガルの女性が顔を出した。この前見たときよりも頬がずいぶんとこけている。

「……どちら様ですか？」

女性は警戒しているような口調で訊《たず》ねた。江梨子のことをマスコミ関係者だと疑っているのかもしれない。

「突然すみません。わたし……一橋弁護士をネットでさらした者です」

女性の目がはっとしたように見開かれた。「どうしてここへ？」

「一橋弁護士と会って話をしたいと思ったんです」

「どういうこと？」女性が目を尖らせる。

江梨子は、一橋が雀の死骸や猫の生首を送りつけてきたと思われることを話した。見る見るうちに女性の顔が曇っていく。

「一橋弁護士のやったことは常軌を逸しています。だけどそこまで追いつめたのはわたしたちかもしれない。そのことについて謝りたいと思うんです」

それが江梨子の嘘偽りのない気持ちだった。確かに元少年A――一橋は二十年前の事件を反省して更生したようには見えなかった。だがその一方で、法にのっとった措置を受け、きちんとした道筋をつけて社会に復帰したことも事実だ。

彼のような人間が弁護士になったということは、これ以上ないほどの見事な更生のロールモデルだったとも言える。一橋は彼なりに新たな人生を歩みだし、知る限りでは再び違法行為を起こしていなかった。そんな一橋の未来を自分たちは踏みにじったのだ。

肉体的に一橋に危害を加えたわけではない。だが自分たちは彼を社会的に抹殺したも同然だ。人生を奪われた一橋がこちらに怒りの矛先を向けるのも無理もなかった。

自分たちの身に降りかかったことを顧みて初めて、江梨子は私的に制裁を加えることの恐ろしさを知った。憎しみをもって相手に対すれば、結局、その憎しみが自分に跳ね返ってくる。そんな当たり前のことをようやく悟ったのだ。

「ずいぶん都合のいい話ね」江梨子の話を聞き終えた女性が冷ややかに笑う。「ネットにさらした情報は二度と消せないのよ。謝ってすむ問題じゃないわ」

「もちろんそうです。だけどもしかしたら話し合うことで一橋さんが早まった行動に走ることを止められるかもしれません。彼の連絡先を知りませんか？」

　女性はドアにもたれて腕を組んだ。その目尻《めじり》には、少ししわがあった。思っていたほど、彼女は若くないようだった。不意に女の目に涙が浮かんだ。

「あれ以来、彼は何の連絡もくれない。ケータイにメッセージを残しても、何の返信もくれない」

「あなたは一橋さんとはどういう……？」

「婚約してた。来年にも結婚するつもりだった。あなたたちが余計なことをしなければね」

　女性が泣き笑いの表情を浮かべて、薬指にはめられた婚約指輪を見せる。素人目にも高そうなダイヤモンドのリングだった。

　でもね、と女性が続ける。「正直あなたたちに感謝している面もあるの」

「え？」江梨子は彼女の顔を見た。

「だってわたし……あんな凄惨《せいさん》な事件を引き起こした男と知らずに結婚するところだった。今まで何も知らずに殺人犯とつきあってきたなんて、考えただけでぞっとする」

　そう言うと、彼女は自分の体を抱きしめるように両腕を組んだ。

　やはり彼女は、一橋から過去については何も知らされていなかったのだ。

「でもその一方で、何にも知らないまま結婚した方がよかったんじゃないかって思いもある」

女性の思わぬ言葉に、江梨子は彼女の顔を見なおした。

「だって彼、全然そんな危ない人に思えなかったし。むしろ面白くて優しかった。確かにちょっと短気で独善的なところもあったけど、弁護士の多くはだいたいそうよ」

その言葉からは複雑な心境がうかがえた。何も知らずに結婚していれば、彼女は死ぬまで幸せに暮らすことができたのだろうか。更生した元少年Aは、伴侶《はんりょ》を得て幸せな家庭を築くことができたのだろうか。

仮にそうした未来があったとしても、自分たちがそれを壊してしまった。正義という名目のもとに、ひとりの人生を滅茶苦茶にしてしまったのだ。

「まだあなたの名前を聞いていなかったわね」

女が目を細めて、唐突に訊《き》いてくる。

「三田江梨子です。あの、あなたは？」

「新庄日奈子《しんじょうひなこ》」

「新庄さん。一橋弁護士が行きそうなところに心当たりはありませんか？」

彼ともう一度会わなければいけない——そんな思いに駆り立てられていた。

江梨子の質問に、新庄の顔がゆがむ。

「心当たりがあればいいんだけど……まったく見当がつかない。そういう意味では、わたし、彼のこと何も知らなかったのかもね」

一橋は結婚しようとする相手にも心を許していなかったのだろうか。彼が失踪《しっそう》した後、新庄もそのことを思い知ったに違いない。江梨子は目の前のプライドの高そうな女が気の毒になった。

「新庄さんはこれからどうされるんですか？」

「そうね。とりあえずは事務所の残務処理ね」

「一橋さんが戻るのを待つんですか？」

「そんなわけないじゃない」新庄の声がとがる。抑えていた感情を爆発させようとしていた。「彼がここに戻ってくるわけがない。二度とわたしのところには戻ってこないわよ」

確かに一橋は新庄日奈子の前に、二度と顔を出すことはないだろう。そして新庄もそのことを覚悟している。だがその一方で、彼女はまだ婚約指輪をはめていた。

「ごめんなさい」

重苦しい気持ちで江梨子は事務所を後にした。

6

弥生の家にたどり着いたときには、夜の八時を過ぎていた。

「ただいま」

今ではここが自分の家のようになっている。

何気なく玄関ドアを開けながら、奥に向かって声をかけた江梨子は、その時になって室内に明かりが点いていないことに気がついた。弥生はどうしたのだろう。

明かりを点けて、部屋に上がる。だがキッチンにも居間にも弥生の姿はなかった。テーブルを見ても、夕飯の用意もないようだ。弥生はパートの仕事がない時は、夜の食事を用意して江梨子の帰りを待ってくれている。

パートにでも行ったのだろうか。だが弥生は外出するときはメモを残していくはずだ。今夜はそのメモがどこにも見当たらなかった。

そう言えば――。

家に入る時、玄関の鍵《かぎ》がかかっていなかった。最近は用心のため、誰かが在宅していても戸締りはするようにしていた。それなのに弥生は鍵もかけずにどこに行ったのか。

スマートフォンを取り出して、弥生に電話をしてみる。電源が入っていないのかつながらなかった。

江梨子はラグに腰を落とし、十分おきに弥生に電話をかけてみた。メールも送る。だが相変わらず電話はつながらず、返信もなかった。もしかしたら心配のしすぎなのかもしれない。弥生は思い立って、ふらりとどこかに出かけただけの話なのかもしれない。それでもケータイに電話がつながらないのは、やはりおかしかった。

　だが仕事に出ていて、その間はケータイを切っているのだとしたら合点は行く。この前の〈社長〉に電話をかけて弥生が出勤しているか聞いてみることにした。だが肝心の電話番号がわからない。

　悪いと思ったが、テレビの横の戸棚を探り、名刺ケースを見つけた。名刺を一枚一枚、確かめていく。〈フレッシュクリーニング〉と社名が入った名刺が見つかる。社名の下には〈代表取締役　大嶽直樹《おおたけなおき》〉と名前が入っている。弥生のパート先の社長の名刺かもしれない。風俗関係の仕事をしていると思ったのはただの勘違いだったのか。

　その名刺に記された電話番号にかけてみることにした。五回のコール音の後に、ざらついた男性の声が聞こえてくる。

〈はい、フレッシュクリーニングです〉間違いない。この前の男の声だ。

「すみません。この前電話でお話しした弥生さんの知り合いの者ですけど」

〈……ああ、何の用？〉客でないとわかったせいか、声のトーンが下がる。

「今夜、弥生さん、出勤されています？」

〈いや、今日は仕事入ってないからね〉

　やはり弥生は仕事に出かけたわけではないのか。江梨子は謝り、電話を切った。

　胸騒ぎがしていた。弥生はいったいどこに行ったのだろう？

　胸中で不安が増幅していく。

　もしかして一橋が弥生を拉致《らち》したのではないか――。

もう一度、部屋の中を見回ってみる。しかし争ったような形跡はない。少なくとも、一橋が弥生に危害を加えたり、無理やり連れ去ったりしたことはないように思えた。ではやはり弥生は自分の意思でどこかに出かけたのだろうか。

腕時計に目をやる。すでに夜の八時半を過ぎている。今ごろになって夕食の材料を買い出しに行ったということはないだろう。

江梨子は龍馬に電話をかけてみた。彼とも連絡が取れなかったらどうしようと思ったが、龍馬はすぐにケータイに出た。弥生がまだ家に戻ってこないことを告げると、さすがに彼は事態の深刻さを理解したようだった。どこにいたのかはわからないが、三十分もしないうちに駆けつけてきた。

「弥生さんは？」部屋に入ってくるなり龍馬は訊ねた。

「まだ何の連絡もない」

「彼女と最後に会ったのは？」

「昨日の夜、弥生さんとご飯を食べて別れたっきり」

「そのとき何か言ってなかった？」

「別に」江梨子は首を左右に振った。「普段と変わらないように見えたけど……」

「なんか気になるな。もしかして一橋が絡んでいるのかも」

「一橋に連れ去られたってこと？」

龍馬は首を横に振った。

「無理やりってわけじゃないと思う。見たところ部屋には争った形跡はないし」

「じゃあ弥生さんは自分の意思で一橋について行ったっていうわけ？」

「……もしかしておびき出されたのかもしれない」

「一体どうやって」

「わかんないよ。一橋は声色を変えて、江梨子さんが車にはねられたとかいってニセ電話をかけてきたのかもしれない。すぐに病院に来てくれとかウソをついて」

その可能性は考えられた。だが実際にそうだとすると、弥生はすでに一橋によって拘束され、危害を加えられているのではないか。最悪、殺されているかもしれない——。

腋の下を嫌な汗が伝う。

雀の次は猫。その次は人間——。

やはり一橋は自棄《やけ》になっているのか。もはや人生をやり直せないことを悟って、弥生を道連れにしようというのか。

「一体どうすれば……」

江梨子は途方にくれた。

立派な大人が一日姿を見せなかっただけで警察が行方不明者届を受理してくれるとは思えない。一橋に狙われる特殊な事情があることを話したところで、相手にしてもらえるかどうかは微妙なところだ。今の段階で警察はあてにはできないと考えた方がいいだろう。

龍馬が腕を組んで言った。

「とりあえず明日まで待ってみよう。それまでに弥生さんが帰ってこなければ警察に行くしかない」

結局、江梨子と龍馬は弥生の家で一晩明かした。二人ともまんじりともせず、弥生の帰りを待った。真夜中に何度か弥生宛てのメールを送ったが、返信はなかった。二人とも目の下に隈《くま》を作って、朝を迎えた。やはり弥生は帰ってこなかった。

今日は出勤する前に警察に行くべきだろう。とりあえず朝食を取ることにしたが、冷蔵庫の中には食べられるものは何もなかった。

江梨子が近くのコンビニにパンでも買いに行くことになった。玄関ドアを開けて、外に出ると、灰色の雲が低くたちこめていた。ふと門扉の横の郵便受けに何か茶色いものが入っているのが見えた。心臓が跳ねる。

先日の雀の遺骸が脳裏にフラッシュバックする。自分で郵便受けを確かめる勇気がどうしても起きなかった。家に戻り、龍馬に事情を説明する。

「とりあえず見てみようよ」さすがの龍馬も顔をこわばらせながら玄関を出た。

彼は一瞬躊躇《ちゅうちょ》した後、郵便受けから茶色いものを取りだした。それは八百屋で果物を買ったときに入れてくれるような紙袋だった。口の部分が何重かに折り曲げられ、袋が少し膨らんでいる。

その大きさから見て、少なくとも猫の頭部ではなさそうだった。ましてや人間の頭などではない。

「開けてみるよ」

龍馬が宣言するように言って、袋の口を開ける。中から出てきたのは——黒い眼鏡ヶースだった。江梨子は思わず拍子抜けした。

「……なんだよ、これ」

首をかしげながら、龍馬が眼鏡ヶースをぱかっと開ける。

ケースの内側には濡《ぬ》れた真綿が敷かれ、その上にゴルフボールをひと回り小さくしたような黄色がかった白い球体が二つ載っていた。

それが何なのかわからず、江梨子は眉根《まゆね》を寄せた。

「何これ……？」

龍馬は押し黙ったまま球体を凝視している。やがて彼の口からかすれた声が漏れた。

「……眼球だ」

「え？」龍馬の顔を見る。

「人の眼だよ。国分寺女児殺害事件の時と同じだ。少年A——一橋が送ってきたんだ」

そう言って、球体のひとつを裏返してみせる。黒い瞳孔《どうこう》と茶色がかった光彩が見えた。

思わず江梨子の口から悲鳴が漏れた。

最初は雀、次は猫、最後は人間——。

そんな言葉が江梨子の脳裏をぐるぐると回っていた。

「なるほど。一橋という弁護士とトラブルになっていた……と」

江梨子の話を聞き終えると、ゴリラを思わせる風貌《ふうぼう》の刑事は手帳を見ながらうなずいた。

あの後、龍馬は知り合いだという男に電話をした。しばらくして白石と名乗る仕立ての良さそうなスーツ姿の男がやってきた。彼は玲奈の叔父にあたり、警視庁の刑事だということだった。眼鏡ケースに入れられた眼球を見せると、白石はさすがに言葉を失っていた。

彼はすぐにどこかに電話をかけた。間を置かずして、警察関係者が続々とやってきた。警視庁の捜査一課の刑事だという強面《こわもて》の男たちに、江梨子と龍馬は別々に事情を聞かれた。

この家の主《あるじ》である弥生の行方がわからないこと、元少年Ａこと一橋弁護士との間でトラブルがあったことを話すと、刑事たちは強い関心を示した。鑑識たちは弥生が使っている歯ブラシや落ちていた髪の毛を採取した。それらと眼球のＤＮＡ型が一致するか鑑定を行うらしい。

「あの……仮にあの眼球が弥生さんのものだとして、彼女は生きているんでしょうか？」

江梨子の質問に刑事がかぶりを振る。「それは現時点ではわかりませんな」

刑事はそう口を濁したが、江梨子と同じく彼も心の中ではすでにわかっているはずだ。眼球の主が生きている可能性は低いだろう――と。

翌日、龍馬から連絡があった。先日の白石という男が、自分たちと話をしたいということだった。都合をつけ、新宿の喫茶店で龍馬とともに白石と会うことになった。店に現れた白石は席に着くなり、「残念な知らせがある」と話を切りだした。

「ＤＮＡ鑑定の結果、あの眼球が山本弥生さんのものだと判明したそうだ」

やはり――。

その可能性は高いと思っていた。それでも実際にそれが事実だと知らされると、やはりショックだった。呆然として、江梨子は宙に視線をさまよわせた。言葉が見つからなかった。涙も出なかった。感情が麻痺していた。

かたわらの龍馬が「くそっ」とテーブルを拳《こぶし》で叩《たた》く。近くの席のサラリーマンが咎《とが》めるようにこちらを見たが、龍馬の形相に恐れをなしたのか何も言わなかった。

「残念だが」白石が言葉を継ぐ。「眼球は弥生さんの死後くり抜かれたものだろうということだ」

つまり弥生はすでに死んでいるということだ。

あの弥生がもうこの世にいない――。その実感がわかなかった。

「それで……一橋とは連絡がついたの？」押し殺すような声で龍馬が訊く。

白石がメタルフレームのブリッジを人差し指で押し上げる。「きみたちの証言から考えて、彼が事件にかかわっている可能性は高いだろう。捜査一課の連中が今必死に行方を追っている」

つまりはまだ見つかっていないということだ。

二十年前の国分寺女児殺害事件を思い出す。あの犠牲者、伊東美月の両眼もくり抜かれて両親のもとに送られてきた。その手口から見て、今回、弥生の眼球を送りつけてきたのも元少年A――一橋の仕業だと考えざるを得ない。

彼はやはり自殺などしていなかった。一橋はむざむざと自分だけ死を選ぶような人間ではなかった。

今も次の獲物をしとめるために、どこかに潜んでいるに違いない。江梨子と龍馬という獲物を狩るために――。

自分たちは元少年Aを狩る立場にいたはずだった。それがいつの間にか逆転して、狩られる側になってしまった。どうしてこんなことになってしまったのだろう。

江梨子はアイスティーの入ったグラスを手に取った。だが唇が震えて、うまく飲むことができなかった。

7

監察係の奥のデスクで、白石は書類に目を落としていた。人吉班があげてきた報告書だ。彼らは二十年前の特別捜査本部に詰めていた捜査員八十名ほどの調査をすでに終えていた。そして映像をコピーして持ち出した人間はいないように思えると結論付けていた。

先ほど人吉からも直接報告を受けたばかりだ。捜査対象者の行動確認をして聞き取り調査も重ねたが、犯行映像を持ち出す動機と可能性を兼ね備えた人物はいなかったという。

白石は書類を閉じた。

これで美馬が映像をコピーして持ち出した可能性はさらに高まった。だが、その美馬の行方も、映像を闇オークションに出品したと思える伊東由紀夫も、どちらもその所在を確認できないでいる。

伊東由紀夫の自宅アパートと例のネットカフェには班員たちを張りこませているが、いまだに彼の行方は知れない。

そのとき椅子に掛けたジャケットの内ポケットでスマートフォンが振動した。見てみると、玲奈からのＬＩＮＥが届いていた。

〈今、無事に家に着いたよ〉

思わず白石は口もとをゆるませた。あれから、ようやく玲奈との仲は修復しつつある。だが、まだ玲奈の心には一橋との一件がトラウマとして残っているようだ。しばらくは注意して見守る必要があるだろう。

ふと龍馬のことが脳裏をよぎる。弥生の死を告げるために新宿で会ったとき、龍馬も江梨子という女性も強いショックを受けているように見えた。いつもはクールな龍馬が血相を変えていたのを思い出す。

「あのサイコ野郎……弥生さんまで手にかけやがって……マジで許せないよ」

その口調に、白石は危ういものを感じて訊いた。

「もしかして龍馬。きみは復讐《ふくしゅう》を考えているんじゃないだろうな」

「そんなことしないって」龍馬は即座に否定した。「あいつを殺せば、自分をあいつと同じレベルに落とすことになる。そんな真似はごめんだ」

龍馬が理性を失っていないことを確認して、白石は少しホッとした。

だが完全に安心したわけではなかった。龍馬は何かを企んでいるのではないか。そんな気がしてならなかった。とは言え、自分に龍馬を止めることはできないだろう。ただ彼の良識に期待するだけだ。

玲奈にはまだ弥生の件は話していなかった。玲奈は少しの間だが、山本弥生と面識があった。彼女に危害が加えられたことを知れば、玲奈の精神状態は悪化してしまうだろう。

幸い捜査一課は、眼球が送られてきた件についてマスコミに情報を伏せている。まだ山本弥生の遺体が見つかっていないためだろう。そのため玲奈もしばらく弥生のニュースを聞かなくてすむ。

それにしてもなぜ犯人は山本弥生の眼球だけを送りつけてきたのか。彼女の遺体はどうなったのだろうか。

白石は立ち上がると、少し頭を休めるために十七階のカフェへと向かった。エレベーターを待っていると、扉が開き、繭子が出てきた。いつもは冷静な彼女が少し興奮しているように見える。

「係長。あの話聞きました？」

「なんのことだ？」

「ほら、国分寺女児殺害事件の犯行現場となった病院の廃墟《はいきょ》があったじゃないですか」

「あそこがどうした？」

「今日未明にあの建物から出火して火災になったんです。数時間で鎮火しましたが、その焼け跡から遺体が発見されたらしくて」

「遺体？」嫌な予感がする。

「ええ」繭子がうなずく。「損傷がひどく、身許《みもと》の確認は取れていませんが、どうやらその遺体の両眼はくり抜かれていたようです」

8

帰宅した江梨子は玄関ドアの鍵をしっかり施錠した。

弥生の眼球が送られてきたあと、業者に頼んで新しくつけてもらった補助錠も忘れずにロックする。

ハンドバッグから催涙スプレーを取り出し、いつでも手に取れるようローテーブルに置いた。テレビを点けて、服を着替える。ちょうど九時のニュースがやっていた。弥生の遺体が病院の廃墟で見つかり、その両眼がくり抜かれていた事件の続報だった。

思わず胃がきりりと締め付けられる。ニュースを聞きたくない気持ちと知りたい気持ちがせめぎあっていた。結局、音量を上げて、冷えたビールを手にテレビの前に腰を下ろした。

ニュースによると、弥生の遺体は原形をとどめぬほど焼け焦げていたが、生活反応がなかったため、死後に火を点けられたものと見られるということだった。そして遺体とその周囲には大量のガソリンが撒《ま》かれていたという。

だが肝心の犯人はいまだ捕まっていないらしい。

弥生のことを考える。殺される直前、彼女はどれほどの恐怖を感じただろう。そしてどんなに無念だっただろう。

江梨子は缶ビールのプルタブを引き、喉《のど》に流し込んだ。

ネット上では、弥生が有名な〈自警団〉サイトの管理人であることが明らかにされ、彼女が元少年Aをネットでさらしたために、逆恨みで殺されたのだという噂が飛び交っていた。ネット住民の中には、『弔い合戦』と称して、一橋を見つけて私刑にしようという呼びかけさえ起こっていた。

マスコミもおそらくその情報はつかんでいるはずだが、いまだに捜査本部からの公式発表がないため、放送を控えているのだろう。

江梨子はビールをあおった。一体、警察は何をしているのか。なぜ一橋をまだ捕まえられないでいるのか。

苛立《いらだ》ちと不安が募る。最近、酒量が増えていた。飲まないと、夜眠れなくなっていた。ただ眠りに落ちても、一橋の夢を見てうなされて目を覚ますことがたびたびあった。近いうちに精神科で薬を処方してもらう必要があるかもしれない。宇津木を追って精神科に行ったときのことを思い出す。あの時点でさらし行為に手を染めようなどとしていなければ、今頃こんな目にあうこともなかったのに。

後悔ばかりが心の底から沸き上がってくる。なぜ自分はネット自警団などに関わってしまったのか。どうして普通のＯＬであるはずの自分が人を裁こうなどと思ってしまったのか。

ぼんやりと先日、白石からかかってきた電話を思い出した。それは国分寺の病院の廃墟で見つかった女性の遺体と山本弥生のＤＮＡ型が一致したことを告げるものだった。すでに眼球が弥生のものとわかった時点で覚悟はできていたため、それほどのショックはなかった。だがそれでも胃が引きつるのを感じた。

「やっぱり、犯人は一橋なんでしょうか？」

江梨子の質問に、受話口の向こうで白石が声を潜めた。

「ああ……この情報は外部に漏らしてもらっては困るんだが、現場近くの監視カメラに、一橋の姿が映っていたそうだ。それも火災が起こる直前に。さらに現場付近から一橋のＤＮＡが付着した煙草の吸殻も見つかったらしい」

白石はその情報を捜査一課の知り合いから聞いたらしい。

それだけ証拠が集まっているのに、一橋を捕まえることができないでいるのがもどかしく感じられた。

白石から電話があったのと同じ日に、捜査一課の刑事からも電話がかかってきた。捜査の進捗《しんちょく》状況を訊ねたが、うまくはぐらかされた。代わりに彼は思わぬことを訊いてきた。

「ところで山本弥生さんの遺体を引き取ってもらえるでしょうか」

すでに司法解剖もすみ、遺体を返す準備は整っているという。だが、もちろん親類でもない江梨子が遺体を引き取るわけにもいかない。そのことを告げると、刑事は困った口調で言った。

「実は山本さんの両親はすでに亡くなっているようで、親類とも連絡がつかないんですよ。誰か故人と親しかった人をご存じないですか？」

「うーん、わたしも弥生さんとつきあいだしたのはつい最近のことですし。そうだ、別れた旦那《だんな》さんに連絡を取られてみては？」

「別れた旦那さん？」不審そうな声になる。

「ええ、弥生さん、離婚したんですよね。だけど前の旦那さんだったら、もしかしたら遺体を引き取ってくれるんじゃ……」

「山本弥生さんは結婚していませんよ」

「え？」

「戸籍を調べましたが、婚姻歴はありません」

弥生はひとり娘を交通事故で亡くして、それが原因で夫と別れたと言っていたはずだ。あの話は嘘だったのだろうか。

そのとき、パート先の社長だという大嶽の存在を思い出した。ざらついた声のあの男。彼ならば自分や龍馬よりも、弥生のことを知っているかもしれない。

大嶽に無断であることに少し気がひけたが、履歴が残っていた彼の電話番号を刑事に伝えた。

その電話以来、警察から連絡はない。弥生の葬儀は無事に執り行われたのだろうか。今になって江梨子は、自分が弥生のことを何にも知らなかったことを思い知らされた。

弥生はいったい何者だったのか。彼女はどういう人間で、なぜ「さらし」行為に手を染めるようになったのか。

立ち上がると、まだ缶に残っていたビールをシンクに流した。

山本弥生という人間のことを知らなければいけない。江梨子はそう思った。

次の日は休みだったので、朝から弥生の自宅に向かうことにした。そこで何かがわかるかもしれないと思ったのだ。

久しぶりに訪れた弥生の家は、ひっそりとしていた。つい最近まで、マスコミ関係者が中継で訪れていたようだが、今日はその姿は見えない。

ハンドバッグから合鍵を取り出し、玄関ドアを開けようとして、おや、と思う。錠が開いていた。警察が捜査の後、開けっ放しにして行ったのだろうか。

玄関口でパンプスを脱ぎ、部屋に上がった。居間を覗きこんでぎょっとした。ごま塩頭の初老の男がこちらに背を向けて、窓の外をぼんやりと眺めていた。気配に気づいたのか、ゆっくりと振り返る。太い眉にぎょろりとした目の精悍《せいかん》な顔つきの男だった。

「……あんたは？」江梨子に向けて放たれたそのざらついた声に、はっとした。

「あの、もしかして大嶽社長ですか？　弥生さんのパート先の」

「そうだが」訝しげな視線を向けてくる。

「わたし、何度か電話でお話しさせてもらった三田と言います」

ああ、と大嶽がうなずく。「あんたか。警察に俺のことを話したのは？」

「すみません。他に弥生さんのことを知っていそうな方を思いつかなかったのでつい……」

「謝ることはないさ。葬儀は先日すませた。知り合いの業者に頼んで格安でやってもらったよ。参列者は俺と警察関係者だけだった」

「すみません。ご迷惑かけて」

「なに、お安い御用さ。もともと夫婦みたいなもんだったしよ」

「え？」大嶽の言葉に、江梨子は目を見開いた。

「籍は入れてないが、弥生とはしばらく一緒に暮らしてたんだよ。事実婚ってやつさ」

そこで大嶽は笑った。「女遊びがばれて、結局は捨てられちまったが」

大嶽の年齢は六十過ぎだろうか。四十代半ばに見えた弥生とはだいぶ歳の差がある。だが不可解なほどの年齢差でもない。それに弥生は、江梨子が思っているよりも年上なのかもしれない。

そこで江梨子ははっとした。事故で亡くなったひとり娘というのは、大嶽との間にできた子供ではないだろうか。そのことを訊ねると、大嶽はかぶりを振った。

「残念ながら子供はいなかった。俺が子供ができない体でね」

「すみません、余計なこと聞いちゃって……」

「あんたが謝ることじゃないさ」

「じゃあ、最近は弥生さんとは別居されていたわけですよね。それなのに仕事は別れてからも一緒に？」

江梨子の問いかけに大嶽が乾いた笑い声を立てる。「弥生は現実的な女だったからな。うちの仕事は払いがいい。他の就職先を探すより俺のところで働き続けた方が得策だと思ったんだろうよ」

払いがいい、という言葉が引っかかった。偏見かもしれないが、清掃業の仕事がそれほど給料がいいようには思えなかった。

「弥生さんは清掃の仕事をしていたんですよね。それってオフィスビルの清掃とかですか？」

大嶽が当惑したような表情になった。「いや……そういうのとはちょっと違うな。清掃業と言っても、ウチは特殊なやつでさ」

「特殊なやつ？」

「ほら、事故物件って言葉を聞いたことないか？　老人が孤独死をしたり、自殺者が出たりした物件のことだ」

そういう話は聞いたことがあった。

「弥生さんはその事故物件の清掃をしていたってわけですか？」

「ああ。血や体液で汚れて、虫が湧いた部屋をもと通りにきれいに清掃する。髪の毛や服にも腐敗臭が染みつくし、精神的に応《こた》える仕事だよ」

思ってもみなかった仕事内容に、江梨子は呆然とした。

弥生が仕事から帰ってきたとき、強い香水の匂いをさせていたことがあった。あれは腐敗臭をごまかすためだったのか――。

「最初は俺一人で始めたんだけどね。二年ぐらいしたときに求人広告を見て、弥生がやってきた。仕事内容を説明すると、最初はビビったようだが、すぐに慣れたよ。あいつはガッツのある女だった」

大嶽の言葉に江梨子はうなずいた。弥生は強い女性だった。江梨子はいつも彼女のようになりたいと思っていた。さらし行為にのめりこむようになったのも弥生がいたからだ。なのに、そんな彼女があっさりと殺されてしまうなんて――。

江梨子は室内を見渡した。警察が捜査の際に押収していき、その後返却されたものが段ボール箱に詰められて部屋の隅に置いてあったが、それ以外は弥生が生きていたときのままの状態だった。

「この部屋はどうなるんでしょうか？」

「大家には一か月以内に立ち退くように言われている。折を見て、荷物を整理しに来るつもりだが、おたくも欲しいものがあれば好きに持っていってくれていい」

あいつが亡くなって残念だよ――大嶽はつぶやくようにそう言うと、部屋を出て行った。

9

白石は渋谷駅近くのコインパーキングに車を停めると、センター街へと急いだ。

二十分前に、例のネットカフェで張り込みをさせていた部下から連絡があった。たった今、伊東由紀夫に似ている金髪の男が入店したという。

目当てのネットカフェは百均ショップが入ったビルの二階にあった。その入り口前で部下が待っていた。

「伊東由紀夫は？」

「店内でＤＶＤを選んでいるところです」

「よし、ここで待っていてくれ」

そう言い残して、一人で入店した。「いらっしゃいませ」と受付カウンターの向こうから挨拶《あいさつ》する店員を無視して、店の奥へと向かった。ＤＶＤを陳列したコーナーには三人の男がいた。その中の金髪の男の背後に近づく。肩に手を置き、声をかけた。

「伊東由紀夫だな」

振り返った男が驚愕《きょうがく》の表情を見せる。無精ひげが生えていたが、間違いなく伊東由紀夫だった。

「捜したぞ」

逃げようとするかと思ったが、伊東由紀夫は観念したようにその場に立ちすくんだ。

「……俺が何やったって言うんだよ」弱々しく吐き捨てる。

「十八歳未満の少女を風俗店で働かせていたじゃないか」

「俺はただの雇われ店長だって」

「責任はないと言う気か？　そうはいかないことはわかっているだろ」

伊東由紀夫はふてくされたようにうつむいた。

「まあいい。俺はおまえを刑務所に送り返そうと思っているわけじゃない」

「え？」

ポカンとした表情の伊東由紀夫に白石は言った。

「とりあえず場所を移して話を聞こう」

この数日、食事らしい食事をしていないと言う伊東由紀夫をファミレスに連れていった。安いステーキを売りにしている店だった。離れた席では部下が待機している。

しばらくは無言でステーキにがっつく伊東由紀夫の顔を見ていた。どちらかというと童顔だが、目のあたりに険があり、全身からやさぐれた雰囲気が漂っている。

頃合いを見て、白石は切りだした。

「妹さんの事件の後、母親と一緒に山形に戻ったそうだな」

「まあね」伊東由紀夫の表情が翳る。「あまりいい思い出はないけど」

「大学卒業後に東京に出てきたんだってな。母親が自殺したのが原因か？」

「自殺？」伊東由紀夫が首をかしげる。「誰がそんなことを？」

「違うのか？」

ああ……と伊東由紀夫が察したようにうなずく。

「どうせ近所の連中が言ったんだろ。事実も知らないくせに」

白石は眉根を寄せた。「どういう意味だ？　母親が十年前ぐらいに自殺したという話は嘘だというのか？」

「……確かにお袋は当時、精神科に入退院を繰り返していた。妹が死んだショックから立ち直れずにいたよ。そして十年前に突然、病院から姿を消した」

「姿を……消した？」

伊東由紀夫がうなずく。「警察の話じゃ、富士《ふじ》の樹海の入り口でお袋の借りたレンタカーが乗り捨てられているのが見つかったらしい。樹海の中も捜索したみたいだけど結局、お袋の遺体は見つからなかったって」

「しかし、きみの伯父《おじ》さんもお母さんは亡くなったと言っていたが……」

そう言いながら白石は記憶をたどった。伊東弘美の兄は、彼女が死んだと言っていた。だが自殺をしたとは、はっきり口にしてはいなかったような気がする。

「ほら、失踪から七年たったら失踪宣告ができて、死んだことが法的に認められるだろ。相続のこともあったし、伯父さんが三年前にその手続きをしたんだよ。だからお袋は一応死んだことになっているけど、遺体はいまだに見つかっていないのさ」

「では、きみが東京に出てきた直接の理由は何なんだ？」

「別に。あんな田舎にいても意味がない」

「東京に出てきても、あまり意味があることはやっていないようだが」

「それなりに楽しいよ」

「なるほど。児童ポルノに関わる仕事をやるには、大都会でないとだめなんだろうな」

皮肉を言うと、伊東由紀夫は顔をゆがめた。

「俺は足を洗ったって」

「その話はまともに受け取ることはできない。その手の性癖が、わずかな刑務所暮らしで、矯正されるとは思えない」

「俺は更生したんだよ」声に力がこもる。

更生。元少年A——一橋誠司のことが頭をよぎる。

「きみは三か月前に唐突に、山形の実家に戻っているな。ムショを出てすぐだ。単なる帰省ではなかったんだろう？　違うか？」

伊東由紀夫がナイフとフォークを手にしたまま目を伏せる。触れてほしくはない話題だったようだ。

「どうして足が遠のいていた実家に突然戻ってみる気になったんだ？」

「別に。郷愁……ってやつかな」

そう言う伊東由紀夫の目は泳いでいた。

「とぼけるのはいいかげんにしろ。さっき、山形にはいい思い出はないと言ったばかりだろう。ちゃんと話さないようならしょっぴくぞ」

彼はふてくされたように、そっぽを向いた。

「いいだろう。きみが言いたくないなら、俺が言ってやる。実家に戻ったのは、母親の遺品を調べるためだったんだろ」

のぞきこんだ伊東由紀夫の瞳《ひとみ》は揺れていた。

「目当ては、妹さんの殺害映像。母親がそうしたものを持っていることは、きみも知っていたんだろ？」

「……いったい何の話だよ」あくまでしらを切るつもりらしい。

「二十年たった今も、きみはそのことを覚えていた。児童ポルノマニアのきみには、あの手の映像が高値で売れることがわかっていた。そこでムショを出た後、金欠になったきみは、あれを回収するために山形まで行ったんだ」

「……証拠があるのかよ？」

「これは取調べじゃない。証拠なんかいらないんだよ。別にきみを罰しようとする気はない。素直に話せばいいんだ。きみはあの映像を実家の蔵から回収して、それをダークウェブで売りに出した」

伊東由紀夫がきっ、と視線をあげる。

「俺じゃない！」

「では仲間に売ってもらったのか？　俺はあの件とは無関係だ」

「違うって言ってんだろ。俺はあの件とは無関係だ」

意外と伊東由紀夫はしぶとい。思わず前のめりになっていたことに気づき、白石は座席にもたれた。眼鏡のブリッジを押し上げる。伊東由紀夫の目を見据えた。

「このまましらを切り続けるつもりなら、本庁で話を聞くことになるぞ。どちらがいいか選ぶんだな。ここで真実を話すか、それとも嘘をつき続けてムショに戻るか」

伊東由紀夫は顔を伏せて、テーブルを見つめていた。ステーキはすでに冷め、皿には赤い肉汁が広がっている。やがて彼は顔をあげた。

「……なかったんだよ」

ぼそりとつぶやいた伊東由紀夫の言葉に、白石は彼の顔を見た。

「なんだって？」

「あの映像は……なかったんだよ」

「……どういうことだ？」

「あんたの言う通りさ。あの映像を売ろうと思って、実家に行った。だけど蔵にあったお袋の遺品からは、あのビデオテープがなくなっていたんだよ」

いつの間にか、彼の目には涙がにじんでいた。

「……なくなっていただって？」

「ああ。妹が殺されて、山形に移り住んだころ、お袋の部屋の押し入れであのビデオテープを偶然見つけた。やらしいビデオかと思ってこっそり見てみたら……妹が殺される映像だった。衝撃だったよ。だけど……その一方で再生を止めることができずに映像を見続けている自分がいた」

彼は乾いた唇をなめて続けた。

「妹が首を絞めて殺されるのを俺はドキドキしながら見たんだ……」

伊東由紀夫の額には大量の汗が浮いていた。その目がぎらぎらと禍々《まがまが》しく輝いている。

思わぬ告白に、白石は言葉を失った。幼い妹が殺されるシーンを食い入るように見ている少年のイメージが脳裏に浮かぶ。

「それ以来……幼い女の子がいたぶられたり、卑猥《ひわい》な姿をさせられたりすることに興奮するようになった。自分でもおかしいと思うよ。でも、あの映像を見てからはそうした衝動を抑えることができなくなったんだ……」

弱々しく言葉をしぼりだす伊東由紀夫の顔を、白石は呆然と見つめた。

恐らく伊東由紀夫は妹が惨殺される映像を現実のものとして受け入れることができなかったのではないか。むしろホラー映画を見るような感覚で見ていたのかもしれない。そしてその映像は彼の心の中にトラウマとしてではなく、オブセッション——妄想としてとり憑《つ》くようになった。

目の端に涙をにじませた伊東由紀夫の顔は苦しそうにゆがんでいた。

「妹が殺されたって聞いたとき……何が起こったのかよく理解できなかった。ただ事件のあと、お袋がしだいにおかしくなっていくのを見て、怖かった。あの人、一日中、部屋にこもってCDで同じ曲ばかり聞いていた」

「……どんな曲だ？」

伊東由紀夫がかぶりを振る。「題名は知らないけど……」

彼がたどたどしくメロディーを口ずさむ。その曲には聞き覚えがあった。確か『亜麻色の髪の乙女』というタイトルの古い曲だ。オリジナルは白石が生まれるよりも前に流《は》行《や》った曲だが、高校生のころに人気女性シンガーによってカバーされたため、白石も知っていた。

「あの歌は……お袋が好きな曲で、妹とよく一緒に歌ってたんだ。妹もあの歌が大好きだった」

伊東弘美はその思い出の曲を聞いて、ありし日の娘に思いを馳《は》せていたのだろうか。

「あの人は事件以来、俺の存在を忘れたようになっていた……。こちらを振り向いてくれなくなった。俺はしだいに……自分のせいで妹は死んだんじゃないかと思うようになった。そんなときにあの映像を見たんだ……」

伊東由紀夫が荒い息をつきながら、弱々しい声で話を続ける。

「映像を見たとき、妹の首を絞めているのが自分のような気がした。後ろめたさを覚える一方で、興奮している自分がいた。あの映像を見ながら……俺は自分の手で妹の首を絞めていたんだ……！」

白石は言葉を失った。もっとも感受性の鋭い時期に、妹を殺され、母親は自分に構ってくれなくなった――伊東由紀夫の心はしだいにねじれていったに違いない。妹への罪悪感が恨みに変わり、映像を見た瞬間に、彼の心の中で何かが弾《はじ》けたのかもしれない。

深いため息をついて、白石はソファにもたれた。自分は心理学のことはよくわからない。

だがあの事件が、被害者の兄である伊東由紀夫にも深い傷を与えたことは確かだ。彼もまた、二十年前の事件の犠牲者だった。元少年Aが撮影した映像が、被害者の兄の人生までをも狂わせてしまったのだ。

白石はコップをつかみ、ゆっくりとぬるい水を飲みくだした。

「……わかった。ビデオテープに話を戻そう。母親はどうしてそんなものを所持していたんだろう？」

「知らないよ。訊くこともできなかった。多分……警察の連中から手に入れたんだと思う。妹がどのような最期を迎えたのか知りたかったんじゃないかな。あの事件以来……お袋は妹の死にとり憑かれたようになっていたから……」

「だけど遺品の中にはビデオテープはなかった」

「ああ。わからないけど、伯父さんか誰かが捨てたんじゃないかって思った。あんなものをいつまでも置いておくのは気味が悪いだろうし」

考えられないことではなかった。だが実際に、犯行映像はネットで売買されている。

「きみは誰がビデオテープを持ち去ったか心当たりはないか？」

少し首をかしげた後、伊東由紀夫は言った。

「もしかしたら……お袋が……」

その言葉に白石ははっとした。

「失踪した時に持って行ったというのか？」

「ああ。絶対そうだよ。よく考えれば、お袋が妹の姿がおさめられた映像を置いていくはずがない」

「だけど富士の樹海で見つかったレンタカーには、ビデオテープは残されていなかったんだろう？」

伊東由紀夫がうなずく。「お袋はたぶん、死ぬまであのビデオテープを体から離さなかったんじゃないかな」

白石は額に手を当てた。

伊東弘美はビデオテープを持ったまま富士の樹海で死んだのか。だとすると偶然、彼女の遺体を見つけた何者かが、ビデオテープを持ち去ったということも考えられる。そしてその人物が闇オークションに映像を売りに出した。

いや――。もうひとつの可能性が脳裏にひらめいた。腋《わき》の下を冷たい汗が伝う。

もし、その可能性が事実だったとすれば――。

伊東由紀夫が食べ残したステーキから流れ出た赤い肉汁が、まるで血のように見えた。

10

江梨子は服を丁寧に畳み、床に積み上げていった。

今日は弥生の家に遺品の整理に来ていた。だが、弥生の持ち物は極端に少なく、片付けるのにそれほど手間はかからなそうだった。服やテレビなどの電化製品はすべてリサイクルショップに引き取ってもらうつもりだ。あとはごく私的なものをどうするかだ。本や古いレコード、海岸で拾ったと思《おぼ》しききれいな貝殻。色の褪《あ》せたテディベアは亡くなったという娘のものだろうか。とりあえず段ボール箱に詰めていく。これらの処理は、大嶽社長に任せた方がいいだろう。

玄関口で音がした。はっとして江梨子は振り返った。

いまだに一橋の消息は不明だった。彼は今も東京に潜伏していて、自分や龍馬を狙っている可能性が高い。ハンドバッグに手を入れ、痴漢撃退スプレーをつかむ。

リビングに姿を現した人影を見て、江梨子はほっと肩の力を抜いた。龍馬だった。

「なんだ、江梨子さん。来てたんだ？」

「遺品の整理に来てたの」

そのとき龍馬の背後から、長身のスーツ姿の男が姿を現した。白石だった。江梨子に向かって目礼をしてみせる。あわてて江梨子も立ち上がった。

「この前はどうもお世話になりました」

「いや……山本弥生さんのことは気の毒だったね」

そう言いながらも、なぜか白石は部屋の中をつぶさに観察している。メタルフレームの奥の目が鋭く光っていた。

彼は今日、何しにここに来たのだろうか。

白石が江梨子の胸中を察したかのように言った。

「お取込み中のところ、お邪魔して申し訳ない。ただ、龍馬くんから少し気になる話を聞いてね。この家をもう一度ちゃんと見てみたかったんだ。それにあなたに会えたのもちょうどよかった」

「……どういうことですか？」

「江梨子さん。あなたが龍馬くんに話したところでは、山本弥生さんは特殊清掃の仕事をしていたとか」

「ええ……内縁の元夫のもとでその仕事をしていたようです」

「弥生さんには身寄りがいなかったそうだね」

江梨子がうなずく。「葬儀に参列したのはその内縁の元夫と警察関係者だけだったって」

「孤独な中年女性……か」

白石のつぶやきに、江梨子はなぜか腹が立った。

「弥生さんはちゃんと仕事もして自立していました。娘さんを交通事故で失った後も気丈にひとりで生きていたんです。そんなレッテルを貼るような言い方は不愉快です」

白石が目を瞬《しばたた》かせる。「いや失礼。言い方がまずかった。ただ、娘さんが交通事故で亡くなったという話だけど……」

「それが何ですか？」

まるで喧嘩《けんか》腰《ごし》だと自分でも思う。だが、いまだに一橋が捕まっていないことが、江梨子の神経を苛立たせていた。だが白石は気にするふうでもなく、落ち着いた口調で言った。

「彼女の戸籍には婚姻歴はなかったそうだね？」

「……担当の刑事さんはそう言ってました」

「なるほど」

白石が顎《あご》に手をやる。彼の目は江梨子の膝下《ひざした》に敷かれたラグに注がれていた。

「ラグか……。夏なのに暑苦しい」

それは江梨子も感じていた。弥生はああ見えて、几帳面《きちょうめん》な性格だった。それなのになぜ夏になっても毛足の長いラグを敷きっぱなしにしていたのか。

「それに」白石が鼻をひくつかせる。「この家、変わった匂いがしているね」

「……弥生さんはいつもお香を焚《た》いていましたから」

　白石はしばらく考えていたが、やがて口をひらいた。

「失礼。少しそこをどいてもらえるかな」

　ラグを指さす。戸惑いながらも江梨子はラグの上から移動した。白石がラグに手をかけて、勢いよくめくる。その下から現れたフローリングを見て、江梨子はぎょっとした。床の真ん中に染みが黒々とついていた。まるで人影が映っているようだ。

「おじさん、これは一体……？」

　龍馬の問いかけが聞こえないのか、白石は部屋の隅に置かれた段ボール箱を凝視していた。弥生の私的なものを先ほど江梨子が詰めたものだ。彼は段ボール箱に近寄ると、無言でしばらく覗いていたが、やがて静かに口をひらいた。

「龍馬。今からちょっとつきあってくれ。確かめたいことがある」

11

　それから三十分後、白石は龍馬を連れて、警視庁に戻ってきた。捜査一課に直行して、庶務担当の係長に挨拶をする。ここに来る前に連絡を入れていたので、係長は二人をすぐに奥の小部屋に通してくれた。壁にいくつものパソコンが並んでいる。

「言われたものは用意しておきました。また何か用があれば呼んでください」

　係長が部屋を出て行くのを待って、白石はパソコンの前に腰を下ろした。すでに電源はオンにされ、目当ての動画ファイルが画面上に映っている。

「一体、何を見せようっていうわけ？」龍馬が首をかしげる。

彼にはまだ何も説明をしていなかった。動画ファイルを再生しながら白石が言う。

「とりあえずこの動画を見てくれ」

映し出された映像を見て龍馬が目を見開く。道路を挟んで小さな雑居ビルが映っていた。

「これ……一橋の事務所じゃんか」

「ああ。向かいのコンビニの駐車場の防犯カメラの映像だ。うまいことに、一橋の事務所をとらえている。山本弥生の眼球の件のあと、捜査一課が押収したものだ」

「この動画が何だっていうわけ？」

「見ろ」

龍馬が映像に視線を戻すと、雑居ビルの入り口から、サングラスをかけたスーツ姿の男が大きなスーツケースを引っ張り出てくるところだった。

「こいつ……一橋だ」

「ああ。日時はきみたちが彼を訪問した次の日の早朝だ。捜査一課の連中によると、この日以来、彼は事務所に戻っていないそうだ。つまりこれが最後に確認された一橋の姿ってわけだ」

「でも、これが何なのさ」

「重要なのはこれからだ」

白石は動画を早送りにした。パラリーガルの女性が出入りする姿が映し出される。

「彼女は事務所の後始末で出入りしていたそうだ」

「一橋とは連絡を取っているのかな？」

「いや、それはないらしい」

不意に画面に別の女性の姿が映った。時刻は夜の七時過ぎ。女性の後ろ姿がビルの入り口へと消えて行く。

龍馬が画面に目を近づける。「ちょっと待って。今の女の人」

白石はうなずいた。「三田江梨子だ」

「江梨子さんがどうして一橋の事務所に？」

「捜査一課の連中も気になって彼女に確認したそうだ。それによると三田江梨子は自分たちのさらし行為を謝るために事務所を訪れたらしい」

「江梨子さん、俺たちに内緒でそんなことを……」

そこで白石は映像を巻き戻した。

「ちょっと、いったい何を探しているのさ？」

「俺の考えが当たっていれば、彼女はこの動画に映っているはずだ」

「彼女？　誰のこと？」

「いた」白石が画像を止める。

映像には、小汚い身なりをした女性が黒いゴミ袋を片手に映っていた。こちらに背を向けていて、顔はよくわからない。どうやらトングでゴミを拾っているようだ。清掃員というよりはボランティアのように見える。

白石は、龍馬を振り向いた。画面を凝視する彼の口はあんぐりと開いていた。

12

駅を出た江梨子は腕時計に目を落とした。

すでに時刻は夜の十時を回っている。今日はクレーム処理に手間取り、残業が長引いてしまった。

江梨子は自宅マンションに向かって歩きだした。弥生の一件があってからは、夜はなるべくタクシーを利用することにしていたが、さすがにお金が続かなくなっていた。

駅から離れるにつれ、人通りは少なくなり、街灯の明かりも物寂しく感じられる。やはりタクシーを捕まえるべきだったのだろうか。ハンドバッグの中に痴漢撃退スプレーがあることを確かめ、足を速める。なるべく元少年A――一橋のことは考えないようにした。

不意に先日の白石のことが脳裏に浮かんだ。ラグの下の黒い染みを確認した後、白石は何も説明せずに龍馬と一緒に帰って行った。

考えるまでもなく、あれは人がそこで死んでいた跡だ。死後もしばらく放置されていたため、流れ出た体液がフローリングに染み込んでしまったのだろう。では、あそこで死んだのはいったい誰だったのか。

そのとき前方に灰色の軽自動車が停まっているのが見えた。このあたりは道が狭いので路肩に駐車されると、迷惑なことこの上ない。江梨子は眉根を寄せて運転席を覗いたがそこに人の姿はなかった。

突然、車の前方から黒い影が飛び出してきた。野球帽を深くかぶり、顔を隠すように白いマスクをしている。江梨子は逃げようとしたが、男に右腕をつかまれた。次の瞬間、すさまじい閃光《せんこう》がきらめき爆音が響いた。同時に、江梨子の脳天を突き抜けるような衝撃が走る。

へなへなと江梨子は力なくその場に崩れ落ちた。体に力が入らない。手足がぶるぶると痙攣《けいれん》している。口まわりの筋肉が弛緩《しかん》して、唇の端から唾液《だえき》が糸を引いて流れ落ちるのを感じた。

目の前に野球帽の男が立っていた。帽子のつばの下から覗く双眸《そうぼう》には、見覚えがあった。

元少年A――一橋誠司だった。

彼の右手には黒いクワガタのような形をした機器が握られていた。スタンガンで攻撃されたのだとわかった。

逃げようとするが、体が言うことを聞かない。一橋はそんな江梨子の体を抱き起こすと、軽自動車の後部座席に放り込んだ。

「やめ……て……」

満足に声も発することができない。一橋は手際よく拘束バンドを江梨子の両手両足にはめていく。彼は運転席に移動すると、エンジンをかけ、ゆっくりと車を出した。

自分はどうされるのか――。

江梨子の胸中には恐怖と絶望が渦巻いていた。

車は住宅街を抜け、ひとけのない工場地帯の一角に停まった。夜間は、人が誰も近づかないような場所だ。

後部座席にころがされた江梨子は懸命に顔を上げて運転席の様子をうかがった。一橋の後頭部が見える。無言でうつむいているようだ。これから一体何をされるのか。弥生のくり抜かれた眼球が脳裏に浮かぶ。だが意外にも心の底からこみあげてきたのは恐怖ではなく怒りだった。無残に殺された弥生のことを考えると、自分は負けるわけにはいかない。そう思った。

不意に一橋が後部座席を振り返った。その目には何の感情も浮かんでいなかった。

「……おまえらが俺の人生をめちゃくちゃにした」

ネットでさらしたことを言っているのだろう。彼が怒るのも無理はない。名前まで変えて、せっかく弁護士にまでなったのに、それを台無しにされたのだ。

だけど――。

そもそも一橋自身、二十年前に伊東美月の人生を無惨にも断ち切ってしまったではないか。そしてその遺族をも不幸に陥れた。その張本人である彼が、自分の人生をふいにされたことで江梨子たちを憎むのは理不尽にさえ思えた。

「そういう自分はどうなのよ」気がつくとそう口走っていた。「あなた自身、大勢の人の人生を踏みにじってきたじゃない」

「なんだと……」

「それなのに自分だけが被害者面をするなんてどういう神経なのよ」

一瞬、一橋の顔が怒りにゆがんだ。だが大きく息を吐くと、押し殺した声で言った。

「……実際、俺は被害者だ。いつも被害を受けてきた」

「……どういう意味」

一橋が目を伏せる。「子供のときから人との付き合い方がわからなかった。空気の読めないやつだって言われて周りからいじめられた。担任の先生に言っても、まともに取り合ってもらえなかった。中学に上がると、さらにいじめがエスカレートした。殴られ、お金をせびられ、蝉の死骸を食べさせられた」

一橋は男性にしては長いまつげを伏せ、淡々と話し続けた。その姿は、幼い少女を殺した殺人鬼にも、成功した弁護士にも見えなかった。

「しだいに学校に行かなくなって、家に引きこもるようになった。だけど両親は、俺のことを理解するどころか罵倒《ばとう》するだけだった。妹に言われたよ。『兄貴がひきこもりなんかカッコ悪いから死んでよ』って」

一橋が目をあげる。かすかに涙が光っているように見えた。

「もし……あのとき、誰かが救いの手を差し伸べてくれていたら、あんな犯行に走らなかったかもしれない」

江梨子はなかば白けた気持ちで一橋の告白を聞いていた。確かに彼の置かれた環境には同情せざるを得ない。だが、世の中には同じような状況下で苦しみもがいている人たちがいっぱいいる。それでも彼らのほとんどは、いたいけな少女を殺したりしない。

「……つまり環境があなたを犯罪に走らせたって言いたいの？」

「周りの大人たちが俺をこんな人間にしてしまったんだ」

江梨子はふんと鼻を鳴らした。今では恐怖はほとんど感じなかった。代わりに心の奥底から怒りが沸き上がっていた。

「甘ったれるのもいいかげんにしなさいよ。確かにあなたは悲惨な少年時代を送ったかもしれない。だけどそれがあんな残虐な犯行の言い訳になるはずがないじゃない。伊東美月を殺したのは誰の責任でもない。あなたの責任よ」

「こいつ……」

一橋の両眼に怒りの炎が燃え上がる。

彼は車をいったん降りると、後部座席に乗り込んできた。忘れていたはずの恐怖がよみがえってくる。江梨子は自分自身を叱咤した。弥生は殺される間際まで堂々としていたはずだ。なのにわたしが怯んでいてどうするのか。

　自警団行為に手を染めるようになったのは正義感からだけではない。督促の仕事でクレームを受けただけでへこんでしまう自分が嫌だったからだ。強くなりたい、そう思ったからだ。弥生のように。

　鬼の形相を浮かべた一橋が、江梨子の喉もとをつかむ。息苦しさに、江梨子はあえぐように言った。

「殺しなさいよ……弥生さんみたいに。結局あなたは生まれついての……殺人鬼なのよ」

　不意に喉もとを絞めつけていた一橋の手がゆるむ。江梨子の首から手を離した。

「……俺はやってない」

「え？」咳きこみながら江梨子は一橋を見た。

「山本弥生を殺したのは俺じゃない」

「うそ……ばっかり。あなたじゃなかったら誰がやったって言うの……」

「知るかよ。俺ははめられたんだ」吐き捨てるように言う。

「じゃあ、わたしの家に雀の死骸を送りつけたり勤務先に猫の生首を送ってきたりしたのも、あなたの仕業じゃないっていうわけ!?」

わけがわからないといった表情になった。「いったい何の話だよ。知らねえよ、そんなことは」

一橋は本当に戸惑っているようだった。いや、騙《だま》されてはいけない。この男はとぼけているだけだ。平気な顔をして嘘をつける冷酷な殺人鬼なのだ。

「……あなたの言うことなんか信用できない。実際、これからわたしのことも殺すつもりなんでしょ？」

その瞬間、一橋の顔が醜くゆがんだ。彼が動く。手をつきだし、迫ってくる。

思わず目をつぶった。

不意に両手が自由になるのがわかった。目を開けると、一橋が江梨子の両手にはめられた拘束バンドを解いていた。続いて足首の拘束バンドも取りはずしはじめる。

江梨子は呆然となされるがままになっていた。

「……どういうつもり？」

「あんたを殺すつもりはない」

「だけど……」

「さっきも言った通り、俺は山本弥生を殺していない。確かに俺は二十年前に過ちを犯した。だけどそれ以来、誰も殺したりはしていない」

江梨子は彼の顔を見つめた。まだこわばった表情をしていたが、その目には寂しげな色が浮かんでいた。一橋は江梨子の視線から逃れるように窓の外を見ながら言った。

「……少年院を出た後、外の世界が怖くてたまらなかった。子供のときの記憶がよみがえってきた。世の中で生きていく自信がなかった。他人とつきあっていくことなんか無理だって思った……」

だけど……と一橋が言葉を継ぐ。

「弁護士の先生や支援者の人たちが懸命に励ましてくれた。初めて人の温かさに触れた気がした……。この人たちの期待を裏切っちゃいけない。そう思った。だけど俺には学歴もコミュニケーション能力もない。だから何か特技を身につけなきゃいけないって考えた。そんなとき、俺を支援してくれた弁護士の先生のことが頭に浮かんだ。彼のような人間になって、人助けをしたいと思うようになった。だから必死で司法試験の勉強を始めた。大変だったけど試験に通り、弁護士になることもできた。しだいに自信がついて、ようやくまっとうな人間になることができた気がした。それに……」

そこで一橋は、江梨子に視線を戻して言った。

「……好きな人もできた」

江梨子は何も言えなかった。一橋の目が鋭くなる。

「なのにあんたたちがどこからか現れて、俺の過去をばらすと脅した。ついパニックになって、ゴルフクラブを振り回しちまったけど、山本弥生を殺してはいない。あんたも殺す気はない」

「……でもそれなら、どうしてわたしを拘束したの？」

一橋が唇をゆがめる。

「こうでもしないと話を聞いてくれないだろ。頼む。警察に伝えてくれ。俺は山本弥生を殺していないと」

「……自分で出頭して、そう言えばいいじゃない」

「そんなことしてもだめだ。俺は過去に人を殺してる。警察の連中は今度も俺がやったと決めつけて、俺の言うことなんか聞きやしないさ」

一橋の顔にはあきらめのような疲れた表情が浮かんでいた。

今では彼は非力な少年のように見えた。

「行けよ」

ぶっきらぼうに一橋が言う。

「言いたいことは言った。もうあんたに用はない」

呆気《あっけ》にとられながら江梨子は身を起こすと、後部座席のドアを開けて、よろめきながら車外に出た。立ちすくんでいる江梨子の前で、一橋は運転席に乗り移ると、車を出した。

ぼんやりとそのテールランプが小さくなっていくのを江梨子は見送った。

13

そこは暗いバーだった。テーブル席で、白石は人を待っていた。ウーロン茶の入ったグラスの氷はほとんど溶けかかっていた。

ようやくドアが開き、その男が姿を現した。こちらに気づくと迷いのない足取りでまっすぐにテーブルに向かってくる。

「白石さんですね？」ヘビースモーカーに特有のざらついた声だった。

「他にも客がいるのに、よく私だとわかりましたね」白石は立ち上がり軽く頭を下げた。

「あなたが一番、眼光が鋭かった」

白石は思わず笑った。「どうぞお座りください。大嶽社長」

大嶽はうなずくと、白石の向かいに腰を下ろした。オーダーを取りに来た店員に、大嶽はウーロン茶を注文した。問いかけるような白石の視線に気づいて、大嶽が笑ってみせる。

「私は末期の肝臓がんでしてね。余命三か月。今さらですが、酒は控えているんですよ」

「そうですか……。ではバーを待ち合わせ場所に指定したのはまずかったですね」

「構いませんよ。それより早く用件を話してくれませんか？」

白石は咳払いをして切り出した。「あなたは以前、山本弥生さんのパートナーだったそうですね。公私ともに」

大嶽の強面の顔がふっと緩む。

「ええ……十年前ですか。私がやっていた特殊清掃業の求人広告を見て、彼女はやってきた。すでに四十を過ぎていたが美人でした」

「その当時、彼女はまだ山本弥生さんではありませんでしたよね？」

大嶽の太い眉がびくりと動く。彼は視線をさりげなく白石からそらせた。答えようとしない彼に、重ねて訊ねる。

「求人広告を見て応募してきたとき、彼女は別の名前を名乗っていたんじゃないですか？」

大嶽が遠い目つきになった。「宮原《みやはら》弘美。確か、そう名乗っていましたかね」

「彼女は身分を証明できるものを持っていなかった。そうですね？」

「まあね」

「それなのに社員として雇った」白石は追及を続けた。

大嶽が両手を広げてみせる。

「刑事さん。特殊清掃業の仕事を自ら進んでやろうなんて物好きな人間は滅多にいないんですよ。だから、どのような人手でも欲しいのが実情です。確かに、その時は不審に思いましたが、私にも人を選ぶ余裕はなかったんですよ」

「それに彼女は美人だったし」

大嶽が乾いた笑い声を立てる。「それもあります」

「……彼女とはいつ同棲《どうせい》するように？」

「一緒に仕事をするようになって三か月後ぐらいですね。家に転がり込んできた。彼女、それまでは住むところにも困っていたらしい」

店員がウーロン茶を運んでくる。テーブルを離れるのを待って、白石は身を乗り出した。大嶽の視線をとらえる。

「彼女の本名を知ったのはいつのことだったんですか？」

大嶽が目をすがめる。「仰《おっしゃ》っている意味がわかりませんな。彼女の本名は宮原弘美だと今言ったはずですが」

白石は大嶽から視線をはずし、カウンターに目をやった。その奥にいる口ひげのマスターに右手を軽く上げて合図する。マスターはうなずくと、店内にかかっていたジャズを止め、別のレコードをセットした。

マスターがレコードに針を落とすと、どこか懐かしい曲が流れ始めた。大嶽に視線を戻す。彼は呆然として、口を半開きにしていた。

「この曲は……」

大嶽が声を詰まらせる。白石は静かに言った。

「『亜麻色の髪の乙女』です」

「……ああ、弥生が好きでよく聴いていた」

「実はあのレコードは彼女の遺品から借りてきたものなんです。昔はＣＤで聞いていたようですが、中古屋でレコードも買い求めたんでしょうね」

大嶽が白石を見る。

「……あなたはどこまでご存じなんですか？」

一拍おいてから白石は口をひらいた。

「あなたが同棲していた山本弥生。彼女は国分寺女児殺害事件の被害者少女の母、伊東弘美だったんですね？」

大嶽がソファにもたれて重いため息をついた。心なしか顔色が悪くなっていた。

「大嶽さん」言葉に力をこめる。「彼女が伊東弘美だと知ったのはいつのことだったんですか？」

「……同棲して半年ほどたったころです。彼女が寝物語に打ち明けてくれました。自分はあの国分寺女児殺害事件の被害者遺族だって」

「自殺を偽装したことも話しましたか？」

大嶽がうなずく。「被害者遺族もネットで中傷を受けて大変なんだ、だから誰も知らない新しい人生を送るために、自分の死を偽装して、別人になりすまそうと思っている。そう言いました」

「あなたはその話を信じたんですか？」

大嶽がぼりぼりとごま塩頭をかく。

「刑事さん。私はあの女に惚《ほ》れていたんですよ。嘘を言っていようがいまいが、私にはどうでもいいことでした」

「それであなたは彼女が新しい身許を手に入れる手助けをしてやったんですね」

「ええ。それから半年がたったころ、懇意にしている不動産経営の男性から電話がかかってきました。彼が貸している一軒家で、身寄りのない中年女性の遺体が見つかったということでした。近隣から異臭がするとの連絡を受けて、男性自身が合鍵で部屋に入ったところ、居間で女性の腐乱した死体を発見したそうです」

「その部屋の特殊清掃を依頼されたということですか？」

大嶽が顔をゆがめるように笑う。「いいえ、それよりも大変なことでした。その男性は中年女性の腐乱遺体を何とか内密に処理できないか、そう頼んできたんです」

「どうして、また？」

「その男性は過去にも自身の所有している他のマンションで住人が孤独死したり自殺したりするケースが複数件ありましてね。そのたびに、わが社に特殊清掃を依頼してくれていました。だがいくら部屋をもとどおりにきれいにしても、そうした部屋は事故物件と呼ばれ、なかなか借り手がつかないものなんですよ。その不動産経営の男性はそうした事故物件にほとほと手を焼いていましてね。そこへまた中年女性の腐乱死体です。幸い、その女性には身寄りも親しい友人もいないらしいということでした。そこで内密に遺体を処理してしまえば、事故物件になるのを防げるのではないかと考え、私に相談してきたというわけです」

「あなたはそれに応じたんですか？」

大嶽がうなずく。「さすがに最初は迷いましたが、その男性はお得意さんですからね。無下に断るわけにもいかなかった。そこで私はペット霊園を所有している知人に焼却炉を貸してもらい、そこへ中年女性の遺体を運び込んで火葬しました。もちろん部屋のほうも特殊清掃をすませました」

白石は少し考えてから口をひらいた。「その亡くなった中年女性が山本弥生だったんですね？」

「ええ。新潟の田舎から両親に勘当されて出てきて、風俗関係の仕事を転々としていたそうです。親しい友人もいなかったようで、年齢も弘美と同じぐらい。免許証を取得していないのも好都合でした。弘美がなりすます相手としては恰好《かっこう》の存在でしたよ」

「そしてその家を特殊清掃した後、伊東弘美が山本弥生になりすまして住むようになった」

「そういうことです。不動産経営の男性にしてみれば、こちらに弱みを握られているわけですからね。弘美が山本弥生になりすまして部屋に住むことには反対しませんでしたよ。いや、むしろそうしたほうが、向こうも継続的に賃料が入ってくるわけだし好都合だったようです」

大嶽がウーロン茶を半分ほど飲み干し、続ける。

「ただその不動産経営の男性は高齢の方でしてね。その三年後に病気で亡くなられ、代替わりされました。現在、跡を継がれたご長男はなりすましに関しては何もご存じないはずです」

白石は嘆息をもらした。やはり予想していた通りだった。

伊東由起夫から話を聞いた時、富士の樹海で伊東弘美の遺体を見つけた何者かが犯行映像のビデオテープを持ちさり、それをダークウェブで売りに出したのではないかと最初は思った。

だが不意に別の考えが頭に浮かんだ。伊東弘美が樹海で死んでいなかったとしたら――。

そんなとき龍馬から、殺された山本弥生が特殊清掃業の仕事をしていたと聞かされた。その瞬間、伊東弘美と山本弥生の存在が脳内で結びついた。

伊東弘美は富士の樹海で自殺したのではなく、生き延びて、別の人物になりすましたのではないか。東京に出てきて特殊清掃の仕事を利用して、身寄りのない中年女性――山本弥生になりすましたのではないだろうか。

弥生の自宅に行き、彼女の遺品の中に『亜麻色の髪の乙女』のレコードを見つけたとき、疑惑は確信へと変わった。その曲は伊東由紀夫の記憶では、彼の母親――伊東弘美がよく口ずさんでいたものだった。

店内に流れていた『亜麻色の髪の乙女』の演奏が終わる。針がレコード盤を穿《うが》つ、ぶつっぶつっという音がした。

「……大嶽さん。あなたのやったことは少なくとも死体遺棄罪にあたるんですよ」

大嶽が神妙な面持ちでうなずく。

「もちろんそれは承知しています。私もその時は散々迷いましたよ。罪に問われる、問われないの問題じゃなくて、亡くなった中年女性への申し訳なさから、ためらいはありました。ただ同時に弘美がなりすます絶好のチャンスだと思い、遺体処理に踏み切ったわけです」

それだけ大嶽は伊東弘美に惚れきっていたということか。

ただ、と大嶽が続ける。「今でもそのことで後悔しない日はありません。亡くなった女性の位牌《いはい》は私が預かっております。仏壇に置いて毎日手を合わせていますよ」

白石は深く息を吐き、ソファに背を預けた。大嶽の言ったことは罪の告白でもあった。

だが今はそれよりも重要なことがあった。

伊東弘美は富士の樹海で自殺を偽装した後、東京に出てきて山本弥生という女になりすました。特殊清掃の仕事に就いたのも、新しい身許を手に入れる何らかのチャンスがつかめると思ってのことだったに違いない。

どうして彼女は死を偽装して別の人格を身にまとったのか。山本弥生になりすまして〈自警団〉サイトの管理人をしていたのはなぜなのか。そしてなぜ、娘が二十年前に殺された病院の廃墟で死体となって見つかったのか——。

また、伊東弘美が失踪した際にあのビデオテープを持って行ったのならば、あの犯行映像をネットで売りに出したのは彼女なのか。実の娘の惨殺映像をネットに流出させたのが彼女ならば——その意図は何だったのだろう。

白石にはそれらの答えは、すでにほぼわかっていた。

だが実際に美馬に会ってみなければ、確信は得られない。

顔をあげると、大嶽が苦痛にゆがんだ顔をしていた。

「大丈夫ですか？」

「ええ……ちょっと体が痛みまして。そろそろ失礼させていただきます」

おぼつかない足取りで、大嶽が席から立ち上がる。

「体調が悪いところ、すみませんでした」

「いや……あなたにすべて話して少しすっきりしましたよ。正直言って、この秘密を抱えたまま死んでいくのは忍びないと思っていた」

そう言う大嶽の顔色は良くなかったが、どこかつきものが落ちたような表情をしていた。店を出ようとする彼に、肩を貸してやる。

「そうそう」

店を出る直前で、大嶽がカウンターのマスターを振り返る。

「あのレコード、私が頂いても構いませんか？」

白石は胸に迫るものを感じながらうなずいた。「もちろんです。弥生さんもそれを望んでいるでしょう」

14

その三日後、東京湾で一人の男の遺体が引き揚げられた。湾を行きかう船のスクリューに巻き込まれたらしく、ほとんど原形をとどめていなかった。珍しい話ではない。東京湾では時々そのような死体が引き揚げられる。

それでも今回それが大きなニュースとなったのは、その遺体が元少年A——一橋誠司のものと確認されたためだった。死因は溺死《できし》によるものらしいということだったが、自殺なのかそれとも他殺なのかそこまではわからなかった。

一橋誠司は行く末を悲観して、自ら海に身を投げたのか。

それとも自警団の役割を果たそうとした何者かが、彼を海に沈めたのか。

真相はわからなかった。

テーブルで朝食をとっていた白石は、階段を下りてくる足音に、読んでいた新聞をたたんだ。

「おはよう」

玲奈が笑顔で挨拶する。彼女は白石の向かいに腰を下ろすと、白石が用意しておいた朝食をとり始めた。こっそりと彼女の表情をうかがう。

玲奈の精神状態が上向きになったのを見計らって、白石は龍馬から託された手紙を彼女に渡していた。龍馬にはよほどの文才があるのか、それとも彼の手紙には真心がこもっていたのか、それ以来、玲奈は急速に元気になっていった。

だがまだ完全な精神状態とは言えないだろう。

このタイミングで、一橋が死んだというニュースを伝えていいものだろうか。そうすることで、彼女は動揺するのだろうか。それとも逆に安心するのか——。

そのとき、テーブルに置いたスマートフォンが鳴った。ディスプレイに目をやると、〈泉薾子〉の文字が浮かんでいた。電話に出ようとすると、玲奈が口をとがらせた。

「せっかくの家族の食事中に電話に出るつもり？」

「すまない。急ぎの用なんだ」

白石は立ち上がると、部屋の外に出て、通話ボタンを押した。

〈係長、早朝からすみません〉薾子の声が聞こえてくる。

「もう出社しているのか」

〈ええ、すぐに係長に来ていただく必要が〉

「どうした？」

〈美馬が出頭してきたんです〉

15

白石が監察係のあるフロアでエレベーターを降りると、そこで薾子が腕を組んで立っていた。

「美馬は？」

「第二取調室に入れてあります」

白石はうなずくと繭子にブリーフケースを渡した。

「取調べは俺一人でやる」

繭子の片方の眉があがる。「係長がひとりで？」

「ああ、誰も入れるな。隣室にも入れないようにしてくれ」

隣室にはマジックミラーがあって、取調室の様子を見ることができる。だが、白石は誰にも邪魔されずに美馬と二人きりで話したかった。

「わかりました」繭子は自分も取調べに同席できるものと思っていたらしく、不服そうにうなずいた。

白石はスーツの襟を整えネクタイを締め直し、第二取調室に入った。スチール製の事務机の向こうに美馬が座っていた。今日はきちんとスーツを着用している。この前会ったときよりも、頬がかなりこけていた。

椅子を引き、白石は美馬の前に腰を下ろした。

「お久しぶりです。今までどこにいらっしゃったんですか？」

美馬が優雅に肩をすくめる。「あちこちさ。いろいろやることがあった」

「それで今日はどうしてここに？」

「もちろん出頭してきたんだ」

「どういう罪を犯したんです？」

「それはきみのほうがよく知っているんじゃないのか？」

白石はうなずいた。「二十年前に国分寺女児殺害事件の犯行映像をコピーして持ち出したのはあなただったんですね？」

「ああ」

「その理由は何だったんですか？」

美馬が白石の手もとに視線をやる。

「それより録音はしないのか？」

「今の段階ではまだ。先に話を聞かせてもらいます」

美馬はうなずくと言った。「いいだろう。——犯行映像を持ち出した理由は、被害者遺族に頼まれたからだ。あの映像を見たいと言われた」

「母親の伊東弘美ですね」

「ああ。どうしても断れなかった。彼女は愛娘《まなむすめ》の最期の瞬間を知りたがっていた。娘の最期の姿をおさめたものを手もとに持っておきたいと言った。見ない方がいいと忠告したが、彼女は聞かなかった。それでやむなく、保管庫から映像を仮出ししてビデオテープにダビングして彼女に手渡した」

ここまでは推測通りだった。

白石は椅子に座りなおして、姿勢を正した。美馬の目を見据える。

「我々がボクシングジムにあなたを訪ねた翌日、あなたは山形へと向かいましたね。それはどうしてですか？」

「きみたちから犯行映像がネットの闇オークションで売りに出されたと聞いて、それが伊東弘美に渡したビデオテープと関係があるのではと思ったんだ。それで彼女を問いただすために実家がある山形に向かった」

「そこで彼女の死を知らされたわけですか」

美馬がうなずく。「びっくりしたよ。伊東弘美がすでに死んでいるとは想像さえしなかった。だが彼女の兄の話はどこか漠然としていた。あまり妹の死について話したくなさそうに見えた。彼女の死には何かある。そう踏んで、山形県警の知り合いに連絡を取って、事情を知っていそうな人間を紹介してもらった」

白石はうなずいた。自分は伊東弘美の兄から彼女の死を知らされたとき、どこか引っ掛かりを覚えながらもそのままにしてしまった。だが美馬は、徹底的にそれについて調べようとしたのだ。

「その警察関係者に話を聞いたところ、伊東弘美は死んだわけではなく、入院先の精神科から失踪したということだった。そして捜査の結果、彼女が借りたとみられるレンタカーが富士の樹海の入り口に乗り捨ててあるのが見つかった。状況から見て、彼女は樹海の中で自殺を図ったものと思われたが、捜索でも遺体は発見できなかった」

そのあたりの経緯は伊東由紀夫の話とも一致する。

「結局、失踪から七年たって、親族が失踪宣告の申立てをして、伊東弘美の死が確定した」

だが、と美馬は言葉を続けた。彼の目が鋭くなる。「俺には彼女が自殺したとは思えなかった。自殺しそうな人間に見えなかったという訳じゃない。ただ、彼女が死を選ぶなら、もっとあっさりとした方法——飛び下りや飛びこみ自殺を選ぶと思った」

「そこで彼女の行方を捜し始めたってわけですか」

美馬がうなずく。「伊東弘美が生きているのなら、当然、名前などを変えているはずだと考えた。俺は情報屋を使うなどして、行方をつきとめようとしたが、さすがに簡単には見つからなかった。そこで方法を変えることにした」

「と言うと？」

「伊東弘美はなぜ自分の死を偽装して、別の人間になりすまして生きていくことを望んだのか。その理由がわかれば彼女の居所もわかる気がした」

美馬は当事者の視点に立って、物事を別の角度から見ることにしたのだろう。自分にはなかった発想だ。

「彼女が死を偽装した理由はすぐに思いついた。少年Aへの復讐。それしかないと考えた」

復讐——。その可能性については白石も考えていた。だがあえて美馬の意見を聞きたくて訊ねてみる。

「復讐とはどういう意味ですか？　少年Aに危害を加えるという意味ですか？　それだったら、わざわざ自分の死を偽装するまでもないでしょう」

美馬がぐいと事務机に身を乗り出す。

「復讐を遂げることができたとしても、自分自身が捕まってしまっては意味がない。仮に少年Aに何かあった場合、真っ先に疑われるのは被害者遺族だ。彼女はそれを避けたかったのさ」

「そのために自分の死を偽装した……と？」

「ああ。失踪して死を偽装し、失踪宣告がされて死んだことが確定する七年を待ってから、少年Aへの復讐のために行動を開始する――。そういう計画を立てたんだろうと考えた。伊東弘美は頭のいい女性だ。そして執念深い一面もある。そうした計画を練るのは、彼女らしいとさえ思った」

美馬の声にはどこか称賛するような響きがあった。

「なるほど。そして彼女は死を偽装した後、他人になりすまし、七年間が経つのを待ったというわけですね」

美馬が探るような視線を向けてくる。「きみも相当捜査をしたらしいな」

「ええ。伊東弘美が山本弥生という女性になりすましたことまではつきとめました」

美馬がうなずく。「失踪した人間は、失踪宣告がされるまでは死んだものとはみなされない。山本弥生になりすましたと言っても、伊東弘美の死が確定していない時点で少年Aに危害を加えれば、真っ先に疑われることになる。そうすれば家族にも迷惑がかかるだろう。だから七年が経ち、失踪宣告がされて伊東弘美の死亡が確定するのを待った」

　美馬の声は落ち着き払っていた。

　白石は言葉を挟むことなく先をうながした。

「ではそれまでの間、彼女は何をしていたのか。恐らく少年Aの現在の居所を捜そうとしていたはずだ。だが一般人にとって、養子縁組までして名前を変えた少年Aの現在の居所を探るのは容易じゃない。だからそうした情報が手に入れられる可能性のある職種につこうとしたのではないかと思った。そこでそのような職業に就いていて、伊東弘美の特徴に該当しそうな女性を捜した。マスコミ関係、信用調査会社、そして――〈自警団〉サイトの管理人」

「よく〈自警団〉サイトなんてものを知っていましたね」

　美馬が肩をすくめる。「こう見えても、ある程度ネットの知識はあってね。有名な〈自警団〉サイトの管理人の身許を調べたところ、山本弥生という女性が浮上した。すぐに彼女の様子を見に行ったよ。家から出てきた山本弥生の顔を一目見てわかった。伊東弘美に間違いない、と。いくぶん年はとっていたが、美貌はほとんど衰えていなかった」

　美馬が監察係の目を逃れながら、粘り強く伊東弘美の行方をつきとめたことに、白石は感心した。

「それで……彼女に接触したんですね？」

「ああ。山本弥生――紛らわしいな、伊東弘美と呼ぼう。彼女と会って話をした。俺に身許をつきとめられたことに驚いていたよ。話をするうちに彼女は、俺がコピーして渡した犯行映像をダークウェブに出品したことを認めた」

やはりあの映像を出品したのは伊東弘美だったのだ。

そうなると、ある疑いが浮上する。白石は身をのりだして、美馬の目を見すえた。

「美馬さん。あなたは口封じのために彼女を捜していたんですか？　保管庫から映像を仮出ししてコピーしたのが自分だということを口外されるのを防ぐために、伊東弘美の行方をつきとめようとしたんですか？」

てっきり美馬が笑い飛ばすかと思ったが、彼はそうしなかった。代わりに厳粛な表情で首を横に振った。

「俺が口封じで彼女を殺したと疑っているのか。俺はそこまで腐っていない」

そう言って、すこし失望したようなまなざしで白石を見た。

白石も美馬が彼女を殺したと本気で思っていたわけではない。ただ疑念は徹底的につぶしておきたかった。

「伊東弘美はあの映像をどうしてダークウェブに出品したのか、美馬さんにその理由を話しましたか？」

「少年Ａの所在をつかむためだったそうだ」

「どういうことですか？」

「さっきも言った通り、少年Ａは少年院を出所後、養子縁組をして新しい戸籍を手に入れた。現在の身許を素人が単独でつきとめるのは難しい。そこで彼女は〈自警団〉サイトの運営をすることで、ネット住民たちの力を借りて、少年Aの情報を集めようとした」

白石はうなずいた。自分の考えていた通りだった。

「だが、少年Aが事件を起こしたのはもう二十年も前のことだ。リアルタイムで事件のことを知らないネット住民も多く、少年Aに関心を持つ者もほとんどいなくなっていたため、情報も思うように集まらなかった」

美馬は言葉を切ると、乾いた唇をなめた。

「そこで伊東弘美は奥の手を使うことにした。例の犯行映像だ。俺が渡したビデオテープをDVDにコピーしてダークウェブに出品し、それを少年Aの仕業に見せかけようとした。その手の情報はネットで瞬く間に拡散する。その結果、今まで国分寺女児殺害事件を知らなかった人たちや、忘れていた人たちが事件に興味を持ち、少年Aに怒りを覚えるようになった。そうやってネット住民や世間の少年Aへの反感をあおり、誰かが彼の身許をさらすことを期待したんだ」

二十年前、彼が少年法に守られ、実名を伏せられたまま医療少年院送致だけでかたがついたときも、世論は激怒した。だがその怒りの炎はこの二十年で、ほとんど消えかかっていた。伊東弘美はそこに燃料投下することで、再び炎を燃え上がらせたのだ。

『やっぱり少年Aは更生していなかった』

『大人と同じように極刑で裁いておくべきだった』

『今になって犯行映像を出品するなんて全然反省していない証拠だ』

そんな声が再びネットを中心に沸き起こり、それが実社会にまで広がった。

伊東弘美は元少年Aへの憤りをあおるために——最愛の娘が無惨に殺される映像を自らネットで出品したのだ。彼女はいったいどのような気持ちで、そのようなことを行ったのだろう。今となっては、その心情を確かめるのは不可能だ。

だが恐らく——彼女は自分の娘を心の底から愛していたからこそ、そのような行為に踏み切ることができたのだ。

そして彼女の狙い通り、元少年Aに対する悪意は燃え上がり、義憤を感じた人々が彼の身許を捜し始めた。実際、山本弥生こと伊東弘美は龍馬と組むことで、元少年Aの現在の身許をつきとめることに成功した。玲奈までをも巻き込んで。

だが元少年Aが弁護士の一橋であることを知った伊東弘美は彼を殺すどころか、逆に死体として見つかった。その間の経緯はどうなっていたのか。

白石がそれについて訊ねると、美馬は深くうなずいた。

「俺が伊東弘美に接触したのは、一橋がネットでさらされた直後だ。新宿の喫茶店で話をしたんだが、あのときの彼女はぞっとするような顔をしていた」

「ぞっとするような顔？」

ああ、と美馬がうなずく。「彼女は間違いなく一橋への復讐を目論《もくろ》んでいる。そう思ったよ。俺は彼女に思いとどまるよう説得した。だが彼女は笑って取り合わなかった。

復讐するつもりなどないと、言い張った。結局、その日はそれで別れた」
「だけど、彼女は復讐をあきらめていなかった」
「ああ。俺は伊東弘美の行動を逐一、見張ることにした。数日後、彼女は夕方になって突然、自宅から出かけた。いつもとは違う行動パターンだった。あとをつけようとしたが、あろうことか撒かれてしまった。だがしばらくして携帯に彼女から電話がかかってきた。二十年前に娘が殺された病院の廃墟に来ていると彼女は言った。そして――」

美馬は乾いた唇をなめると話を続けた。

「今から薬を飲んで自殺をすると言った。止めようとしたが、彼女は『後始末を頼む』と言い残して電話を切った」

すぐに美馬は国分寺女児殺害事件の現場となった病院の廃墟へと向かったという。そして一階の診察室だった部屋で伊東弘美が倒れているのを見つけた。すでに脈はなかった。外傷はなく、電話で話した通り、薬を多量に摂取して自殺を図ったものと見られた。美馬は蘇生措置を施したもののすでに手遅れだったという。

そのとき彼女の遺体のそばに手帳が置いてあるのに気づいた。ページをめくってみると、美馬への指示が記されていたという。

「指示？」白石は眉間《みけん》にしわを寄せて聞いた。
「ああ」美馬がうなずく。「俺にやってほしいことが書き連ねてあった。その上で、実際にやるかどうかは、俺の意志に任せると書いていた。その最初の指示が、彼女の遺体の両眼をくり抜くことだった」

白石は思わず身じろぎした。だが話は予測していた方向へと向かっている。美馬は続けた。「そしてその両眼を彼女の自宅に送りつけてほしいということだった」

「……その次の指示は？」

「日を置いて伊東弘美の遺体が腐敗し始めるのを待って、廃墟に火を点け、遺体を燃やしてくれと記していた。そして火を点ける時間にあわせて、一橋を廃墟に呼び出すよう指示書きにはあった」

一橋を呼び出したのは近隣の監視カメラに火災直前の彼の様子を撮影させることで、彼に嫌疑を向けさせるためだろう。

「だけど、どうやって一橋と連絡が取れたんですか？」

「その指示書きにやつの電話番号が記してあった」

白石は首をかしげた。確かに一橋は弁護士事務所のホームページに自身の営業用の携帯番号を載せていた。それを見れば番号はわかるだろうが、かけたところで今の一橋は電話に出ないのではないか。そのことを指摘すると、美馬はうなずいた。

「その経緯についても手帳に記されていた。彼女は前もって一橋のケータイに伝言メッセージを残しておいたんだ」

「伝言メッセージ？」

「例の犯行映像を売りたい旨の伝言を吹きこんだそうだ」

白石ははっとした。確かに、一橋は本当に更生していたのかもしれない。二度と殺人に手を染めることはしないと誓っていたのかもしれない。だが、それでもあの犯行映像には執着を残していたのではないだろうか。警察に押収された後、それを取り戻したい欲求に駆られていた可能性は十分ある。伊東弘美はそれを利用した。

「案の定、一橋は折り返し連絡をしてきたそうだ。その電話で、十万円で犯行映像の売買契約を成立させたらしい。そして彼女は後日、別の者が受け渡し場所を連絡すると言ったそうだ」

そうして美馬が一橋に連絡をして、放火直前にあの廃墟へと呼びだしたということらしい。

「メモ書きには他にもこと細かに指示が書いてあった。一橋が吸った煙草の吸殻を、現場付近に撒いておいてほしい、と記されていた。よく見ると、彼女の遺体の横に煙草の吸殻を入れたジップロックが置いてあった。俺は彼女の遺体にガソリンを撒いて火を点けた後、現場に吸い殻を残して立ち去ったというわけさ」

龍馬と一緒にチェックした監視カメラの映像を思い出す。あれには、小汚い身なりをした女性が弁護士事務所のビルの前でゴミ拾いをするシーンが映っていた。龍馬はその女性の姿かたちを見て、弥生に違いないと断言した。つまりあの女は山本弥生——伊東弘美で、建物の入り口付近に落ちていた一橋の煙草の吸殻を回収していたのだろう。

白石は深くため息をついた。

三田江梨子に雀の遺骸や可愛がっていた黒猫の生首を送りつけたのも彼女の仕業だったに違いない。すべては元少年A——一橋に嫌疑の目を向けさせるための下準備だった。そこまでして彼女は元少年Aへの私的制裁を果たそうとした。

もっとも弥生は当初からそのプランを考えていたわけではないだろう。最初は、元少年Aの身許をつきとめたら彼を殺すつもりだったのではないか。だがそこに美馬が現れた。そこで弥生は美馬を利用して、自分自身が命を絶つという別のプランに変更した……。

彼女の胸中には、元少年Aが少年法に守られて罪に釣り合うだけの罰を受けていないという思いがあったのだろう。法が裁いてくれないのであれば、自分の手で裁くしかない。

だから社会復帰を果たした元少年A——一橋に自分殺しの濡《ぬ》れ衣《ぎぬ》を着せようとした。仮に警察が証拠不十分で一橋の逮捕に踏み切れなかったとしても、世間は彼がやったものと信じて疑わないだろう。二度と社会に迎え入れてはもらえないはずだ。

そうして一橋を社会的に抹殺することが、伊東弘美の目的だった。それこそが娘を奪われたことに対する復讐だった。

そのために彼女は自らの命を賭《と》した。

視線をあげて美馬を見る。うつむき加減の彼の端整な顔には、哀しげな表情が浮かんでいた。どうしても訊ねたいことがあった。

「美馬さん」

白石の声に彼が顔をあげる。

「あなたはどうして伊東弘美の願いごとを聞き入れたんですか？　彼女の遺体を発見した時点で、なぜ警察を呼ばなかったんですか」

美馬の目が宙をさまよった。彼はしばらく無言で虚空を見つめていた。

「もしかしてあなたは伊東弘美に好意以上のものを抱いていたんですか？」

美馬の視線が白石の顔に向けられる。彼は静かに首を横に振った。

「いや……そういうことじゃない」

「では、どうして？」

「正義さ」

「正義……」

美馬の目に強い光が宿る。

「二十年前、伊東美月が殺害されたとき、正義はなされなかった。神はそこにはいなかった。いくら十四歳の少年が犯人だとはいえ、あのような残虐な殺人を犯した人間が少年法の壁に守られて、罰らしい罰も受けないのは納得がいかなかった。当時、事件にかかわった捜査員の誰もがそう思ったはずだ」

美馬の言葉に力がこもっていく。

「もし人間が作りだした法が悪を満足に裁くことができないのならば――人間自身がその法を超えて悪を裁くしかない」

その言葉に白石ははっとした。美馬が言葉を続ける。

「少年Aはいたいけな少女を嬲り殺しながらまんまとその罪を逃れた。だからその罪に代わる罪を用意してやる――伊東弘美のそのプランに俺は共感したんだ。言っておくが、俺は伊東弘美への同情心や恋心から彼女に協力したわけじゃない。俺は自分の信念に基づいて、彼女のプランを完成させたんだ」

そこで美馬は言葉を切って、白石の目をしかと見据えた。

「自分の正義に照らし合わせて――俺はやったんだ」

そう言う美馬の目には一点の曇りもなかった。

白石は何も言えずにただ彼の顔を見つめていた。

かつて美馬は、法の手をまんまと逃れようとした悪党を刑務所に送りこむために偽の証拠をでっちあげたという。美馬が今回、伊東弘美を手伝って、一橋に罪を着せようとしたのもそれと同じ正義心によるものだったのだろう。

もちろん、そこに葛藤《かっとう》がなかったとは思えない。いや、実行を決断するまでには何度も自問を繰り返し、激しく苦悩したはずだ。死んでいるとはいえ、人の目をくり抜くことなど普通の神経でできるわけがない。それでも美馬はやった。自らの信じる正義を断行するために。

その正義が間違っているとは白石には言い切れなかった。

だが。

彼がやったことは許されることなのか――。

白石は自分の価値観が激しく揺さぶられるのを感じていた。今までゆるぎない信念にのっとって、監察係としての仕事を果たしてきたという自負が白石にはあった。たとえ知り合いであっても罪を犯した同僚たちを迷うことなく断罪してきた。

だが今は、目の前の美馬をどう扱っていいのか決めかねていた。伊東弘美と美馬がやった行為をどう考えたらいいのか判断しかねていた。

彼らがやったことは神の行為なのか、それとも悪魔の所業なのか――。

白石の心を読んだかのように、美馬が表情を和らげる。

「ひとつだけ言っておく。俺は自分のやったことを後悔していない。だが万人の理解を得られるものとも思っていない」

「美馬さん……」

「幸い、一橋の野郎は死んだ。自殺なのか誰かの仕業なのかはわからないが、やつは死んだ。もうこれ以上、自分がやったことを隠す必要はない。自分が犯した罪に対しては潔く科《とが》を負う覚悟だ」

そう言って、美馬は握りしめた両手を差し出した。

白石は彼の顔を見つめた。視線がしばらく交錯した。

部屋の中に沈黙が落ちた。ただ時だけが流れていく。

ゆっくりと白石は立ち上がると、ドアに向かった。そこで美馬を振り返る。彼はぴんと背筋を伸ばし黙然と椅子に座っていた。

ドアを開けると、廊下で繭子が待ち構えていた。白石は一瞬ためらった後、声を振り絞って彼女に言った。

「尾瀬参事官に伝えてくれ。美馬さんが自供をしたいと言っていると」

エピローグ

今日も雲ひとつない真っ青な空が広がっていた。

白石は新宿のファッションビルの屋上にある庭園のベンチで、ひと休みしていた。久しぶりに休みが取れた今日、玲奈と一緒に買い物に来ていた。散々、アパレルショップを連れ回されてすっかり疲れた白石は、まだショッピングを続けるという玲奈といったん別れて、ここにやってきたのだ。

暑さのせいか、屋上にはほとんど人はいない。刺すような日差しは応《こた》えたが、人ごみに揉《も》まれるよりはここでベンチにもたれている方が精神的にも肉体的にも楽だった。

手にした経済新聞に目を落としていると、不意に影が落ちた。

視線をあげると、そこに龍馬が立っていた。真っ白なTシャツに黒っぽいハーフパンツ。相変わらずのラフな恰好《かっこう》だった。

「……どうしてここに？」

龍馬がにやりと笑う。「あんたのスマホに仕掛けておいた追跡アプリをたどってきたのさ」

「なんだって」あわててスマートフォンを確かめようとして、龍馬が噴きだしそうになっていることに気がついた。

「……嘘なんだな」

「おじさん、玲奈のスマホに追跡アプリを仕掛けたんだってね。それって保護者が一番やったらいけないことだよ」

「どうして俺がここにいることがわかったんだ？」

肩をすくめる。「下の服売り場で偶然、玲奈に会ったんだ。それでおじさんがここにいるって聞いてやってきた」

龍馬が白石の横に腰を下ろす。しばらく無言で立ち並ぶ高層ビルを見つめたあと、彼は口をひらいた。

「弥生さんのことはショックだったよ」

龍馬を見ると、彼はコンクリートの地面に視線を落としていた。

「まさか彼女に利用されているなんて思ってもみなかった。結果的に俺が少年Aの身許をつきとめてさらしたりしなければ、弥生さんは死ぬことはなかったんだ」

白石はかぶりを振った。「きみが反省することはない。山本弥生はどちらにしろ少年Aの身許を探りだして、計画を実行に移していただろう」

「それでもやっぱり俺のせいだって思わずにはいられない」

龍馬の声には沈痛な響きがあった。

「俺、ホームページを閉鎖したよ」

驚いて彼を見た。「私刑執行人の活動はやめるのか？」

「まだはっきりとは決めてないけど、とりあえずは休止ってとこかな。でも多分――」

そう言って、龍馬がこちらを向く。

「いつかは再開するよ。だって、そうだろ。俺みたいな存在も世の中には必要なんだよ」

沈黙が落ちた。照りつける日差しが肌をじりじりと焼いていた。空の高いところを名前も知らない鳥が飛んでいるのが見えた。

白石は口をひらいた。

「……この前、きみは少年Aだけは許せないって言ってたな。それはどうしてなんだ？」

龍馬が視線を手もとに落とす。しばらく爪をいじっていたが、聞き取りにくい声でぼそりと言った。

「……昔、俺には妹がいたんだよ」

「妹……」

「妹と母親、そして義理の父親とぼろいマンションに住んでいた。その義理の父親って言うのがとんでもないやつでさ、毎日のように俺と妹に暴力をふるった。顔を殴るとあざが目立つから、腹を殴るんだ。卑怯《ひきょう》なやつだよ」

龍馬の家庭に問題があることは薄々察していた。

「冬はお仕置きだとか言って、寒風が吹きすさぶベランダに何時間も放置された。薄着一枚でね。ある日、雪が降って氷点下になった日があった。義理の父親と母親は俺たちをベランダに放り出したまま、どこかへ出かけていった。俺と妹は身を寄せ合って、体を温めようとした。だけど凍るような寒さはそんなことじゃ、しのげなかった。俺たちはマンションの隣の部屋の住人に助けを求めようとした。妹を肩車して、ベランダの壁から身を乗り出して隣室に声をかけようとした。だけどそのとき俺は……バランスを崩してしまった……」

相変わらず龍馬は爪をいじっていた。目を落としたまま、低い声で続ける。

「次の瞬間、妹の体はベランダの手すりを越えて、下に落ちていった。地面に叩《たた》きつけられたときのあの音は……今も耳に残って離れない」

龍馬が視線をあげる。彼の爪からは血が出ていた。

「即死だったよ。警察が来て事情を聴かれた。両親は俺にすべての責任を押しつけた。幼かった俺は何を言えばいいのかわからなかった。警察は虐待を疑っていたようだけど、そのことを立証することはできなかった。妹の死は事故として片づけられた」

龍馬の声が震えていた。それでも言葉を続けた。

「その時に俺は悟ったんだ。世の中には悪いことをしても、罰せられずにまんまと逃れるやつがいることを」

「……その後、きみの両親は？」

「義理の父親は母親を捨てて出て行った。その後、母親は俺を捨てて出て行った。俺は親戚《しんせき》の家をたらいまわしにされた。どこに行っても邪魔者扱いだった。殴られることも珍しくなかった。それで思ったんだ。別に家族なんか必要ない。ひとりで生きていく方がましだってね」

龍馬の悲惨な身の上話に、白石は嘆息をもらした。

世の中に対して怒りを覚え、犯罪者への道を進んでもおかしくはない人生を龍馬は送ってきたのだ。だが彼は悪事に手を染める代わりに、それを裁く側にまわった。たとえそのやり方が必ずしも褒められるものではないとしても。

白石は彼の横顔を見た。龍馬の視線は伏せられ、その目《め》尻《じり》に涙が浮かんでいるように見えた。彼にとって妹は大事な存在だったに違いない。その妹が死んだあと、彼は両親を責め、自分を責め続けて生きてきたに違いない。

もしかして龍馬は伊東美月に妹の姿を重ね合わせていたのではないだろうか。だから元少年Aのことを許すことができなかった。幼い少女の命を奪っておきながら、その罪に見合った科《とが》も受けずに野放しにされた者を許すことなどできなかった。

「きみが」白石は訊いた。「少年A——一橋誠司を殺したのか？」

白石の質問が聞こえなかったかのように、龍馬は足もとに目を落としていた。長い沈黙の後、彼はようやく口をひらいた。

「神様がやつを裁いたのさ」

龍馬は否定も肯定もしなかった。これ以上、訊いても彼が答えることはないだろう。

白石は質問を変えることにした。

「……きみはいずれまた、悪事を犯した連中をネットでさらすのか？」

「まあね」龍馬は大人びたしぐさで肩をすくめた。すでにその目から涙は消えていた。

「正直言って正義感からそういうことをやっているのとは違う気がする。単純に俺は、その手の連中を見ると反吐《へど》が出るんだよ。痛い目にあわせてやりたいのさ」

彼はこちらを向くとかすかに笑ってみせた。その目はきれいに澄んでいた。

「……気をつけろ。天に向かって唾を吐いたら自分の顔に落ちてくるかもしれないってことを」

「面白いこと言うね。その台詞《せりふ》覚えておくよ」

さてと、と龍馬は立ち上がった。だが、すでに大事なことはすべて聞いた気もした。龍馬は白石に背を向けると、別れの合図に手を軽く振ってみせ、屋上から姿を消した。

白石はベンチに座ったまま、空を眺めた。美しい青が広がっていた。

美馬と龍馬。

彼らはそれぞれのやり方で正義を貫いた。これまでの白石なら、そんな正義など認めることはできなかったはずだ。

だが今は――自分でも何が正義なのかわからなくなっていた。

美馬の言うように法が完璧《かんぺき》でないのだとすれば、悪を取り締まるには、時には法から逸脱することも仕方のないことなのかもしれない。

それでも――。

白石はゆっくりと立ち上がった。

自分は自分の信じる正義の道を歩んでいくしかない。

心の中でそう誓い、白石は玲奈と合流するために屋上を後にした。

三田江梨子はいつものように出社の前にスターバックスでコーヒーを飲んでいた。窓際のカウンターに座り、ぼんやりと外を行きかう人の群れを見ながら考えごとにふける。

俺は山本弥生を殺していない――。

元少年Aこと一橋誠司があの夜言ったあの台詞。あれはやはり真実だった。彼は本当に心の底から更生していたのだろうか。

一橋が死んだ今、その答えは誰にもわからないだろう。

江梨子はアイスコーヒーを飲みほし、プラスチック容器をゴミ箱に捨てると、店を出た。明るい日差しが目を射る。今日も暑くなりそうだった。

いまだに一橋の死が、自殺なのか他殺なのかはわからないという。

だがどちらにしても、自分たちが彼をネットでさらして追いつめたりしなければ、彼は死ぬことにはならなかったのではないだろうか。

自分は一生、このことを心の奥底に抱えたまま生きていくことになるだろう。自分の起こした行為を何度も反芻《はんすう》し、悔やみ、生きていくことになるだろう。
だがその覚悟はすでにできていた。自分がやったことの責任はとらなければいけない。
ひとりの人間の人生を奪ってしまった事実から目を逸らせてはいけなかった。
江梨子は顔を起こすと、しっかりと前を見据えて歩きはじめた。

参考文献

『闇《ダーク》ウェブ』セキュリティ集団スプラウト（文春新書）
『ネット私刑《リンチ》』安田浩一（扶桑社新書）
『ネット護身術入門』守屋英一（朝日新書）
『加害者家族』鈴木伸元（幻冬舎新書）
『督促ＯＬ　修行日記』榎本まみ（文春文庫）
『督促ＯＬ　奮闘日記』榎本まみ（文春文庫）
『心にナイフをしのばせて』奥野修司（文春文庫）
『ヒトイチ　警視庁人事一課監察係』濱 嘉之（講談社文庫）
『ヒトイチ　画像解析　警視庁人事一課監察係』濱 嘉之（講談社文庫）
『殺人者はいかに誕生したか』長谷川博一（新潮文庫）
『警察入門　捜査現場編』オフィスティクオー（じっぴコンパクト新書）

本書は、二〇一八年十月に小社より刊行された単行本を加筆修正のうえ、文庫化したものです。

この作品はフィクションであり、実在の人物・地名・団体等とは一切関係ありません。

人《にん》間《げん》狩《が》り

犬《いぬ》塚《づか》理《り》人《ひと》

令和２年 11月25日　初版発行
令和５年 ９月５日　再版発行

発行者●山下直久

発行●株式会社KADOKAWA
〒102-8177　東京都千代田区富士見2-13-3
電話　0570-002-301（ナビダイヤル）

角川文庫 22410

印刷所●株式会社KADOKAWA
製本所●株式会社KADOKAWA

表紙画●和田三造

ISBN 978-4-04-109598-0　C0193

◆◇◇